dtv

»Wie kann ein Schriftsteller, der die menschliche Realität, die Psychologie des Menschen zu ergründen sucht, nicht betroffen sein von Unterdrückung, Folter und Mord?« Yaşar Kemal greift in den sechzehn Erzählungen dieses Bandes die Tradition der Wandersänger und Geschichtenerzähler auf und verbindet sie mit seiner eigenen Lebenserfahrung und dem Wissen um die soziale und politische Wirklichkeit seines Landes zu einem anschaulichen Bild des Lebens der Menschen in Südostanatolien.

Yaşar Kemal wurde 1923 in einem Dorf Südanatoliens geboren. Schon früh begann er unter dem Einfluß traditioneller Volkssänger Lieder zu improvisieren. Um sie niederschreiben zu können, lernte er als einziges Kind seines Dorfes Lesen und Schreiben. International berühmt wurde er 1955 mit seinem ersten Roman ›Mehmed mein Falke‹, dem zahlreiche weitere Bücher folgten. Mit seinem Werk ist Kemal einer der beharrlichsten Kritiker der Türkei und erhielt Auszeichnungen in aller Welt, zuletzt den Friedenspreis des Deutschen Buchhandels 1997.

Yaşar Kemal

Gelbe Hitze

Erzählungen

Deutsch von Margarete I. Ersen-Rasch
und Wanda Schmidt

Deutscher Taschenbuch Verlag

Von Yaşar Kemal
ist im Deutschen Taschenbuch Verlag erschienen:
Anatolischer Reis (11803)

Ungekürzte Ausgabe
August 1988
4. Auflage Januar 1998
Deutscher Taschenbuch Verlag GmbH & Co. KG,
München

Titel der türkischen Originalausgabe: ›Sarı Sıcak‹
Die Erzählungen ›Unterwegs‹, ›Die Kraniche‹, ›Der Jäger‹,
›Die Saat‹, ›Şahan Ahmed‹, ›Die Melonen‹ wurden
von Wanda Schmidt, alle übrigen Erzählungen
von Margarete I. Ersen-Rasch ins Deutsche übertragen.
Deutsche Erstveröffentlichung: Berlin 1982
Umschlagkonzept: Balk & Brumshagen
Umschlagbild: ›Our house on the Ziganas‹ (1995) von Veysel Günay
Satz: IBV Satz- und Datentechnik, Berlin
Druck und Bindung: C. H. Beck'sche Buchdruckerei,
Nördlingen
Gedruckt auf säurefreiem, chlorfrei gebleichtem Papier
Printed in Germany · ISBN 3-423-10933-5

Inhalt

Gelbe Hitze

»Mami«, sagte der Kleine, »Mami, weck mich morgen früh, bevor es Tag wird.«

»Und wenn du wieder nicht aufwachst?«

»Wenn ich nicht aufwache, stich mich mit einer Nadel! Zieh mich an den Haaren! Verhau mich!«

Die schwarzen Augen der blaßgesichtigen, schmächtigen Frau leuchteten auf.

»Und wenn du dann auch nicht aufwachst?«

»Dann schlag mich tot!«

Die Frau zog den Kleinen mit all ihrer Kraft auf den Schoß und drückte ihn an ihre Brust.

»Herzchen!« sagte sie.

»Wenn ich nicht aufwache...« Der Kleine dachte nach. Plötzlich sagte er: »Streu mir Pfeffer in den Mund!«

Die Mutter drückte ihn wieder mit derselben Zärtlichkeit und feucht werdenden Augen an die Brust und küßte ihn.

Immer wiederholte der Kleine: »Hör zu, wenn ich nicht aufwache, dann streust du Pfeffer in meinen Mund, ja?!«

»Herzchen?« entgegnete die Mutter.

»Der Pfeffer muß sehr scharf sein.«

Strampelnd und trampelnd schrie er unaufhörlich: »Scharfer Pfeffer, roter Pfeffer. So richtig verbrennen soll er meinen Mund, so richtig verbrennen, auf der Stelle. Damit ich auf der Stelle aufwache.«

Er riß sich aus den Armen der Mutter, kletterte ungestüm auf das Dach der Vorlaube und legte sich auf seine Matratze.

Eine erdrückende Sommernacht, am Himmel vereinzelte, blaß schimmernde Sterne und ein gewaltiger, kugelrunder Mond. Das Bett riecht sauer nach Schweiß.

Er wälzt sich hin und her. Dann faßt er einen Entschluß: »Bis zum Morgen schlaf' ich einfach nicht.« Er freut sich. Sobald seine Mutter am Morgen »Osman« ruft, wird er sofort aufstehen und ihr um den Hals fallen. Wie wird sie da staunen, die Mutter! In seinem Bett hüpft er freudig umher. Doch plötzlich erlischt seine Freude, und Furcht überfällt ihn: »Und wenn ich doch einschlafe?« Unaufhörlich redet er sich ein: »Ich schlafe nicht. Ich werde eben nicht schlafen! Warum sollte ich auch schlafen? Was ist denn schon dran am Schlafen?«

Wenig später kommt die Mutter und streckt sich neben ihm im Bett aus. Sie streichelt ihn:

»Mein Kleiner, hast du geschlafen?«

Osman gibt keinen Laut von sich. Die Mutter umarmt und küßt ihn. Osman wird's warm ums Herz, Gefühle wie Liebe und Zuneigung, die einen zum Weinen bringen können, durchlaufen ihn. Er wartet dem Morgen entgegen. Wie wird seine Mutter staunen. All seine Gedanken kreisen darum, wie er sie zum Staunen bringen wird, wenn er am Morgen auf der Stelle aufwacht.

Die Mutter ist eingeschlafen. Osman wälzt sich im Bett. Die Augenlider werden ihm schwer. Aber Osman gibt so leicht nicht auf.

Mit einem Mal richtet er sich auf und schaut seiner Mutter, die in tiefen Zügen atmet, ins Gesicht. Ihr Gesicht leuchtet im Mondschein schneeweiß. Ihre geflochtenen, kräftigen Haare sehen jetzt noch schwärzer aus. Die langen Zöpfe haben sich auf dem hellen Kopfkissen zusammengekringelt. Auf den Zöpfen liegt ein Glanz. Lange schaut er auf die Haare und in das schneeweiße Gesicht. Schließlich wird ihm der Kopf schwer, und er fällt auf das Kissen zurück.

Es ist Mitternacht, der Mond ist schon längst aufgegangen, ringsherum ist es hell wie am Tag. Das Wiederkäuen der Kuh, die unter dem Laubendach liegt, ist zu hören, das Knirschen ihrer Zähne. Der Schlaf bedrängt ihn immer mehr. Gleich wird er wohl doch einschlafen. Er beißt die Zähne zusammen. Er beißt sich in die Arme. Er kann anstellen, was er will – der Schlaf hat ihn wie eine Wasserflut von allen Seiten umringt, steigt unaufhörlich höher. Er wird wütend, dann lächelt er. Er wird wieder wütend und lächelt dann wiederum. Am Morgen wird er der Mutter um den Hals fallen. Die Arme werden um den Hals der Mutter...

Der Mond hatte sich gegen die Ebene im Westen gesenkt, als ob er mit dem Rand die Erde berühren würde. Gleich würde er rot aufglühen und untergehen.

Hinter den Bergen im Osten erschien ein dünnes weißes Lichtbündel, als ob es hervorsprudelte, und die Gipfel der Berge überzogen sich ganz langsam mit einem hellen Schimmer. Die Rinder im Dorf hatten angefangen zu brüllen, im Dorf hatte sich alles zu regen begonnen.

Die Mutter hatte sich niedergekniet und über das Kind gebeugt, regungslos schaute sie es an.

Der Kopf des Kleinen war vom Kissen zur Seite gerutscht, sein Hals war spindeldürr, sein Gesicht gelblich. Er atmete fast nicht. Sein winziges Gesicht war im Dämmerlicht kaum auszumachen. Die Mutter kniete da und seufzte tief auf.

Da streckte der Kleine einen Arm aus und ließ ihn hinunterbaumeln. Der Arm war höchstens daumenbreit, die Haut daran so verschrumpelt, als wolle sie sich vom Knochen lösen. Die Mutter starrte wie gebannt auf den Arm.

Dann seufzte sie auf: »Ach, mein Kleines, ach!«

Sie bewegte sich, schwankte nach beiden Seiten. Sie erhob sich neben dem Kind. Der Mond warf seine Schatten auf das Schilfdach der Hütte.

In einer Aufwallung von Zorn sagte die Mutter: »Ich werde ihn nicht aufwecken. Ich wecke ihn nicht auf. Und sollten wir vor Hunger sterben müssen, dann sterben wir eben. Was bringt schon die Arbeit von einem Kind?«

Ihr Blick war auf den spindeldürren Arm gerichtet. Sie wunderte sich, warum sie bislang nicht bemerkt hatte, daß das Kind derart schmächtig war.

»Und sollten wir vor Hunger sterben müssen, dann sterben wir eben.«

Sie nahm ihr langes, geflochtenes Haar in den Mund und kaute wutentbrannt darauf herum.

Von unten schrie ihr Mann: »Ist er wieder nicht aufgewacht?«

Die Frau antwortete in weichem, flehendem Ton: »Was willst du von dem Kind? Er ist doch noch so klein wie ein Däumling. Seine Knochen werden zerbrechen, die sind doch so dünn.«

Ihr Mann wurde barsch:

»Heute muß er unbedingt aufwachen. Aufwachen muß er, sage ich dir! Arbeiten soll er, er soll sich nicht an Faulheit gewöhnen. Das muß er als Kind schon lernen.«

Furchtsam antwortete die Frau, es war fast ein Gemurmel: »Sein Arm ist doch so dünn.«

Sie trat neben den Kleinen. Sie konnte es einfach nicht übers Herz bringen, dieses Kind, das so leicht wie eine Feder war, zu wecken und in der gleißenden Hitze zur Arbeit zu schicken.

Von unten ertönte die barsche Stimme: »Weck ihn auf. Kleb ihm eine. Wir haben den Mustafa Ağas unser Wort gegeben. Wo sollen die sonst mitten in der Nacht noch ein Kind auftreiben?«

»Mann«, antwortete die Frau, »ich bringe es nicht übers Herz. Der ist so dünn. Wird seine Arbeit uns etwa reich machen?«

Der Mann fragte: »Wann soll er sich denn ans Arbeiten gewöhnen?«

Die Mutter streichelte das Haar des Kindes. »Mein Osman«, sagte sie leise, »mein Osman, steh auf. Kleiner, steh auf, der Tag ist angebrochen, mein Osman.«

Der Kleine stöhnte auf. Langsam drehte er sich von einer Seite auf die andere.

»Mein Osman, mein Kleiner. Es wird Tag.«

Sie faßte den Kleinen an den Schultern und hob ihn hoch. Sie hob ihn so vorsichtig hoch, als ob er zerbrechen und auseinanderfallen könnte. Dann legte sie ihn wieder hin.

»Er wacht eben nicht auf, er wacht nicht auf. Soll ich ihn denn totschlagen?«

Eilig stieg sie von der Laube hinab. Die Laube schaukelte wie eine Wiege.

Der Mann brauste auf: »Gott soll dich strafen und ihn auch. Er wacht also angeblich nicht auf?«

»Er wacht eben nicht auf, was kann ich tun?«

Ungestüm sprang der Mann auf die Stiegen. Er kletterte auf die Laube, packte voller Zorn den Kleinen an beiden Armen und riß ihn hoch. Das Kind blieb wie ein Hasenjunges in seiner Hand hängen. Schlaftrunken zappelte es hin und her und schrie »Mama, Mama«. Der Mann schleppte das Kind von der Laube nach unten und stieß es vor die Frau hin. Der Kleine fiel der Länge nach in den Staub des Hofes.

Die Frau sah mit starrem Blick auf ihr Kind:

»Wolle Gott doch niemandes Kind für andere Leute arbeiten lassen.«

Sie hob den Kleinen rasch auf und drückte ihn an ihre Brust.

Das Kind hatte die Augen weit aufgerissen und schaute erstaunt um sich. Die Mutter brachte ihn weg und wusch ihm das Gesicht mit kaltem Wasser.

Das Kind kam zu sich und rief: »Mama!«

»Herzchen!«

»Hast du wohl roten Pfeffer in meinen Mund gestreut?«

In diesem Moment kam Mustafa Ağas Wagen und hielt vor ihrem Haus.

»Osman!«

Osman rannte los und sprang auf den Wagen. Er war außer sich vor Freude und sang.

Die Mutter zog Zeynep, die bei den Mustafa Āgas im Tagelohn arbeitete, beiseite und sagte: »Zeynep, paß auf Osman auf, um alles in der Welt, er ist noch ein Kind, nur Haut und Knochen.«

»Keine Angst«, antwortete Zeynep, »könnte ich denn Osman je hart anfassen?«

Sie kamen aufs Feld. Der Tag war noch nicht angebrochen. Auf den von der Mähmaschine in regelmäßigen Abständen hinterlassenen Kornbündeln lag Tau. Es roch nach Ackerunkraut und feuchtem Korn. Sie schirrten das Pferd an den Dreschschlitten und begannen, die Bündel aufzuladen. Statt eines Gespanns war nur ein einziges Pferd vor dem Schlitten. Den Gaul führte Osman, und er brachte den Schlitten, sobald er voll war, behende wie ein Vogel zum Dreschplatz und dann wieder zurück.

Die Leute, die den Schlitten beluden, wandten sich hin und wieder Osman zu:

»Na, wie steht's, Osman?«

»Bravo, Osman!«

Osman freute sich.

Gegenüber tauchte die Sonne wie ein leuchtend roter Feuerball hinter den Bergen auf. Von den Stoppeln und Kornbündeln stieg ganz sachte ein sehr feiner, mit den Augen kaum wahrnehmbarer Dunst auf. Am Himmel bewegten sich vereinzelt weiße Wolken.

Osman sauste ständig zwischen dem Dreschplatz und den Garbenbinderinnen hin und her. Er war voller Eifer und quicklebendig.

Zeynep munterte Osman alle nasenlang auf: »Ja, mein Osman. Du Held, mein Osman!«

Die Sonne näherte sich dem Zenit. Alles ringsum war in grelles Licht getaucht. Die auf die Stoppeln und Kornbündel aufprallende Sonne flimmerte, die Lichtstrahlen erloschen fadenweise. Tausende, Hunderttausende von ineinander verflochtenen Lichtfäden tanzten hin und her. Die Gesichter der Garbenbinderinnen waren staubverschmiert, der Schweiß rann ihnen in Strömen hinunter. Es war, als ob aus allen vier Himmelsrichtungen Feuer gefallen wäre, es brannte.

Osman war von der Sonne dunkler und sein Gesicht noch

schmaler geworden, seine riesengroßen Augen waren zugekniffen. Und sein Hemd troff vor Schweiß.

Wo war die Munterkeit vom Morgen? Jetzt verhakten sich Osmans Beine beim Laufen ineinander. Gleich würde er hinfallen und unter die Hufe der Pferde geraten. Osman versuchte sich zusammenzureißen.

Die Erde war wie glühendes Eisen. Bei jedem Schritt machte Osman einen Satz. Sein Gang war recht eigenartig.

Bis der Schlitten zurückkam, legten sich die Garbenbinderinnen direkt unter die Sonne auf die Kornbündel, mit dem Mund nach oben, und versuchten sich auszuruhen.

Osman schaut immer wieder zum Himmel. Wäre doch eine kleine Wolke da... Manchmal verweilt der Schatten einer weißen Wolke für einen Augenblick über ihnen und zieht weiter. Die Blicke verfolgen den Wolkenschatten.

Die Sonne steht im Zenit. Die Stoppeln knistern; die aufgerissene, glühende Erde unter den Füßen Osmans läßt ihn unentwegt hüpfen.

All seine Kraft hat Osman zusammengenommen. Es brennt von unten, es brennt von oben. Es ist, als bohrte man ein glühendes Eisen in ihn hinein.

Die Hitze, alles glitzert und gleißt. Es ist unmöglich, die Augen zu öffnen und zehn Meter weit zu sehen.

Als Zeynep ihre Garben auflud, wandte sie sich nach Osman um. Da sah sie, daß Osmans Beine wie Espenlaub zitterten.

»Osman«, sagte sie, »Osman, mein Osman, lauf nicht zu Fuß hin und her. Komm, ich werde dich aufs Pferd setzen.«

Sie hob ihn hoch und setzte ihn aufs Pferd. Osman trieb das Pferd an. Das Zittern seiner Beine hatte noch nicht aufgehört. Auf dem Pferd ritt er hin und her. Zeynep band in der Ferne ihre Garben. Er sprang vom Pferd herunter und lief auf Zeynep zu.

Zeynep fragte: »Warum hast du das Pferd stehenlassen? Wenn es nun durchgeht?«

Osman trat zu ihr und nahm ihre Hand: »Weißt du, Tante Zeynep«, sagte er, »wenn ich mal groß bin, kauf' ich dir goldene Ohrringe.«

Er rannte zum Pferd zurück.

Die Hitze war erstickend. Nicht das leiseste Lüftchen, das man noch Wind hätte nennen können, regte sich. Auf dem Pferd schmerzten Osman die Beine. Sie konnten ihn nicht mehr halten. Gleich würde er hinunterfallen. Er sah um sich herum nichts mehr. Osman lenkte das Pferd nicht mehr, das Pferd machte seinen Weg nun allein.

Da kam die Mittagspause. Essen unter der Hitze, Wasser warm wie Blut. Trotz allen Bettelns und Flehens von Zeynep nahm Osman nicht einen Bissen Brot zu sich. Er trank nur Wasser. Zeynep dachte nach und dann goß sie ihm einen Eimer Wasser über den Kopf. Jetzt kam das Kind wieder zu sich.

Als sie zur Arbeit aufstanden, sagte Zeynep: »Mein Osman, geh und setz dich jetzt hin. Das Pferd kann ein anderer führen.«

»Das geht nicht, Tante Zeynep«, antwortete Osman, »ich werde es führen. Ich bin überhaupt nicht müde.«

Als sie ihm das Pferd wegnahm, setzte sich Osman hin und fing schluchzend an zu weinen: »Ich bin nicht müde. Bei Gott, ich bin nicht müde.«

Daraufhin sagte ein Weib: »Setzt ihn auf das Pferd. Soll er doch runterfallen und unter den Hufen des Pferdes zertrampelt werden, der Welpe!«

Osman: »Bei Gott, ich falle nicht runter, ich schwör's, ich falle nicht runter. Ich bin doch gar nicht müde.«

Sie ließen ihn aufsitzen. Also, sie hatten ihn aufsitzen lassen, aber nach drei Wegen hin und zurück wurde Osman schwindlig... Er nahm sich zusammen.

Doch dann kam es so weit, daß Osman sich auf dem Pferd lang ausstreckte und mit den Händen in der Mähne festklammerte. Zeynep bemerkte es und hob Osman vom Pferd herunter. Osman war bewußtlos. Sie nahm ihn und legte ihn auf ein Garbenbündel.

»Kleiner«, sagte Zeynep, »Kleiner! Was bist du für ein Starrkopf!«

Dann holte Zeynep wieder Wasser und goß es ihm über den Kopf. Sie stellte sich gegen die Sonne und spendete ihm Schatten. Nach einer Weile kam Osman zu sich. Bis zum Abend, bis die Arbeit eingestellt wurde, lag er auf der Garbe, auf die ihn Zeynep gelegt hatte, und starrte mit ausdrucksleeren Augen auf die dicht zusammengedrängt Arbeitenden. Vor Scham wagte er nicht, den Kopf zu heben.

Bei Feierabend nahm Zeynep Osman an die Hand und hob ihn auf den Wagen. Das Kind war wie ein flaumweiches Knäuel.

»Mein Osman«, sagte sie, »heute hast du sehr gut gearbeitet. Mustafa Ağa wird dir sicher mehr als gebührend geben.«

»Ob er wohl was gibt?« fragte Osman verwundert.

»Du hast viel gearbeitet.«

Es war, als würde in Osman Leben zurückkehren.

Die ganze Familie hatte sich versammelt und saß draußen vor der Tür beim Essen. In einiger Entfernung standen der Wagen und die daran angebundenen Pferde. Sie hatten ihre Köpfe raschelnd in das frische Gras gesteckt, als ob sie es aufsaugen wollten. Ringsum roch es nach frischem Gras.

Die Dunkelheit senkte sich wie ein Vorhang. Und in der Nähe der Pferde stand Osman, seit er vom Felde gekommen war, wie angewurzelt da. Ungeduldig starrte er auf die Essenden. Die bemerkten Osman nicht einmal.

Osman wartet. Schließlich reißt ihm die Geduld und er hustet. Er versucht, sich bemerkbar zu machen. Er hebt ein Stöckchen vom Boden auf und zerbricht es mit Krachen. Die Essenden nehmen keine Notiz davon. Dann zeichnet Osman mit dem abgebrochenen Stöckchen Kreise und Striche in den Staub. Mit aller Kraft kratzt er mit dem Stöckchen auf der Erde herum. Die Geräusche, die das heftige Kratzen des Stöckchens auf der Erde hervorbringt... Osman kann sein Ziel nicht erreichen. Die Essenden reden und lachen miteinander. Osman wird gereizt. Ständig kratzt er mit dem Stöckchen auf dem Boden herum. Die Striche, die er zieht, verwischt er wieder mit seinen Füßen. Ein Ende des Stöckchens steckt im Boden... Osman rennt um das Stöckchen herum. Dann vergißt er die Essenden und verliert sich gänzlich im Spiel. Er zieht wieder und wieder Linien und verwischt sie.

Plötzlich ist da eine Stimme... Das Stöckchen fällt ihm aus der Hand. Er erstarrt. Er will weglaufen, kann aber nicht.

»O Gott!« rief Mustafa Ağas Frau voller Erstaunen. »Osman! Der Osman ist das ja, komm her, Osman!«

Osman rührte sich nicht vom Fleck.

»Komm, mein Osman, setz dich hin und iß was!«

Osman kümmerte sich nicht darum; er schwieg.

»Hat dich etwa deine Mutter geschickt?«

Osman hatte den Kopf gesenkt. Er hob ihn nicht.

»Bist du Tollkopf etwa nicht nach Hause gegangen, als du vom Feld zurückkamst? Deine Mutter wird dich jetzt suchen und sich Sorgen um dich machen.«

Sie beugte sich zu ihrem Mann und flüsterte ihm etwas zu. Die am Tisch lachten.

Osman war ständig zum Weglaufen zumute. Dennoch stand er wie festgenagelt da.

Da sagte Mustafa Aḡa: »Schaut mich mal an, da hab' ich doch wahrlich vergessen, dem Osman seinen Anteil zu geben.« Und er zog seine Börse hervor und reichte Osman ein Fünfundzwanziger-Stück. Im Handumdrehen schnappte sich Osman das Geld. Er stieß ein »Juhu!« aus und stob davon.

Rennend kam er nach Hause und fiel seiner Mutter ganz außer Atem um den Hals.

»Nimm!« sagte er.

Die Mutter schwenkte das Fünfundzwanziger-Stück dreimal um ihren Kopf und führte es an die Lippen.

Der Säugling

Er lief so schnell, daß er bis zur Hälfte im Staub versank.

Die Sonne, die ihm genau auf den Kopf brannte, machte ihn ziemlich benommen. Manchmal torkelte er beim Laufen hin und her, der glutheiße Staub, der in seine aufgeschlitzten Schuhe drang, verbrannte ihm die Füße. İsmail sprach beim Laufen leise mit sich selbst.

In der bunten Leibbinde auf seinem Arm war ein Säugling eingewickelt. Der Kopf des Säuglings hing über den rechten Arm İsmails hinab. Sein Gesicht war knallrot, und eine Staubschicht hatte das rote Gesicht überzogen. Die Augen des Säuglings waren geschlossen, sein Hals war spindeldürr.

Der Staub reichte ihm bis zur Hüfte. İsmail lief und murmelte dabei. Der Schweiß war aus seinem gestreiften Hemd ausgetreten und hatte, vermischt mit dem Staub, die Farbe von Schlamm angenommen. Ringsum waren Leute, die Garben schleppten, Mähmaschinen und Mähdrescher. Ihr Lärm erfüllte die Gegend.

İsmail bog auf das Feld neben ihm ein, auf dem Frauen und Männer Garben schleppten. Das Bündel auf seinem Arm legte er unter einen Wagen auf den feuchten Boden. Daneben döste ein gelber Köter vor sich hin, die Zunge eine Handbreit heraushängend. Er kletterte auf den Wagen. Aus dem Faß nahm er eine Schale Wasser und setzte sie an den Mund. Den Rest schüttete er über seine offene, behaarte Brust.

Er setzte sich hin, seinen Rücken an ein Rad gelehnt, und streckte die Füße aus. Sein großer Zeh sah aus dem zerschlissenen Schuh hervor. Darunter war er eingerissen, der Nagel lang und gespalten.

Aus einiger Entfernung kam eine Frau, die bei den Leuten arbeitete, die Garben schleppten, auf den Wagen zu, um Wasser zu trinken. Als sie am Wagen ankam, war sie nicht wenig erstaunt. Ihr Kinn wurde spitz. Ihre großen, schwarzen Augen öffneten sich weit:

»Ei, sieh mal da!« rief sie. »Bruder İsmail, was hast du denn hier zu suchen?«

Sie starrte unter den Wagen und rief: »Ach, ach, meine Zala. Ach, meine Schönäugige.«

Sie beugte sich hinab und nahm das Kind auf den Arm.

»Der Hals hängt ja schlaff darnieder«, sagte sie, »das bleibt nicht am Leben, Bruder. Ach, Zala, ach, schönäugige Zala. So eine wie Zala gibt's nicht noch einmal.«

Sie holte ihre Brust heraus und gab sie dem Kind. Das Kind saugte daran. »Schau«, sagte sie, »Bruder İsmail, das Kind nimmt die Brust. Die Schlaffheit des Kindes kommt vom Hunger. Vor lauter Hitze ist es halb ohnmächtig. Ich ruf' mal die Hürü, damit sie ihm Milch gibt. Ihre Brüste sind voll. Ihr Kind ist nämlich zu Hause, und sie drückt schon den ganzen Tag ihre Milch ab und läßt sie auf die Erde fließen.«

Sie nahm ihre Brust aus dem Munde des Kindes.

»Nicht einmal eine trockene Brust läßt das Kind los. Du, Hürü! Du, Hürü, komm! Komm!«

Hürü kam aus der arbeitenden Menschenmenge hervor.

»Komm, Hürü, das Kind der Zala, komm gib ihm die Brust!«

Hürü nahm das Kind und drehte sich um.

»Ach«, sagte sie, »niemand kann das wegessen, was ihm nicht vorherbestimmt ist. Ich konnte es kaum noch aushalten. Meine Brüste waren schon geschwollen. Gleich hätte ich die Milch wieder auf den Boden abgedrückt...«

Die Frau mit dem spitzen Kinn unterbrach sie. »So eine wie Zala gibt's nicht noch einmal. Keine war wie Zala. Als sie noch unverheiratet war, gingen wir umgraben. In ihrem Gesicht war stets ein Lachen. Und Haare hatte sie! Einen ganzen Armvoll. Violettglänzende Haare... Nur einen Fehler hatte sie, sie konnte nicht barfuß auf der Erde laufen. Einen Fehler hatte sie... Barfuß...«

Hürü entzog dem Kind ihre Brust. Die Augen des Kindes waren geschlossen, nur sein Kinn bewegte sich. Am Kinn und rund um den Mund waren Milchreste.

»Auf die Erde hätte ich sie ausgedrückt.« Sie seufzte. »Ach, Zala«, fuhr sie fort, »mußte ihr Kind so einsam und verlassen dastehen?«

Die Frau mit dem spitzen Kinn fragte: »Bruder, wie ist denn die Zala gestorben?«

Einige Frauen, die das Kind auf Hürüs Arm sahen, hörten mit ihrer Arbeit auf und kamen auf den Wagen zu.

Hava Ana, deren weiße Haare unter ihrem zerrissenen Kopftuch hervorquollen, rief: »Was ist das? Ist das das Baby der Zala? Ach, Zala!«

Aus ihren Augen rollten ein paar Tränen.

»Ach, meine schönäugige Zala. Meine Schwarzäugige. Meine Unglückselige... Wie ist es passiert, daß die Kleine gestorben ist? Wie ist sie gestorben?«

Kara Elif, kleinwüchsig wie ein Dreikäsehoch, mit eingefallenen Wangen, fragte:

»Wie ist sie gestorben, İsmail? Wie hast du's angestellt?«

İsmail murmelte ständig vor sich hin. Sein Kopf war nach vorn gesunken, er stand auf und klopfte sich hinten ab. Er nahm Hürü das Kind weg und legte es in seine Arme. Verbissen sagte er: »Sie ist gestorben. Ich hab' sie auch zum Arzt gebracht, und dennoch ist sie gestorben. Ich habe ihr eine Spritze geben lassen, und dennoch ist sie gestorben.«

Eilig entfernte er sich.

Die weite, zerrissene schwarze Pluderhose wehte um seine langen Beine, unter den Löchern war seine weiße Unterhose zu sehen.

Die Frauen starrten hinter ihm her.

Hava Ana bewegte langsam ihre verzogenen Lippen.

»Der Kummervolle. Der Arme, seht doch mal, wie kummervoll er ist. Das Herz ist ihm schwer. Niemanden von uns konnte er ansehen. Als ob er das Weib selbst umgebracht hätte...«

Ein dunkelhäutiges Weib mit eingefallenen Wangen, das plötzlich auftauchte, sagte:

»O je, o je, er hat sich nicht um Zala gekümmert, gekümmert hat er sich nicht, der Verdammte. Soll er mal ruhig so umherziehen mit dem Kind auf dem Arm, soll er von Dorf zu Dorf ziehen. Soll er umherziehen! Zwanzig Tage lang hat er sie nicht zum Arzt gebracht. Der Mutterkuchen war noch drin... Was weiß ich, der Mutterkuchen ist drinnen abgefault! Gab es wohl noch jemanden, der wie Zala war? Wäre die Koca Emine nicht gestorben, hätte sie dann wohl die Zala dem dahergelaufenen İsmail gegeben?«

Hürü warf von der Stelle, an der sie saß, ein: »Jetzt muß er bei fremden Leuten Schutz suchen, der arme Kerl. Er tut niemandem etwas zuleide, der lautere Bursche İsmail.«

Hava Ana: »Ob er wohl jemanden finden wird, der das Kind versorgt?«

Die mit dem spitzen Kinn antwortete: »Wer wird es schon versorgen? Die Leute können nicht einmal ihre eigenen Kinder versorgen. Sieh dir Hürü an, sie hat ihr wunderhübsches Kind zu Hause gelassen und ist hergekommen. Das Kind hungert dort und weint surrend vor sich hin wie die Fliegen, und sie gießt hier ihre Milch auf den Boden aus. Hier auf den Boden! Aus dem Kind der Hürü wird doch nichts. Am Abend kommt sie heim... Die gute Milch!«

Hürü stützte sich auf dem Boden ab und stand auf: »Komm' ich etwa gern her? Verdammt sei die Armut. Komme ich etwa aus Lust hierher? Hunger müßten wir leiden, mein Kind und ich. Auf andere Leute angewiesen... Auf die Unterstützung von Hinterlistigen... Du weißt es sehr wohl, Schwester. Als wenn's gern wär'...«

Hava Ana antwortete: »Es ist schwer. Die Unterstützung von Hinterlistigen ist noch schwerer als der Tod zu ertragen.«

Die mit dem spitzen Kinn warf ein: »Und das alte Weib sieht auch nichts mehr. Wie versorgt sie wohl das Kind? Nicht wahr, Mädchen Hürü? Die sieht auch nichts mehr...«

Hürü: »Sie ist ein Kindernarr. Sie ist ganz verrückt nach Kindern. Wie eine Vogelmutter schwirrt sie um sie herum. Kinder weinen bei ihr nie. Wenn da ein Kind vor lauter Weinen fast am Sterben ist, mußt du es nur dieser Frau bringen, sie läßt es gleich verstummen. Ein Kindernarr! Und was für Wiegenliedchen sie singt.«

Kara Elif: »Sie läßt das Kind weinen. Da können die Fliegen sich auf es stürzen und es stechen, sie merkt es nicht, erst muß es weinen. Sie sieht nichts, was soll das arme Weib tun? Ein Kindernarr ist sie ja, was soll sie tun? Man erzählt sich, daß sie alle naselang die Milchflasche dem Kind ans Auge hält, in der Annahme, es wäre der Mund.«

Dann blickte sie lange hinter İsmail her: »Wo geht er hin, der İsmail? Wo bringt der das Kind hin? Wer wird es versorgen? Niemand kann sich um sein Kind kümmern, jetzt, zu dieser Jahreszeit voller Arbeit.«

Hava Ana meinte: »Er hat doch die Familie seines Onkels. Die werden es sicher versorgen. Die werden es versorgen.«

Als die mit dem spitzen Kinn sich aufmachte, zu den Arbeitenden zurückzukehren, wandte sie sich um und sagte:

»Pah, als ob in der Familie seines Onkels ein Weib wäre, das das Kind versorgen würde. Gott möge niemandes Kind ohne Mutter lassen.«

Darauf Hava Ana: »Wäre es doch auch gestorben, als seine Mutter starb, mein Gott. Was wäre dabei gewesen? Warum hast du es ohne Mutter dastehen lassen? Willst du mit einem mutterlosen Kind die Welt besiedeln, mein Gott? Ach, Zala, diese Jahreszeit voller Arbeit... Was soll er tun, der İsmail?«

Die Sonne stand im Zenit. Ringsum war alles voller Staub. In der Ferne, diesseits des Dorfes, stieg fast ohne Bewegung unmerklich Rauch gegen den Himmel. Die Getreidestoppeln glänzten. Die riesige Ebene brannte in einem einzigen Gefunkel, sie glitzerte, als wären die Sonnenstrahlen auf eine verzinnte Schale getroffen.

Ein Stück weiter abseits leuchtete eines der glänzenden Eisenteile des laufenden Mähdreschers auf. İsmails Augen wurden geblendet. Seine Augen brannten vor lauter Schweiß. Er sah am Wegrand einen spärlich schattenspendenden Maulbeerbaum, der vom Staub weiß überdeckt war. Er ging auf ihn zu. Der Kopf des Kindes hing über seinen Arm hinab, der spindeldürre, weiche Hals war lang geworden.

Er legte das Kind in der Nähe der Wurzel des Maulbeerbaumes nieder. Er selbst zog, ohne sich hinzusetzen, das Hemd vom Leib und wrang es aus. Er nahm es und breitete es über den vor lauter Staub kaum auszumachenden Brombeerstrauch am Wegrand. Ein Hosenbein war eingedreckt, er klopfte es ab.

Das Baby wimmerte. Auf sein Gesicht hatten sich überallhin Fliegen gesetzt. Mit einer heftigen Handbewegung jagte İsmail sie davon. Das Kind hörte nicht auf zu wimmern. İsmail wiegte das Kind hin und her.

»Heiapopeia, Kleines«, sang er, »heiapopeia... Heiapopeia.« Das Wimmern hörte nicht auf.

Hastig holte er das nasse Hemd vom Strauch herunter und zog es an. Er lief los. Sein Unterkörper verschwand im Staub. Der Hals des Kindes hing hinab. Mit ganz dünner Stimme wimmerte es; es klang wie klägliches Stöhnen.

Ein Lastwagen fuhr vorbei. Eine Zeitlang stand über dem Weg eine Staubwolke. Als İsmail aus der Staubwolke herauskam, nahm seine Nase einen schneidenden Sumpfgeruch wahr. Rechts von ihm erstreckte sich bis zum Dorf eine grüne Fläche, ein Reisfeld. Im Graben neben dem Weg stand das Wasser bedeckt mit einer Staubschicht; von dem riesigen Reisfeld, das unter der Sonne glühte, stieg Dunst auf.

Am Rande des Reisfeldes, also auf der Seite zum Wege hin, stand ein alter, weißhaariger Feldbewässerer mit krummem Rücken, die Hand am Rückgrat, eingehüllt in einen Überwurf, die Schweißperlen in seinem Gesicht weithin sichtbar. İsmail ging an ihm rasch vorbei. Er hatte seinen Kopf zum Kopfe des Kindes hingeneigt und sah es regungslos an.

»Mensch«, rief der Bewässerer, »Menschenskind, Wanderer, der Kopf des Kindes hängt ja herunter.«

İsmail hörte es nicht. Seinen Kopf geneigt, lief er weiter.

»Nur einem Feind sei das zugedacht«, murmelte der Bewässerer vor sich hin, »selbst einem Feind käme das schwer...«

İsmail lief mit der gleichen Geschwindigkeit in das Dorf hinein.

Auf den staubigen, engen Straßen lagen riesige Haufen von Büffeldung. An den Ecken der mit Schilf gedeckten Lehmhütten, auf deren Mauern Kuhfladen zum Trocknen angeklatscht waren, stand eine Reihe in der Erde herumscharrender Hühner mit offenen Schnäbeln, die Zungen heraushängend, und mit schlaffen Flügeln; die Hunde, und auch ihnen hingen rot und lang die Zungen heraus, dösten vor sich hin. Und hätte man noch so gesucht im Dorf, nicht einmal zum Sichaufknüpfen hätte man einen Baum gefunden. Am Rande des Grabens standen zwar diese gedrungenen Karacanbüsche, die vor Staub kaum als Gewächs auszumachen waren, aber die, niedrig wie Sträucher, zählten nicht.

Das Haus der Familie des Onkels von İsmail war eine schilfrohrgeflochtene Hütte in der Mitte des Dorfes, das Dach mit Schilf gedeckt, die rechte Hüttenecke nach innen eingebogen. Unter dem anstrichlosen Wagen an der Tür, dessen Bretter Risse bekommen hatten und dessen Eisenbeschläge an den Rädern verrostet waren, lagen Hühner und Hunde. Eine Ente ließ die flauschigweichen Entenküken hinter sich herspazieren.

Die Tür war offen. Eine hochgewachsene Frau, der man schon von weitem ihre Stattlichkeit ansah, hatte die Beine bis zum Bauch gezogen, ihren Kopf auf die Türschwelle gelegt und schlief.

İsmail blieb, den Kopf zum Kind geneigt, wie niedergeschmettert an der Tür stehen. Das Kind hatte mit dem Wimmern noch nicht aufgehört. Langsam hob die Frau den Kopf. Ein Schwarm schwarzer Fliegen flog auf. Sie rieb sich die Augen. Ohne İsmail erkennen zu können, sagte sie mit sanfter Stimme: »Was soll das? Geh doch hinein. Bleib nicht in der Sonne stehen.«

İsmail hörte es nicht. Er blieb weiterhin mit zum Kind geneigtem Kopf stehen. Sein Schatten lag auf dem grauen Staub und dem Kuhmist vor der Tür. Ein dunkler Schatten, halb so groß wie ein Mensch.

Die Frau stand auf. Sie schien jetzt erst zu sich zu kommen.

»Ei, was ist das denn? İsmail, Kind, bist du es?«

Sie nahm ihm das Kind ab. İsmail bewegte sich keinen Schritt weit. Das Baby wimmerte.

»Heiapopeia, Kleines, heiapopeia, wein nicht. İsmail, komm rein. Du bist ja schon ganz verbrannt in der Sonne. Es sprüht Feuer. Komm, Kleiner. Ach, mein Unglückseliger.«

Sie legte das Baby auf eine Matte. Sie stieß İsmail am Arm an.

»İsmail, Kleiner, ich flehe dich an, komm rein. Du bist ja klatschnaß vor Schweiß. Klatschnaß.«

İsmail starrte glasig vor sich hin. Ganz glasig. Er trat ein und fiel in die Hocke, als ob seine Knie ihm den Dienst versagten.

Die Frau sah İsmail an.

»Kleiner«, sagte sie, »mache dir doch nicht soviel Kummer. Es gibt nichts, was einem nicht zustoßen könnte. Man stirbt auch nicht gleich, wenn jemand stirbt. Zala war ein gutes Weib. Aber was kann man machen. Man stirbt auch nicht gleich, wenn jemand stirbt. Sei vernünftig. Man stirbt auch nicht gleich, wenn jemand stirbt. Hat es das schon jemals gegeben, einen Mann ohne verstorbene Frau oder eine Frau ohne verstorbenen Mann? Das kommt bei tausend einmal vor. Mach dir keinen Kummer. Weißt du eigentlich, wie es um dich steht? Weißt du eigentlich, was mit dir los ist? Was einem zustößt, muß man eben ertragen. Kümmere du dich um deine Angelegenheiten. Wir haben davon gehört, dein Onkel machte sich schon Sorgen. Die Leute erzählten, du hast das Baby auf den Arm genommen. Der İsmail schläft mit ihm auf dem Arm, ein Wiegenliedchen singend. Wie irre singt er Wiegenliedchen und schläft mit ihm. Bekümmert hat es deinen Onkel. Man erzählt, Tag und Nacht liegt das Kind in den Armen İsmails, er singt Wiegenliedchen und schläft mit ihm. Tu dir, mein Sohn, das nicht an.«

İsmails langes Gesicht war noch etwas länger geworden und tiefbraun. Sein Gesicht hatte einen merkwürdigen Ausdruck. Auf dem nassen Boden, neben der Nische für das Kochgeschirr, den Rücken an die Hecke gelehnt, sagte er: »Tante«, sagte er, »liebe Tante. Das bringt mich noch um. Laß das da nicht wimmern. Laß es nicht wimmern.«

Das Weib Cennet hob das Kind vom Boden auf und nahm

es in ihre Arme. Cennets Haare waren schlohweiß, nur einige rötlich-gelbe Strähnen durchzogen es. Ansonsten war sie milchfarben. Um ihre sehr schmale, nach vorn gebeugte Taille war ein abgenutztes, wer weiß wie altes Leibtuch gewickelt, dessen Fransen ausgegangen waren. Ihre Augen waren winzigklein und strahlend. Ihr Kinn, derb wie das von Männern, gab ihrem Gesicht einen rauhen Ausdruck.

Sie wiegte das Kind auf ihren Armen hin und her:

»Heiapopeia, Kleines, heiapopeia, mein Mutterloses. Heiapopeia, mein Unglückseliges, heiapopeia.«

Sie lief im Haus von einem Ende zum anderen und schaukelte dabei das Baby auf ihren Armen hin und her:

»Heiapopeia, mein Unglückseliges, heiapopeia. Schlaf, mein Mutterloses, schlaf«, sang sie wieder und wieder. Das Kind wimmerte ununterbrochen, wie eine aufgezogene Puppe.

»Du, İsmail, die Leute erzählen, du hättest dich nicht um Zala gekümmert. Sie wär' wegen fehlender Pflege gestorben. Du hättest das Weib mit dickem Bauch zum Lastentragen mitgenommen, bis zum letzten Tag. Und als das Kind kam, hättest du sie in einen Stall abgeschoben. Niemand war da, der sich um sie kümmerte. Mutterseelenallein. Das mußt du verantworten. Ja, das alles sagen die Leute.«

Von draußen fiel ein Schatten herein. Döndü kam herein, ein schmalschultriges Mädchen, dessen breite, runde Hüften sich unter der schwarzen Pluderhose abzeichneten. Ihre Augenbrauen und Wimpern waren üppig. Auf ihren Lippen zeichnete sich stets ein die weißen Zähne sichtbar lassendes Lächeln ab. Sie hatte riesengroße Augen. Der Schatten ihrer Wimpern lag auf ihrem Gesicht. Sie hatte Grübchen.

Sie nahm das Baby aus dem Arm des Weibes Cennet. Sie drehte sich um und holte ihre Brust heraus und gab sie dem Kind. Das Kind nahm die Brust. Es verstummte.

Draußen standen zwei splitterfasernackte Kinder, in der einen Hand ein Messer, in der anderen ungeschälte Zweige. Ihre Bäuche waren aufgequollen, ihre Hälse spindeldürr. Bis zur Kehle waren sie mit Schlamm beschmiert. Der Schlamm war getrocknet und rissig geworden.

Einer der Jungen streckte den Kopf nach drinnen und zog ihn zurück.

»Mann, o Mann«, rief er, »das müßtest du sehen!«

Er zeigte auf seinen Mittelfinger.

»So dünn ist sein Hals. So dünn!«

Auch der andere streckte sich und sah hinein.

»Ehrlich, Menschenskind, nur so... Dünn wie ein Strohhalm. Schwester Döndü hat ihm die Brust gegeben.«

»Nur dem Schein nach, damit es nicht weint, hat sie ihm die Brust gegeben. Können denn Mädchen Milch haben? Können denn Mädchen, die noch keinen Mann hatten, Milch haben? Meine Mutter hat gesagt, das geht nicht. Eben nur zum Schein.«

»Und wenn nur zum Schein. Das Baby weint doch nicht mehr! Es saugt doch!«

Sie entfernten sich, an ihren Zweigen herumschnitzend.

Das Weib Cennet sagte: »Ja, das sagen die Leute. So ist es, mein İsmail. Das Weib sollst du mit dem Kind irgendwo eingeschlossen haben, die Tür zugeschlossen, und nicht einmal einer war da, der Wasser zu trinken gegeben hätte. Aufs Feld wärst du gegangen. Die Trommel in der Ferne ertönt besonders laut, mein İsmail. Das alles sagen die Leute, mein İsmail. Wenn's einer nicht glaubt, mein İsmail, dann glauben's Tausende... Der Mund der Leute ist doch kein Gürtelband, das du zusammenziehen und zubinden könntest, Kleiner. Wehe, es geht dir dreckig, dann wirst du aus lauter Lust zerfetzt! Die Leute sagen, an einem dunklen Ort war das kranke Weib, und die hat das Kind auf den Arm genommen und ist wie verrückt drinnen hin- und hergelaufen, splitterfasernackt. Wer das sagt, soll dafür zur Verantwortung gezogen werden. Vor Kummer irre geworden wär' Zala... Ja, mein İsmail. Ja, Kleiner...«

Man hätte meinen können, İsmail höre nicht zu, aber plötzlich richtete er sich auf: »Tante«, sagte er, »ich flehe dich an, Tante.« Seine Stimme klang flehentlich, kam aber dennoch wütend hervor.

»Ich flehe dich an, Tante, würde ich der Zala etwas Schlechtes zufügen? Sie war die Stütze meiner Familie. Die Stütze meiner Familie. Komm, frag mich danach. Mein Herz brennt. Es brennt in mir wie Glut. Eingehen lassen wird mich der Kummer um Zala. Wozu bin ich wohl noch nütze ohne Zala? Könnte man denn jemanden finden wie Zala, selbst wenn ich die ganze Welt abgrase? Könnte ich eine finden? Komm, frag mein Innerstes danach.«

Die Augen des Weibes Cennet standen in Tränen. »Man kann keine wie Zala finden«, sagte sie, »wo gibt es noch mal so ein Weib? Als Einzigartige kam sie zur Welt, als Einzigartige ging sie.«

Es war, als ob İsmails Stimme nicht aus ihm käme. So als ob sie aus der Wand daneben, aus dem Boden oder von sonstwo her käme. Seine Augen waren halb geschlossen. Das Weiße und Schwarze seiner Augen war kaum auszumachen. Seltsam...

»Tante«, sagte er, »deine Füße will ich küssen, Tante, bei dieser Sache habe ich keine Schuld. ›Mädchen‹, hab' ich gesagt, ›Weib‹, hab' ich gesagt, ›Zala‹, hab' ich gesagt, ›es ist bald soweit‹, hab' ich gesagt. ›Geh du nicht mehr aufs Feld‹, hab' ich gesagt. ›Ich kann ganz allein arbeiten und die Garben tragen. Es ist sowieso nicht mehr lange‹, hab' ich gesagt, ›sowieso nicht mehr lange.‹ Sie gehorchte mir nicht. ›Ich‹, sagte sie, ›habe auf den heutigen Tag gewartet. Es soll meine eigene Arbeit sein, damit ich verschont werde, für andere zu arbeiten‹, hat sie gesagt. ›Bis ich sterbe, werde ich arbeiten. Bis meine Knochen zerbrechen, werde ich arbeiten. Du‹, hat sie gesagt, ›hast dich von der Tagelöhnerarbeit bei anderen Leuten erst dieses Jahr befreien können. Ich habe seit Jahr und Tag auf diesen Tag gewartet. Teilpächter sein ist besser als Knechtsarbeit. Wenn die Hälfte des Ertrages jemandem anderen gehört, so gehört die andere Hälfte immerhin mir.‹ Was ich auch angestellt habe, sie ist nicht zu Hause geblieben. Das hochschwangere Weib. Ihr Bauch ging bis oben hin. Das Herz zerriß es mir, wenn sie arbeitete. ›Zala‹, hab' ich gesagt, ›tu es nicht‹, hab' ich gesagt. Sie beharrte auf ihrem Standpunkt. ›Ich‹, hat sie gesagt, ›habe auf den heutigen Tag gewartet. Ich sagte mir immer, ob ich es wohl noch erleben werde, meiner eigenen Arbeit nachzugehen. Die Arbeit bei anderen Leuten in Not und Elend hat meinen Rücken krumm werden lassen.‹ Sie arbeitete voller Gier. ›Ich habe auf den heutigen Tag gewartet. Mein Vater ist als Knecht bei anderen Leuten und meine Mutter als Magd gestorben‹, sagte sie, ›und ich schlage mich jetzt auch bei anderen Leuten herum.‹ Sie sagte wie verrückt immerzu: ›Ich habe auf den heutigen Tag gewartet.‹«

»Es war an einem Tag, einem so heißen Tag, an dem die Vögel mit heraushängenden Zungen vom Himmel fielen. Wir trugen Garben. Die Sonne stand hoch über uns. Wie Pfeilspitzen stach sie auf unsere Köpfe ein. Zala trug auf ihrem Rücken eine riesige Garbe. Zwei Männer hätten sie gemeinsam nicht tragen können. Und wenn ich sagte: ›Mädchen, laste dir nicht soviel auf‹, antwortete sie nur: ›Ich habe auf den heutigen Tag gewartet‹ und bekam feuchte Augen.

Auf einmal sah ich, so auf der Hälfte des Weges, noch bevor wir beim Dreschplatz waren, daß sie die Garbe herunterschmiß. ›Was ist los, Mädchen?‹ fragte ich. ›Wehen‹, sagte sie, ›sie sind heftiger geworden. Die ganze Zeit, heute früh waren sie noch nicht so, aber jetzt sind sie heftiger geworden. Es ist, als würde ein Messer reingestoßen‹, hat sie gesagt. ›Es bringt einen um‹, hat sie gesagt. ›Ich geh' nach Hause, kümmere du dich um deine Arbeit, arbeite du und laß die Ameisen nicht an unserer Nahrung teilhaben. In tausend Jahren einmal bekommt man diese Möglichkeit‹, hat sie gesagt, ›wir arbeiten auf unserem eigenen Feld für uns selbst.‹ Ihren Bauch haltend, eilte sie in Richtung auf das Dorf zu. Sie lief und brach zusammen. Ich wollte zu ihr hin. ›Laß die Ameisen nicht an unserer Nahrung teilhaben, ich geh' schon‹, hatte sie gesagt. Sie stand wieder auf und ging.

Am Abend kam ich nach Hause. Da lag sie, und daneben, in Lumpen gewickelt auf einem Getreidesieb, das Kind. Den Nabel hatte sie selbst mit einer Schere durchgeschnitten. Auf dem Gehöft war ja kein Weib da, das sie abgenabelt hätte. Sie hatte das Kind eigenhändig gewaschen und mit Salz eingerieben und eben dahin gelegt. Der Großgrundbesitzer einerseits und sie andererseits haben mich damit genervt, ich sollte unsere Habe nicht den Wölfen und Vögeln und den Ameisen überlassen. Der Großgrundbesitzer verzog das Gesicht, grollte und schimpfte. Und die Zala sagte: ›In tausend Jahren einmal haben wir es zu etwas gebracht, laß das nicht meinetwegen auf dem Boden verkommen, ich kümmere mich schon um mich selbst.‹ So jammerte sie vor sich hin. Ich konnte nichts tun, ich habe sie allein dringelassen und bin arbeiten gegangen. Ich konnte nichts tun.«

Das Weib Cennet seufzte ganz leise tief auf: »Sie ist bei anderen Leuten aufgewachsen. Als Waise, in Armut. Etwas zu besitzen war ihr mehr wert als ihr Leben. Sie hat sie nicht mehr erlebt, die besseren Tage. Ach Zala, sie hat sie nicht erlebt.«

İsmail, ohne seinen Redefluß zu unterbrechen, sagte weiter: »Eine Woche lang konnte sie von ihrem Lager nicht aufstehen. ›Zala‹, habe ich gesagt, ›das geht so nicht weiter. Wenn es so weitergeht, kannst du nicht gesund werden, sterben wirst du, wenn das so anhält‹, hab' ich gesagt, ›hungrig und durstig in diesem armseligen Raum.‹ Ihr Gesicht war schon wie Wachs geworden. Quittegelb, die Knochen standen hervor. ›Ich bleib' bei dir‹, hab' ich gesagt. ›Ich bring' dich zum Arzt, wenn's nicht anders geht. Ich geb' mein Leben für dich hin, auch mein Hab und Gut‹, hab' ich gesagt. Sie weinte und jammerte. ›Morgen früh geht's mir besser‹, sagte sie. Mich schickte sie wieder los zum Arbeiten. Sie blieb da, im Dunklen, im Stall des Zeki Bey, ganz allein, hungrig und durstig, in Not und Elend. Wenn der Großgrundbesitzer nicht gewesen wäre, hätte ich sie mit Mühe schon überreden können, aber der Großgrundbesitzer war das Übel. ›Ich habe dich zum Teilpächter gemacht‹, sagte er, ›während du Knecht warst, hab' ich dich zum Teilpächter gemacht. Laß meine Habe nicht auf der Erde verkommen.‹ Jeden Abend kam ich nach Hause und sagte: ›Zala, dein Zustand ist schlecht. Komm, ich bleib' da und kümmere mich um dich. Oder ich bringe dich zum Arzt‹, hab' ich gesagt. Und jeden Abend schwört sie bei Gott. ›Heute geht es mir ein wenig besser. Morgen früh werde ich kerngesund aufstehen‹, sagte sie. Abends komme ich wieder heim, und siehe da, sie konnte noch nicht aufstehen. So sind zwanzig Tage vergangen. Dünn wie ein Faden war sie geworden, die Zala. Ihre Augen waren tief eingefallen, nur Haut und Knochen war sie noch. Die Arbeit war auch weniger geworden. Da stieg es mir bis hier oben hin. Ich hatte die Nase voll. Ich sah, daß das Weib dahinging, einem dahinschwand.«

Seine Stimme wurde rauher. Seine Lippen begannen zu zittern. Er änderte seine bisherige Haltung und bekam seine Stimme wieder unter Kontrolle. Seine Stimme, die die ganze Zeit wie ein Murmeln hervorkam, erhob sich: »Da bin ich hingegangen und habe mich vor den Großgrundbesitzer gestellt. ›Ağa‹, hab' ich gesagt, ›mein Weib stirbt. Ein Arzt‹, hab' ich gesagt, ›unbedingt ein Arzt.‹ Der Großgrundbesitzer lachte. ›Ismail‹, sagte er, ›die werden krank und auch wieder gesund. Ärzte, und so was brauchen die nicht. Deren Leben ist wie Stahl. Weshalb bist du so aufgeregt?‹ hat er gesagt. ›Kümmere du dich um deine Arbeit.‹ ›Nein, Ağa‹, hab' ich gesagt, ›was ich auch besitze, soll rechtmäßig dein sein, wie die Milch deiner Mutter es ist. Meine Baumwollkapseln, meine Sesamkörner, mein Weizen sei dein wie die Milch deiner Mutter. Treib für mich fünfundzwanzig Lira auf.‹ Da konnte er nicht anders, er gab die fünfundzwanzig. Ich trieb einen Wagen auf, brachte sie zum Arzt, kam an der Tür des Arztes an, aber der Arzt war nicht da. Er war auf der Hochebene, der Arzt. Ich bin herumgelaufen in der Stadt von einem Ende zum anderen. Ich habe einen Mann gefunden, der Injektionen macht. So einen, der Chinin austeilt. Er kam und sah sich Zala an... Ihr letzter Atemzug... Er beugte sich zu meinem Ohr. ›Die ist schon lange hin‹, sagte er. Da antwortete ich: ›Laß sie hin sein, es mußte sowieso so kommen, gib du ihr eine Spritze.‹ ›Ich kann‹, sagte er, ›einer in ihrem letzten Atemzug keine Spritze geben, wozu nützt es?‹ Ich legte das Geld vor ihn hin. ›Hier‹, sagte ich, ›für dich Geld. Gib die Spritze. Ist die nicht gegen Bezahlung? Demnach kann ich sie dem Baum da oder meinen Pferden geben lassen. Gib die Spritze, Bruder. Es soll mir nicht auf der Seele lasten, die Leute sollen mich nicht verfluchen, bei Freunden und Feinden‹, hab' ich gesagt. Er war offenbar ein guter Mann, er gab ihr eine Spritze. Ich ließ ihn noch eine Spritze geben. ›Gib ihr noch eine, Bruder, der Zala hab' ich viel zu verdanken‹, sagte ich. Er gab noch eine. Ihre Haut klebte an den Knochen, nur Haut und Knochen, Tante. So war Zala geworden. Man kann's nicht glauben. Wenn du sie gesehen hättest, hättest du gesagt, das ist nicht Zala. Wenn du sie mit deinen eigenen Augen gesehen hättest. Ich spannte den Wagen in der Mittagshitze an. Die Hitze knisterte. Wir machten uns auf den Weg. Wenn sie schon stirbt, soll sie auf dem Gehöft sterben, sagte ich mir. Es war eine Hitze, eine irre Hitze, kaum vorstellbar. Überall brannte es. Flammen hatten die Welt erfaßt. Als die Hälfte des Weges zurückgelegt war, richtete sich Zala beinahe auf. Sie wollte etwas sagen, konnte es aber nicht, ihr Kopf fiel zurück. Ich hörte, wie aus ihrem Mund die Worte ›in tausend Jahren... mein Kind...‹ kamen. Sie hatte es leise, kaum hörbar gesagt.«

Das Weib Cennet warf ein: »In tausend Jahren einmal hatte die Arme das Glück, für sich selbst zu arbeiten, und auch das war ihr nicht gegönnt, Ach, ach, Zala...«

İsmail fuhr fort: »Ihre Augen verdrehten sich. Das Kind lag in ihren Armen. Ich merkte, sie gab keinen Mucks von sich. Die Sonne brannte mir auf den Kopf. Es wurde mir irgendwie anders. Was dann war, weiß ich nicht. Als ich zu mir kam, was sehe ich da, lag ich im Staub auf der Erde. Alles tat mir weh. Von dem Pferd und dem Wagen keine Spur. Ich eilte los, unter der gelben Hitze. Die Pferde, sagte ich zu mir, wenn sie mit dem Wagen einen Bach hinuntergerollt sind? Als Lebende hat sie keine besseren Tage erlebt. Soll wenigstens ihr Leichnam, sagte ich mir, ihr Leichnam nicht mit Schande bedeckt werden.

Das Kind, sagte ich mir, das Kind soll nicht den Wölfen und den Vögeln als Fraß dienen, obwohl es sicher sterben wird. Kann ein Kind denn ohne Mutter leben? Wer hat je gesehen, daß solch ein Kind lebt? Die Leute können nicht mal eines mit Mutter am Leben erhalten. Ich renne und blicke dabei nach allen Seiten, ob das Kind wohl heruntergefallen ist.

So rannte ich ständig weiter, bis ich plötzlich eine Menge sah, die sich in der Mitte des Dorfes versammelt hatte. Welches Dorf? Ich weiß leider nicht, welches Dorf das gleich war. Ein Dorf eben. Und ein Menschenauflauf, ein Menschenauflauf war da, daß – ließe man eine Nadel fallen – sie nicht auf den Boden fallen würde. Da trafen mein Ohr die Worte ›Sie ist tot‹. Ich ging hin und drängte mich in die Menschenmenge. Der Wagen stand mitten unter ihnen. Das Kind lag noch in den Armen seiner Mutter. Sein Gesicht war voller Staub. Die Augen waren geschlossen. Die Weiber heulten. Ich weiß nicht, welches Dorf es war. Die Weiber heulten in einem fort.

Ich bin auf den Wagen gestiegen und habe die Pferde angetrieben. Die Leute haben nicht gefragt: ›Wer bist du?‹ Sie haben nicht gefragt: ›In welchem Verhältnis steht die Tote zu dir?‹ Sie haben nicht gefragt: ›Wohin?‹ Kein einziges Wort kam aus ihren Mündern. Sie blieben ganz erstarrt stehen. Sie starrten hinter mir her.

Nun hatte ich das Kind. Diese Jahreszeit voller Arbeit. Ich habe es in das obere Dorf gebracht. Da ist ein stillendes Weib, sie nennen es Sarı Kız, ich gab ihr das Kind und kam ins Dorf zurück. Zwei Tage später hat sie das Kind angebracht und mir dagelassen. ›Meine Milch‹, hat sie gesagt, ›reicht nicht einmal für mein Kind. Ich kann nicht mein Kind umbringen wegen anderer Leute Kind.‹ In jener Gegend habe ich keine stillende Frau zu suchen ausgelassen. Wem ich es auch gegeben habe, der hat es zurückgebracht und mir dagelassen. Mir waren die Hände gebunden in dieser Jahreszeit voll Arbeit. Gibst du ihm Milch, trinkt es sie nicht, gibst du ihm den Schnuller, nimmt es ihn nicht. Es stirbt auch nicht und wird nicht erlöst. Ein einziges Durcheinander. Es stirbt auch nicht und wird nicht erlöst. In meinem einen Arm liegt das Kind und wimmert summend wie eine Biene. Und das da ist meine andere Hand. Ich bin völlig ratlos.«

İsmail stand von seinem Platz auf. Er war so groß, daß sein Kopf an die Schilfabdeckung der Hütte reichte. Er taumelte und hockte sich wieder hin.

»Du siehst es ja«, sagte er, »du bist auch eine Mutter von ihm. Tu, was du willst. Es ist Arbeitszeit. Ich bin vollkommen niedergeschlagen.«

Das Weib Cennet, den Kopf geneigt, regte sich nicht. Nach einer Weile hob sie sachte den Kopf.

»İsmail«, sagte sie.

Dann schwieg sie.

Ihre Stimme zitterte, sie klang weinerlich.

»Was sagst du, Tante? Sag doch, was du sagen willst.«

Das Weib Cennet antwortete: »Nicht wahr, İsmail, in tausend Jahren einmal haben wir uns von fremder Leute Arbeit freigemacht, wir arbeiteten für uns selbst, ich erlebe die besseren Tage nicht, wollte sie sagen, die Zala, ist es nicht so? Kümmere dich gut um mein Kind, wollte sie sicher sagen.«

İsmail antwortete: »Sie redete sowieso ständig davon. In tausend Jahren einmal, in tausend Jahren einmal, wie freute sie sich, daß wir uns von fremder Leute Arbeit freigemacht hatten. Wie von Sinnen war sie. Sie hat die besseren Tage nicht erlebt. Sie hat nicht nach Herzenslust unsere eigene Arbeit tun können. Für andere zu arbeiten fiel ihr schwer, anderer Leute Arbeit, für andere Leute zu arbeiten brachte sie um. Ihr Leben war anderer Leute Arbeit. Nicht erlebt hat sie bessere Tage. Du bist auch eine Mutter von dem Baby, tu was du willst mit dem mutterlosen Kind.«

Das Mädchen Döndü ging, ohne das Baby von der Brust zu nehmen, zu Cennet hin. Döndüs Gesicht war wie von Flammen gerötet, wie von Flammen eines lodernden Feuers.

Sie beugte sich zu Cennets Ohr und sagte: »Tante Cennet, es wird mir ganz eigenartig, ganz angenehm zumute, immer wenn das Baby saugt. Meinem Rücken läuft es angenehm hinunter. Wenn es doch bis zum Abend saugte, wenn es doch zehn Kinder wären, die saugten. So angenehm!«

Vorsichtig streckte sie sich.

»So angenehm, so herrlich.«

Cennet antwortete: »Knallkopf, das geht uns allen so.«

Gegen Abend kam der Onkel nach Hause. Er war ein großer, kräftiger Mann. Auf seinem sonnenverbrannten Gesicht klebten Strohteilchen, Spreu und Staub.

»İsmail«, sagte er, »die Leute sagen, İsmail, du habest das Kind auf dem Arm, Tag und Nacht. Du seist verrückt geworden.«

Das Baby lag auf einer Matte neben dem Mittelpfosten und wimmerte.

Die Frau des Onkels machte ein Zeichen, so daß der Alte in seinen Worten umschwenkte.

»Also, so ist es, İsmail? Wir haben von deiner Lage gehört, es hat uns das Herz gebrochen.«

Das Weib Cennet warf ein: »Mann, schicke jemanden zum Musdulu, damit er herkommt. Schick die hinkende Emine; der hat nämlich 'ne Frau, die stillt. Außerdem ist da ja noch die Hürü, aber die Arme kann ja nicht mal ihr eigenes Kind versorgen. Die Frau des Musdulu hat viel Milch. Und sie ist ein sauberes Weib. Schick ein Kind hin zu dem Musdulu. Seine Frau hat gesagt: ›Wenn der Musdulu einverstanden ist, stille ich es.‹«

Bald danach trat der Musdulu mit dem Kind ein, das man hingeschickt hatte. Er war kleingewachsen. Das handtellergroße rote Taschentuch am Aufschlag seines dunkelblauen Jacketts fiel einem beim ersten Hinsehen sofort auf. Seine ordentlich gekämmten Haare waren unter seiner neuen Schildmütze hervorgequollen. Auch seine Pluderhose war neu. An den Füßen hatte er hinten heruntergetretene Halbschuhe aus Adana.

Der Onkel nahm den Musdulu an der Hand und setzte ihn neben sich.

»Mein Sohn«, sagte er, »mein lieber Sohn Musdulu.« Er zeigte mit seiner Hand auf das unter dem Mittelpfosten wimmernde Baby. »Du siehst es ja. Gott möge das niemandem zuteil werden lassen. Es gibt nichts, was einem nicht zustoßen könnte. Solange des Herren Diener nicht in Schwierigkeiten sind, kommt der Herrgott nicht zu Hilfe. Deine Frau hat viel Milch, wie man hört. Ein oder zwei, wo ist da ein Unterschied? Was der Lohn ist, den wird dir İsmail nicht versagen. Tu etwas Gutes und wirf's weg ins Meer, wenn es die Fische nicht schätzen, so wird es der Schöpfer tun. Tu etwas Gutes. Er schätzt es...«

Musdulu hatte seinen Blick auf den Boden gerichtet, die dünnen Lippen zusammengekniffen und sagte keinen Ton.

»Mein Sohn«, fuhr der Onkel fort, »diese Jahreszeit voller Arbeit. Niemand ist zu Hause. Niemand ist da. Sieh İsmails Lage. Bring dir das mal vor Augen. Und wäre es aus Stein, das Herz müßte einem zergehen. Er ist ein armer, tapferer Mensch, der İsmail. In tausend Jahren einmal hat er sich von der Knechtsarbeit befreit. Was sagst du, Musdulu? Du antwortest nicht?«

Musdulu hatte sich nicht bewegt, sein Kopf war geneigt, er regte sich nicht.

»Die Gelegenheit, Gutes zu tun, kommt nicht alle Tage. Schau«, fuhr der Onkel fort, »auch Gott wird das vergelten. Du wirst dir die Tür des Paradieses öffnen. Wenn deine Frau es nicht versorgt, wird dieses Kind sterben. Du wirst ein Menschenleben retten. Du wirst der Anlaß dafür sein, daß ein Menschenleben weiterlebt. Schau, es wimmert ständig vor sich hin. Kann das einer mit Seele und Herz ertragen?«

Musdulu stand auf und ging. Als er einen Fuß über die Türschwelle gesetzt hatte, drehte er sich um: »Onkel«, sagte er, »wer hat dir denn gesagt, daß die Frau des Musdulu ein Dienstmädchen ist? Meine Frau ist kein Dienstmädchen.«

Zornig ging er hinaus.

İsmail stand jäh auf. Beide Hände streckte er nach Musdulu aus. »Bruder, Bruder«, rief er, »Bruder, tu uns dies nicht an...«

Sein Onkel faßte ihn mit einemmal am Arm.

»Menschenskind«, sagte er, »flehe solchen Hundesöhnen nicht nach! Selbst wenn es um eines Menschenlebens willen ist, flehe nicht nach! Du bist schon wie ein Weib geworden. Was ist los mit dir? Soll's doch sterben.« Er zeigte auf seine Frau und sagte: »Die da hat ihrer sechzehn begraben. Nicht so als Säuglinge, sondern kräftige Kerle.«

Das Weib Cennet warf ein: »Kleiner, du bist komisch geworden. Ein Kind, ein Säugling von noch keinem Monat. Du wirst schon wieder heiraten. Gott wird wieder eins geben. Wenn dies stirbt, dann stirbt's eben. Ich habe ihrer sechzehn begraben. Und wie habe ich es ertragen? Ihrer sechzehn habe ich der schwarzen Erde überlassen. Jetzt sitze ich ohne Nachkommen da. Du wirst wieder heiraten. Gott wird wieder eins geben. Mach dir keinen Kummer, Kleiner. Sonst wirst du auch noch krank zu dieser Sommerzeit. Zu dieser Jahreszeit voll Arbeit. Mach dich nicht kaputt.«

İsmails Gesicht war kalkweiß wie eine Wand geworden.

Der Gesichtsausdruck des Weibes Cennet änderte sich, er wurde nachdenklich.

»Wart mal«, sagte sie wie zu sich selbst, »wart mal. Erstens die hinkende Emine, zweitens die Hürü. Die hinkende Emine, die Hürü. Erstens die Hinkende, die Hürü..., sonst ist da keiner.« Unaufhörlich redete sie zu sich selbst:

»Die Milch der Hinkenden ist giftig. Keines ihrer Kinder bleibt am Leben. Solange ich mich erinnern kann, gebiert sie Kinder. Jedes Jahr bringt sie eins zur Welt. Und jedes Jahr stirbt es. Im Kinderkriegen steht sie mir nicht nach. Jedes Jahr gebiert sie eins, und jedes Jahr stirbt das Kind, noch bevor es einen Monat alt ist. Sie weiß nicht... Sie weiß nicht einmal selbst, wie viele Kinder sie bis jetzt geboren hat. Wie soll ich also ihr das Kind übergeben? Und was die Hürü anbelangt, die Arme ist selbst in Nöten, sie kann ihr eigenes Kind nicht versorgen. Durchfall hat das Kind vor lauter Warme-Milch-Trinken... Das blinde Weib paßt auf es auf. Wie soll die Blinde das Kind versorgen? Da muß unbedingt die Mutter...«

Der Onkel sagte:

»Weib, was winselst du da so herum? Ob die Milch giftig ist oder nicht, da ist keiner außer der hinkenden Emine. Geben wir es eben der hinkenden Emine.«

»Mann«, antwortete das Weib Cennet, »kann man das Kind denn sehenden Auges umbringen? Und die Verantwortung?«

»Tante«, warf İsmail ziemlich heftig ein, »wenn sie es nimmt, dann geben wir es ihr. Es soll nicht Hungers sterben. Die Leute sollen mich nicht verfluchen. Wenn es denn sterben muß, dann soll es eben so sterben. Guck dir doch das an. Es soll wenigstens nicht Hungers sterben, und wir sehen zu. Jedermanns Kind stirbt. Wenn's stirbt, stirbt es eben.«

Sie schickten ein Kind zur Hinkenden. Die Hinkende kam, ein Bein weit nachschleifend und ständig auf- und niederwippend. Sie war von kleiner Statur. Eine Schulter hing vollständig herab. Sie hing so sehr herab, daß man ganz erstaunt war, daß die Frau, wenn sie stand, nicht nach einer Seite umkippte. An den Beinen hatte Emine eine verblaßte schwarze Pluderhose, deren ursprüngliche Farbe ausgewaschen war und die in tausend Fetzen zerfallen wäre, wenn man nur an einem Faden gezogen hätte. Hätten nicht ihre breiten Hüften die Pluderhose mit dem ausgeleierten Bindeband gehalten, wäre diese einfach hinuntergerutscht. Die Hinkende stand nach einer Seite gebeugt da. Sie war voller Staub, Mehl- und Teigresten. Ihre verschrumpelten dunklen Brüste hingen aus ihrer zerrissenen Bluse heraus, bis hin auf ihren Nabel. Das Gesicht war absonderlich. Ihre Augen waren von den zerzausten, dreckigen und speckigen Haaren verdeckt und nicht zu sehen. Das dunkle Gesicht mit riesigen Warzen war zerfurcht, die Warzen hingen wie Brustwarzen, wie Fingerkuppen hinab.

Sie stellte sich vor den Onkel hin. »Veli Ağa«, sagte sie, »du hast mich rufen lassen. Da bin ich.«

»Meine Tochter«, antwortete er, »sieh das Kind an. Ich habe dich gerufen, damit du es versorgst. İsmail wird es dir entlohnen. Er wird dich mehr als genug zufriedenstellen. Mehr als genug! Darüber hinaus ist es eine gute Tat. Ein Menschenleben wirst du retten. Ist das etwa zu wenig des Guten? Dein Wert bei Gott wird steigen. Du wirst bekommen, was dir gebührt. Was sagst du, meine Tochter?«

»Schwester«, sagte İsmail mit flehender Stimme, »Schwester Emine, was du willst, geb' ich dir. Nicht einmal an Vogelmilch werde ich es fehlen lassen. Selbst wenn du Vogelmilch haben wolltest, würde ich sie auftreiben.«

Das Gesicht Emines wurde noch faltiger und schwärzer.

»Ağa«, sagte sie, »Veli Ağa, meine Milch reicht ohnehin für mein Kind nicht. Was esse ich denn, daß ich Milch haben sollte!«

İsmail richtete sich auf. »Schau«, sagte er, »meine gute Schwester Emine, selbst Vogelmilch werde ich auftreiben, wenn du sie willst. Was meinst du? Sag ›in Ordnung‹, komm!«

Emine antwortete: »Was soll ich sagen, Bruder. Soll mein Mann erst mal am Abend nach Hause kommen, dann...«

Ohne dem auf dem Boden wimmernden Baby auch nur einen Tropfen Milch zu geben, ging sie.

Döndü kam hereingerannt. Sie nahm das Kind in den Arm. Sie wandte sich ab und gab ihm die Brust. Das Wimmern hörte auf.

»Und meine Mutter«, sagte sie, »läßt einen ja nicht weg... Aus dem Nichts verschafft sie einem was zu tun. Und meine Mutter...«

Das Quaken der Frösche erfüllte die Nacht. Der am Nachmittag aufgekommene Westwind hatte aufgehört zu wehen, nicht einmal das leiseste Rauschen war zu hören. Nicht einmal das leiseste. Die Luft roch nach Sumpf und frischem Rinderkot. Sie war feuchtklebrig. Der Himmel war mit riesigen, strahlenden Sternen bedeckt. Weiter hinten in der Ferne stand am Rande der Wiese eine Platane, eine mächtige Platane. Auf ihren Zweigen saßen nachts weiße Störche. Ungezählt viele. Ein paarmal hörte man ihr Klappern.

Vor dem Hause von Onkel Veli stand eine Laubenkanzel in Manneshöhe. Hier pflegten sich die Rinder des Dorfes wiederkäuend niederzulassen.

Rechts auf der Laubenkanzel, neben dem Weib Cennet, wimmerte das Baby vor sich hin. Cennet schaukelte die Wiege ständig hin und her. Jedesmal, wenn sie die Wiege anstieß, schaukelte auch die Laubenkanzel wie eine Wiege hin und her. Onkel Veli war schon längst eingeschlafen und schnarchte. Bald darauf hörte das Schaukeln der Wiege auf. Auch Cennet war eingeschlafen. Die Luft war voller Mücken, sie stachen überall.

Es war schon längst nach Mitternacht. Das Baby weinte immer noch.

Von Zeit zu Zeit wälzte sich İsmail heftig ein paarmal hin und her. Die Laube schaukelte wie die Wiege.

»Tante«, sagte er mit kaum vernehmbarer Stimme, »Tante Cennet!«

Die Frau wachte auf. Oder vielleicht schlief sie auch gar nicht und hatte vor sich hingedöst.

»Tante«, sagte er, »nimm das da und bring es der hinkenden Emine. Das bringt mich um. Das hört einfach nicht auf zu weinen. Es bringt mich um. Bring's hin.«

Die Frau stand, ihre Augen reibend, auf und holte das Kind aus der Wiege.

Wo immer auch nur zwei Frauen des Dorfes beisammen waren, ob sie auf dem Felde oder auf den Straßen die Milchkälber vor sich hertrieben oder auch am Webrahmen arbeiteten, redeten sie über die hinkende Emine und über İsmails Baby.

Vor der Tür der Kara Elif standen einige Haufen Frauen. Im Stehen drehten die Frauen den Spinnrocken.

»Nicht wahr, Schwester, das, was man die Vorsehung nennt, muß auch eintreten. Wenn es eintritt, muß es so eintreten. Der Tod der Zala hat der schlampigen Hinkenden genützt.«

»Richtig, Schwester, wenn sie wenigstens das Kind versorgen täte, würde mir nicht das Herz bluten. Aber das Kind wimmert und winselt bis abends wie ein Hundejunges. Und die ißt wie die Herren das, was İsmail ihr anschleppt. Keinen Zucker hat sie in den Geschäften übriggelassen, kein Fett und keine Rosinen, die Verrückte, alles hat İsmail in die Wohnung der Hinkenden geschleppt. In ein Geschäft verwandelt hat sich die Wohnung der Hinkenden.«

»Richtig, Schwester, in ein Geschäft verwandelt!«

»Wenn sie wenigstens das Kind versorgte...«

»Ich kann nicht an ihrer Tür vorbeigehen. Vom Morgengrauen bis zum Abend winselt es, das kleine Baby. Es zerreißt einem das Herz. Wie ein Hundejunges winselt es.«

»Das unschuldige Kind, es zerreißt einem das Herz.«

»Und wenn du İsmails Zustand sähest!«

»Es zerreißt einem das Herz!«

»Bleich und blaß ist der Arme geworden.«

»Es zerreißt einem das Herz!«

»Sein ganzes Hab und Gut, alles, was er besitzt, wird er der Hinkenden in den Rachen schmeißen. Dann wird er wieder wie ein Köter als Knecht dahinvegetieren.«

»Wie ein Köter.«

»Aus dem Kind wird nichts.«

»Sterben wird das Kind.«

»Anstatt es die Hinkende versorgen zu lassen.«

»Soll er's doch nehmen und unter einen Baum legen, sollen's die Adler holen.«

»Soll er's ins Wasser schmeißen.«

»Soll er's bei lebendigem Leib begraben.«

»Richtig, Schwester!«

»Alle zwei Tage hat er auf seinem Rücken einen Sack.«

»Da kommt der İsmail dann an...«

»›Das Weib soll was essen‹, sagt er immer, ›ihre Milch soll mehr werden.‹«

»Setzen würde er sich neben die Wiege, demütig dasitzen und in das Gesicht des Kindes sehen. Ohne sich zu rühren, würde er hinsehen, sagt man. Er würde nichts reden, von seinem Kommen bis zu seinem Gehen würde er nur so hinsehen. Er rührt sich überhaupt nicht.«

»Er würde nur hinsehen, sagt man.«

»Der Herzensgute.«

»Das Herz blutet dem Armen.«

»Das Herz...«

»Ohne Mutter.«

»Ein Kind ohne Mutter bleibt nicht am Leben.«

»All die Mühen İsmails sind vergebens.«

»Ihre Milch ist giftig.«

»Wenn sie Kinder am Leben erhalten könnte, würden ihre eigenen Kinder leben.«

»Es wird nicht am Leben bleiben!«

Zehn Tage, nachdem Emine das Kind bei sich aufgenommen hatte, fing sie das Wehgeschrei an. Jedem, der ihr über den Weg lief, rief sie zu: »Hört, ihr Weiber, so was hab' ich noch nie erlebt! Aufgehalst haben sie mir ihr Kind. Das ist ein Nimmersatt. Und was das für einen großen Magen hat. Während ich jenes Kind versorge, werde ich dabei um mein Kind gebracht. Durchfall hat mein Kind. Wie Wasser, wie Wasser läuft es aus ihm unten raus. Mein Duran ist ein Todeskandidat. Dabei dachte ich, der wird leben. Und der ist jetzt aus diesem Grund ein Todeskandidat. Ich werd's hinbringen und ihm wieder aufhalsen. Soll's wieder ihm gehören, was er angeschleppt hat. Was bringt er denn schon an? Ich aber töte mein Kind. Zwei Kilo Zucker, zehn Tage sind vergangen, und zwei Kilo Zucker! Ja, Schwester, zwei Kilo Zucker.«

Da sagten alle Frauen auf einmal:

»Nimm's und halse es dem Weibe Cennet auf. Nimm's und halse es ihr auf.«

Nachdem die hinkende Emine, ihr Bein nachschleifend, sich entfernt hatte, sagten sie untereinander:

»Das Kind wird sowieso nicht am Leben bleiben.«

»Soll sie's doch hinbringen und denen aufhalsen.«

»Bis abends winselt es wie ein Hundejunges.«

»Soll sie's doch hinbringen und denen aufhalsen.«

»Nicht wahr, Schwester, und ihr gefällt nicht einmal das, was der Mann anschleppt!«

»Sie kriegt den Rachen nicht voll.«

»Zwei Kilo Zucker! Die Schlampe, hat sie denn seit ihrer Geburt je mehr als zwei Kilo Zucker gesehen?«

»Richtig, hat sie mehr gesehen, die Verdammte?«

»Die hinkende Schlampe!«

»Schade um den Mann. Mir zerreißt es das Herz.«

»Soll sie's doch hinbringen und denen aufhalsen.«

»Soll sie's doch hinbringen und denen aufhalsen.«

»Soll sie's doch hinbringen und denen aufhalsen.«

So sprachen sie untereinander.

Am zwölften Tag, nachdem İsmail das Kind der hinkenden Emine überlassen hatte, kam er wieder. Auf seinem Rücken hatte er wieder einen bis zur Hälfte gefüllten Sack.

Er lief sofort zum Hause der Emine, ohne bei seinem Onkel oder sonstwo vorbeizugehen. Das Haus der Emine war eine nur aus einem Raum bestehende graue Lehmhütte mit verrotteter Schilfabdeckung und getrocknetem Kuhmist als Verputz, an deren Ecken haufenweise Kuhfladen zum Trocknen aufgeklatscht waren. Drinnen befand sich sehr wenig, was man als Gebrauchsgegenstände bezeichnen konnte. In einer Ecke standen drei Säcke und eine Matratze ohne Bezug, bei der die Baumwollfüllung heraushing. In einer anderen Ecke war ein Milchkälbchen angebunden. Aus der Ecke, an der das Kälbchen angebunden stand, kam der Geruch von frischem Dung und Harn. Die Wiege der Kinder hing neben dem Kälbchen. Beide Kinder lagen in der vor Schmutz pechschwarz gewordenen, rissigen alten Wiege eng nebeneinander. Ihre zu Fäusten geballten Händchen tapsten aufeinander. Die Wohnung war voller Schlamm. Aus den beiden Wasserkrügen, die unter dem handbreitgroßen Fenster standen und auf denen sich schon Algen gebildet hatten, tropfte immerzu Wasser.

İsmail blieb lange unter der Wiege stehen und blickte hin.

»Schwester«, sagte er, »Schwester Emine, was ist denn mit dem Kind passiert?«

Die Haut des Kindes klebte an den Knochen, und der Bauch klebte am Kreuz, die Augen lagen tief in ihren Höhlen.

Er konnte den Anblick nicht ertragen und ging weg.

Emine schüttelte den Sack.

»Schau, Schwester Elif«, sagte sie, »was der angebracht hat. Sieh an, was dieses verfluchte, lange plumpe Kamel da getan hat. Und da schaut er noch ganz aufgeblasen einher und fragt, was mit dem Kind passiert ist. Der Teufel soll ihn holen. Verflucht sei er. Zwei Kilo Zuckerstückchen! Das soll man essen und ein Kind stillen.«

Sie zog die Sachen aus dem Sack und warf sie in der Gegend herum.

»Sterben wird das Kind. Mein Kind wird sterben. Durchfall... Sterben wird's, und ich werde dann das Gerede der Leute nicht los.«

»Bring's hin und halse es ihm auf, Schwester«, sagte Kara Elif, »bring's hin und halse's ihm auf.«

»Mein Kind wird noch sterben. Ein fremdes Kind hat sie versorgt und ihr eigenes umgebracht, wird man sagen.«

İsmail richtete sich von der Hecke auf, an die er sich gelehnt hatte.

Er stieß ein tiefes »Aach!« hervor. Dann zischte es wie ein Pfeifton durch seine Zähne:

»Hure, du hinkende Hure!«

Wankend wie ein Betrunkener ging er davon.

Zwei Tage später brachte Emine klagend und laut schreiend das Kind dem Weib Cennet zurück.

»Was werden die Leute sagen«, rief sie, »was werden die Leute sagen, wenn mein Kind stirbt?«

Das Weib Cennet schickte das Kind zu seinem Vater.

Das dreschfertige Getreide war in Manneshöhe aufgeschichtet. Schon lange vor Morgengrauen hatte er damit begonnen, die Halme aufeinanderzuschichten. Es war früher Vormittag. Der Haufen in der Mitte war schon ziemlich hoch geworden. İsmail warf die Worfelgabel, die er in der Hand hielt, auf den Getreidehaufen. Er nahm den Wasserkrug, der im Schatten des Getreidehaufens stand, und setzte ihn an den Mund. Auf dem Dreschschlitten saß ein Knabe mit dünnem Hals und sehr langen Wimpern. Das Kind peitschte ständig auf die beiden schwächlichen rotbraunen Pferde vor sich ein und fuhr auf dem noch nicht weich gewordenen Getreide schnell im Kreis herum. Ringsum hatte sich ein Geruch von Stroh und trockenen Gräsern verbreitet, der in der Kehle biß.

İsmail steckte dem Kind, das auf der Schattenseite des Erntehaufens wimmernd dalag, eine mit Milch gefüllte und Schnuller versehene Anisschnapsflasche in den Mund. Das Kind verstummte. Langsam begann es zu saugen. Das rechte Knie hatte İsmail auf den Boden gestützt. Sein Gesicht war vor Stroh und Staub kaum auszumachen. In der langen, tiefen Narbe, die sich von seiner linken Schläfe bis zum Kinn hinzog, hatten sich Staub und Strohteilchen festgesetzt. Sein zerrissenes, gestreiftes Hemd stand oben offen. Die behaarte Brust war zu sehen. Er war naß vom Schweiß.

Er zog sein Hemd aus, breitete es über die Stoppeln, kam wieder, stützte sein Knie auf und hielt die Flasche. Noch war er nicht zu Atem gekommen und keuchte und schnaufte wie ein Blasebalg.

Er rief dem Kind, das den Dreschschlitten antrieb, zu: »Mehmet, komm! Komm und iß dein Brot.«

Mehmet warf die Zügel der Pferde über einen Pfahl, kam her und knüpfte sein Provianttuch auf.

İsmail aß mit der einen Hand, und mit der anderen hielt er die Flasche. Wenn er die Flasche wegziehen wollte, fing das Kind gleich an zu wimmern. Das konnte İsmail nicht ertragen.

Mehmet aß und redete gleichzeitig.

»Schau«, sagte er, »Onkel İsmail, in unserem Dorf gab es einmal einen Knaben...«

Er zeigte mit seiner Hand auf das Baby:

»Der soll auch so einer wie das da gewesen sein. Seine Mutter war gestorben. Im Arm lief der Vater mit ihm herum. Und weil er mittellos gewesen ist, hat niemand das Kind versorgt. So erzählte es meine Mutter. Überhaupt niemand habe es versorgt. Er hatte auch keinerlei Angehörige. Das Kind wär' wegen des Hungers ein Todeskandidat gewesen, wirklich, das Kind wär' ein Todeskandidat gewesen. Es weinte vor Hunger immerzu. Meine Mutter erzählte, es wär' im Arm seines Vaters ein Todeskandidat gewesen. Siehst du, und zu diesem Kind da sagen die Leute: Sohn des Kurden. Meine Mutter sagt, sein Vater war weder Kurde noch sonst was. Das sagt meine Mutter. Der Vater hätte das Baby eines Nachts in einen alten Sack gewickelt, es auf die Steinplatte des Brunnens in der Dorfmitte gelegt und wär' abgehauen. So auf und davon. Das Kind habe ein kurdisches Mädchen aufgenommen und erzogen. Jetzt nennen sie ihn Sohn des Kurden. Ein kurdisches Mädchen hat ihn aufgenommen. Der Vater ist auf und davon gegangen und hat nie wieder das Dorf betreten. Niemand weiß, wohin er gegangen ist. Na ja, was weiß ich, so erzählte es jedenfalls meine Mutter.«

İsmail stand jäh auf. Als er in die Sonne trat, leuchteten die Strohteilchen auf, die sich auf seiner behaarten Brust festgesetzt hatten. Er nahm sein Hemd von den Stoppeln. Es war getrocknet. Schnell zog er es an. Dann nahm er das Kind in die Arme und ging los.

Als das blinde Weib Schritte hörte, wandte sie ihr Gesicht zur Tür hin.

»Wer da?« rief sie. »Wer ist es, der da kommt? Hat er etwa ein Baby auf dem Arm? Ist das nicht die Stimme eines Babys, was da kommt?«

İsmail sagte: »Ich bin's. Mutter, ich bin's.«

Das blinde Weib antwortete: »Verzeih mir, Kleiner, ich habe dich an der Stimme leider nicht erkannt.«

İsmail: »Ich bin's, Mutter. Der Avşar İsmail, der frühere Knecht des Durmuş Ağa.«

Das blinde Weib antwortete mit äußerst verbitterter, doch sanfter und weinerlicher Stimme: »Unser aller Herz ist zerrissen wegen Zala. Bessere Tage hat die Arme nicht erlebt, die schlampige Hinkende soll das der Zala büßen, büßen soll sie das bei ihrem Baby. Sie hat das Kind zurückgebracht und dir aufgehalst, erzählen die Leute, ist das so? Ach, wär' doch mein Sohn hier! Und ginge doch die Hürü nicht arbeiten, ich würde gern der Zala zuliebe mich um ihr Baby kümmern. Kleiner, das da auf deinem Arm weint ständig vor sich hin, leg es in die Wiege neben das Kind. Hast du es hingelegt? Heiapopeia, heiapopeia, mutterloses Kleines, heiapopeia.«

Sachte schaukelte sie die Wiege hin und her.

İsmail sagte: »Mutter, wieviel Tage hat der Mahmud noch abzusitzen? Wie lange?«

»Heiapopeia, heiapopeia, mein Liebes, heiapopeia.«

Dann sagte sie zornig: »Ach, mein Sohn, würde denn die Obrigkeit von ihm ablassen? Würde die Obrigkeit ablassen? Heiapopeia, heiapopeia, mein Liebes, heiapopeia... Ich bin in dieses Alter gekommen und habe davon noch nie gehört. Heiapopeia, mutterloses Kleines, heiapopeia. Eingetrieben wurde die Straßensteuer, eingetrieben wurde sie, mein İsmail, eingetrieben wurde sie, Kleiner. Heiapopeia, mein elend Kleines, heiapopeia... Mein Liebes, heiapopeia... Die Obrigkeit würde sagen: ›Soll er unser Geld geben, dann lassen wir ihn laufen.‹ Sagen würde die Obrigkeit... Heiapopeia, mein Herzchen, heiapopeia... ›Wenn er unser Geld nicht gibt, muß er selber wissen, was er tut‹, würde sie sagen, ›dann sitzt er eben, bis er stirbt.‹ Heiapopeia, du Armes in fremder Leute Hand, heiapopeia... Es ist nicht wenig Geld, Kleiner, es kommt einfach nicht zusammen, Kleiner. Heiapopeia, mein Waisenkind, heiapopeia... Nur Hürü arbeitet. Was erhält man schon von der Arbeit eines Weibes? Heiapopeia, du Baby der Zala, heiapopeia... Wie oft habe ich mir gesagt, ich will hingehen und der Obrigkeit zu Füßen fallen. Aber nein, hieß es, unbedingt Geld her. Heiapopeia, mein Unglückseliges, heiapopeia, mein Liebes, heiapopeia.«

Das Haus war eine blitzblanke Lehmhütte, so groß wie zwei Matratzen, wenn man sie nebeneinander hinlegt, mit unverputzten Wänden und spärlich gewordener Schilfabdeckung, so daß das Tageslicht einfallen konnte.

Das blinde Weib saß in der Nähe der Tür, ihr Gesicht war zum Licht hingewendet. Sachte schaukelte sie die Wiege und sang ein Wiegenliedchen.

»Heiapopeia, heiapopeia... Die mutterlosen Kinder weinen immer so vor sich hin... Heiapopeia, heiapopeia, heiapopeia... Oh, irgend etwas ist mit mir... Heiapopeia, heiapopeia... Meine Tage gehen wohl zu Ende... Seit Mahmud weg ist, überfällt mich an allen Tagen Gottes ein Zittern. Heiapopeia, mein Liebes, heiapopeia. Ein klapperndes Zittern überfällt mich. Ich habe überhaupt keine Kraft mehr. Heiapopeia, mein Röschen, heiapopeia. Heiapopeia, du schöne Blume der Berge, weine nicht, heiapopeia... Ach, wäre doch mein Mahmud hier... Schlaf, Kindchen, schlaf... Hätte ich dann das Kind der Zala so von Tür zu Tür schleifen lassen? Heiapopeia, heiapopeia.«

Sie hörte auf, die Wiege zu schaukeln. »Auf welcher Seite liegt es, İsmail? Welches ist das Baby der Zala?«

İsmail nahm ihre Hand und legte sie auf das Kind. Vorsichtig, wie streichelnd, bewegte das blinde Weib seine Hand über dem Gesicht des Kindes.

»Ach je«, sagte sie, »ach je, du Mutterloses! Nur noch Haut und Knochen. Die Hürü hat ihre Garben eingesammelt. Heiapopeia... Von nun an wird sie die Baumwollstengel dreschen... Schlaf, Kindchen, schlaf... Nur Haut und Knochen... Heiapopeia.«

Als die Sonne unterging, kam Hürü. Kaum, daß sie eingetreten war, begriff sie, was los war. Auf einer Seite lag das blinde Weib und zitterte, immer wieder aufseufzend. An jedem Nachmittag überfiel sie das Zittern. İsmail hingegen stand an der Wiege und schaukelte diese sachte.

Hürü sah aus wie zwanzig. Ihr Gesicht war von der Sonne verbrannt und tiefschwarz geworden.

»Bruder İsmail«, sagte sie, »was soll ich dazu jetzt sagen? Was soll ich dir sagen? Es zerreißt mir das Herz in Stücke, was soll ich sagen? Du hast ja gesehen, ich presse meine Milch auf den Erdboden aus, meine Brüste schwellen den ganzen Tag an, bis abends, ich kann's meinem Kind nicht geben und presse sie auf den Boden aus. Was soll ich dir jetzt sagen, Bruder İsmail? Was soll ich sagen? Wäre Mahmud da, Bruder İsmail...«

»Schwester«, antwortete İsmail, »Schwester Hürü, ich geb' dir, was du willst. Ich werde deine Drescharbeit erledigen, wenn meine fertig ist. Meine letzte Hoffnung liegt bei dir.«

»Mutter«, sagte Hürü, »was sagst du? Was soll ich jetzt sagen? Was soll ich sagen.«

»Meine Tochter«, antwortete das blinde Weib unter Gestöhne, »meine Tochter, meine liebe, schwarzäugige, goldblonde Tochter, kann man sehenden Auges ein Babylein umbringen? Es ist sowieso schon tot, das Baby der Zala. Was soll ich sagen? Das Baby der Zala. Was soll ich sagen. Zalas heiliges Andenken.«

İsmail fühlte sich erleichtert, als wäre von ihm eine ihn erdrückende Last genommen worden; er verließ das Haus.

Hürü hatte jedes der beiden Kinder in einen Arm genommen, und das blinde Weib hielt sich am Bund ihrer Pluderhose fest und lief hinter ihr her.

Als sie auf dem Feld ankamen, zeigte sich gerade die erste Morgenröte.

Sie schichtete Gras zu einer Unterlage auf und legte die Kinder nebeneinander hin. Das blinde Weib setzte sie daneben. Sie hatten etwa fünf Morgen Baumwollfelder. In der Dämmerung war die Baumwolle von den Stengeln noch kaum zu unterscheiden. Als es hell wurde, begann sie zu hacken. Auf dem Feld oder in der Nähe gab es weder Bäume noch Sträucher. Die ganze Ebene war so. Jedesmal, wenn sie die Hacke einschlug, stieg ein frischer Erdgeruch empor.

Als die Sonne ziemlich hoch am Himmel stand und die Hitze sich überallhin ausbreitete, sagte das blinde Weib zur Hürü:

»Meine Tochter, meine Tochter Hürü, die Kinder glühen. Vor Hitze werden die sterben. Meine hübsche Tochter, komm doch und leg sie in meinen Schatten.«

Hürü kam und setzte das blinde Weib mit dem Rücken in Richtung Osten und legte die Kinder in ihren Schatten.

»Ja, Mutter«, sagte sie, »wenn die Sonne genau über uns steht, wirst du keinen Schatten mehr haben, was tun wir, wenn dein Schatten nicht mehr da ist? Ja, meine Mutter, was tun wir dann?«

Die Lippen des blinden Weibes erzitterten.

Ihre schmalen Lippen waren voller Runzeln, und ob da Lippen waren oder nicht, war in den Falten ihres Gesichtes kaum auszumachen. Ihr Gesicht war winzig klein, nur so groß wie eine Handfläche. Bevor sie die Falten bekommen hatte, hatte man, wenn man sie ansah, sofort erkennen können, daß sie sommersprossig war. Sie hatte tiefliegende Augen bekommen. Unter ihren geschlossenen Augenlidern rollten zwei Kugeln. Auf ihrer spindeldürren, nur noch aus Haut und Knochen bestehenden Hand, durch die man die Adern sah, war eine Reihe Sommersprossen ähnelnder größerer und kleinerer Flecken.

Wie sie so dasaß, sahen ihre Umrisse wie die eines ganz kleinen Kindes aus. Jedesmal, wenn die Kinder weinten, rief sie mit ihrer Stimme voller Güte und innerer Wärme die Hürü herbei, ließ sie die Kinder stillen und sang ihr Wiegenliedchen, sich sachte hin- und herwiegend.

»Baby, ich bringe dich zum Schlafen, heiapopeia,
heiapopeia.
In Gärten werde ich dich aufziehen, heiapopeia,
heiapopeia.«

Man sagt doch, sie tröstet ein weinendes Kind, eben so eine rührende, zu Herzen gehende Stimme wie die des blinden Weibes.

Jedesmal, wenn die Sonne höher gestiegen war, rief sie Hürü herbei, ließ die Kinder zu sich hinziehen und beugte sich über sie. Und alle naselang fragte sie Hürü, ob die Sonne auf die Kinder scheine.

Wenn die Sonne am Zenit stand und ringsum alles verbrannte, dann wurde es so heiß, daß man mit der Hand nicht mehr den Boden berühren und mit dem Fuß nicht mehr auf die Erde auftreten konnte. Dann ließ das Unkraut die Köpfe hängen, die Blätter der Baumwolle rollten sich zusammen. Jetzt nun zog das blinde Weib die Kinder bis zu ihrem Bauch und beugte sich über sie. Hätte sie sich nicht sachte hin- und hergewiegt und ein Schlafliedchen dabei gesungen, so hätte man meinen können, sie schlafe.

»Baby, ich bringe dich zum Schlafen, heiapopeia,
heiapopeia.
In Gärten werde ich dich aufziehen, heiapopeia,
heiapopeia.
Baby, ich bringe dich zum Schlafen, heiapopeia,
heiapopeia.
Ich habe dich hergeholt, Baby, oh, oh, aus der grünen Wiege droben, heiapopeia, heiapopeia, Baby, das nicht an der Mutter saugt, oh, oh. Es kennt den Duft der Mutter nicht, heiapopeia, heiapopeia.«

Während sie das Wiegenliedchen sang, liebkoste sie den Fuß von Zalas Baby, das rechts von ihr lag.

»Baby, ich bringe dich zum Schlafen, heiapopeia,
heiapopeia.
In Palästen werde ich dich aufziehen, heiapopeia,
heiapopeia.«

Die Sonne hatte am Zenit gestanden und alles ringsum verbrannt und versengt, aber wie es das Weib auch angestellt haben mag, bis zum Nachmittag schien keine Sonne auf die Gesichter der Kinder. Aber als die Sonne sich neigte, überfiel sie das Zittern. Das arme Weib fing an, sich auf dem Boden zu wälzen. Wie Espenlaub zitterte sie, reckte und streckte sich auf dem heißen Erdboden und zappelte.

So ließ das arme Weib jeden Tag bis zum Nachmittag die Sonne nicht in die Gesichter der Kinder scheinen, und wenn es dann Nachmittag wurde...

Das wäre so weitergegangen, bis das Aufhacken der fünf Morgen beendet gewesen wäre. Nur noch ein kleines Fleckchen Erde war übriggeblieben. Ein ganz kleines Fleckchen, so groß wie ein Handteller...

Eine Hiobsbotschaft verbreitet sich schnell. İsmail war mit dem Dreschen fertig; man erzählte es ihm, als er seinen Weizen in die Überwinterungsgrube einfüllte. Es traf ihn wie ein Blitz aus heiterem Himmel.

Da ging er hin, und was sah er, Hürü lag im Bett, ihr Gesicht war quittegelb, und ihre Wangen waren eingefallen.

»Schwester«, sagte İsmail zögernd, »Schwester Hürü, mein Beileid. Möge das Weib in Frieden ruhen. Auf der Welt hat sie kein Licht erblickt. Möge Glanz in ihr Grab einziehen.«

Hürü antwortete mit zitternder, weinerlicher Stimme:

»Sie ist gestorben, es ist zwei Tage her. Ein Kindernarr war die Arme. Ein Wiegenliedchen sang sie, daß einem das Herz zerfloß... Ein Wiegenliedchen sang sie, daß es Berge und Steine erweichte...«

İsmail wiederholte: »Möge Glanz in ihr Grab einziehen, sie hat nie Licht erblickt.«

Und Hürü sagte, mit einer Stimme, als würde sie ächzen:

»Wir haben keinen Schatten, Bruder. Auf dem Erdboden stürzen sich die Mücken auf einen. Davon ist es gekommen, sagen die Leute, deshalb ist das Weib dahin, sagen die Leute. Ein Wiegenliedchen sang sie, daß einem das Herz zerfloß. So oft sie ein Wiegenliedchen sang, zerfloß einem das Herz vor

Rührung. Ein Wiegenliedchen sang sie, daß jedermann in Rührung aufging.«

Sie warf den Kopf zur Seite und fuhr fort: »Ich brenne, Bruder. Feuer hat mich überall erfaßt. Wie Glut.«

İsmail blickte lange starr, dann sagte er: »Schwester, das habe ich dir mitgebracht.«

Er legte den Zucker in der Tüte auf das Kopfkissen. In der Wiege schliefen die Kinder ganz still. Er holte sein eigenes Kind aus der Wiege und nahm es auf den Arm. Als er an der Tür ankam, wandte er sich um:

»Schwester«, sagte er, »Schwester Hürü, mach dir keine Sorgen um das Dreschen. Ich werde es wieder erledigen. Wegen des Dreschens brauchst du dir keine Gedanken zu machen. Ich werde es wieder erledigen. Weil ich das Kind mitnehme, brauchst du dir keine...«

Über den staubigen Weg, der mit aufglitzernden Strohteilchen übersät war, zog der Schatten einer dunklen Wolke. Im Süden, weiter hinten, ganz in der Ferne hingen über dem Mittelmeer schneeweiße Haufenwolken, die man Segel nennt.

Die Ebene zog sich, soweit das Auge reichte, wie ein spiegelglattes Meer, bläulich werdend, dahin. Weiter hinten hatten die dunklen Schatten der blauen Berge, die die Ebene umgaben, sich in Richtung Osten ausgedehnt.

Bis zur Hüfte war İsmail in Staub eingehüllt. Von der grünen Fläche, dem Reisfeld, das sich links von ihm bis hin zum Dorf erstreckte, kam ein stechender Sumpfgeruch in seine Nase. Die Wasseroberfläche in dem sich am Weg entlangziehenden Graben, auf der sich eine Staubschicht gebildet hatte, bewegte sich jedesmal, wenn der Wind sie berührte.

Der Kopf des Kindes lag auf seinem rechten Arm. Er hing hinunter. Es hatte ganz tiefliegende Augen bekommen, die Augenhöhlen sahen wie dunkle Löcher aus. Sein Hals war spindeldürr geworden, so dünn, daß er fast den Kopf nicht mehr tragen konnte, und seine verschrumpelt und rabenschwarz gewordene Haut klebte an den Knochen. Das Kinn hing herab, und die schmalen, wie Haut aussehenden Lippen waren nach innen eingefallen. In seinen offenstehenden Mund flogen Fliegen. İsmail hatte seinen Kopf über seinen rechten Arm gebeugt, dorthin, wo der Kopf des Kindes lag, und blickte unbeweglich hin.

Er lief und schaute auf das Kind.

Ein Bett

Ich erinnere mich daran, als wäre es gestern gewesen.

Ich besuchte in jenem Jahr die dritte Klasse der Mittelschule und Durmuş Ali die zweite. Beide hatten wir kein Geld. Im Dorf hatte er eine verwitwete Mutter, und ich hatte auch eine verwitwete Mutter. Beide konnten sich nur mit Mühe durchbringen.

Durmuş Alis Hoffnung war, einen unentgeltlichen Internatsplatz zu erhalten. Er hatte an der Aufnahmeprüfung teilgenommen und war hundertprozentig sicher, sie zu bestehen. Was mich betraf, so wälzte ich mich in Hoffnungslosigkeit. Wo sollte ich hingehen, was sollte ich machen? Die Fabrik, in der ich seit zwei Jahren nachts gearbeitet hatte, wollte mich dieses Jahr nicht nehmen. Schüler in einer Fabrik arbeiten zu lassen sei verboten! Warum das verboten sei, verstand ich einfach nicht. Denn bis zu diesem Jahr hatte ich doch so gut gearbeitet und die Schule besucht.

Ohne einen Pfennig Geld... Da war nicht einmal eine Baumhöhle, wo ich hätte bleiben können. Inmitten der riesengroßen Stadt bin ich allein, mutterseelenallein. Ich habe auch keinen, an den ich mich klammern könnte. In mir ist ein unsagbarer Schmerz, ein Groll.

Durmuş Ali und ich übernachteten eine Zeitlang unter den Eukalyptusbäumen vor dem Bahnhof. Dann ging das nicht mehr. Das hätte sowieso nicht so weitergehen können. Die Wächter ließen einen auch nicht in Ruhe. Außerdem waren wir ja gezwungen, in die Schule zu gehen. Und wenn wir in die Schule gingen, würde man da nicht unsere Matratzen stehlen, die da herrenlos herumlagen?

Ich hatte einen sehr guten Freund, den Yusuf. Er mochte mich sehr. Irgendwie hatte er erfahren, daß wir unter den Eukalyptusbäumen übernachteten.

Eines Tages sagte er ganz verschämt: »Wie wär's, wenn ihr auf unserem Dach schliefet.«

Wir freuten uns wie verrückt. Durmuş Ali und ich umarmten und küßten uns.

»Juhu!« schrie Durmuş Ali los. »Haben wir ein Glück, Bruder. Einmal ist besser als keinmal.«

Uns war klar, daß wir auf dem Dach nur so lange schlafen

konnten, bis die Herbstregen einsetzen würden. Dann, ja, dann würden wir weitersehen.

Wir holten die Matratzen sofort vom Bahnhof und brachten sie ins Haus. Das Haus der Yusufs befand sich neben dem Marktplatz und bestand aus einem einzigen Zimmer. Auf dem Dach breiteten wir die Matratzen aus.

Keine Angst vor den Wächtern oder vor sonst etwas. Das Dach war mit der Wärme eines Hauses, eines Vaterhauses erfüllt... Nach soviel Drangsal hatten wir nun endlich eine Schlafstelle. Wie schön kann doch das Leben sein!

Abends, gleich nach dem Abendbrot, verschwanden wir auf dem Dach, krochen auf die Matratzen und zogen die Steppdecken bis zum Hals hoch. Die Nächte waren ein wenig kalt, aber am Himmel standen riesige, schimmernde Sterne. Wir schauten immer zu den Sternen hoch. In manchen Nächten fanden wir den Himmel mit Sternen übersät vor. Dann war unsere Freude grenzenlos, und wir waren voller Hoffnung. Wir glaubten, daß die schönen Tage, die nach soviel Not und Qual kommen würden, noch schöner würden. Ich hatte diese Hoffnungen, diese Traumbilder. Ich sprach sie aus, Durmuş Ali hörte und stimmte zu.

Immer wieder sagte ich: »Nicht wahr, Durmuş?« oder »Ist es nicht so, Durmuş?«

Er antwortete dann: »Sicher, Bruder, wenn man abwärts gefahren ist, dann fährt man irgendwann auch wieder bergauf.«

Diesen Spruch hatte er von mir gelernt.

Das kühle Dach, die Nächte der leuchtenden, großen Sterne, der bis zum Morgen anhaltende Lärm der Straße, unsere Hoffnungen, unsere Träume, das alles dauerte genau einen Monat, bis Anfang November.

Dann, ja, dann fingen jene unglückseligen, dunklen, wie tiefschwarze Matten aussehenden Regenströme der Çukurova an.

Zogen auch nur ein paar Wolken auf, so gingen Durmuş Ali und ich in der Schule aufeinander zu, blieben dicht beieinander stehen und sagten wie aus einem Mund:

»O Gott! O Gott! Tu's nicht, bitte!«

Und wehe, wenn es erst einmal anfing zu nieseln, dann fühlten wir uns in unserem Innersten dem Weltuntergang nahe. Durmuş Ali spurtete dann sofort von der Schule nach Hause, verstaute die Matratzen unter dem Dachgesims und kam zurückgerannt.

An den Regentagen kamen wir erst nach Mitternacht nach

Hause, unter unser Dachgesims, wenn ringsum alles sich zurückgezogen hatte, und legten uns leise auf unsere Matratzen. Ich dachte oft, ich würde vor Scham sterben, denn alle Welt konnte sehen, daß wir unter dem Dachgesims nächtigten. Durmuş aber störte es nicht im geringsten.

Manchmal konnte ich nicht früh genug aufwachen. Und wenn ich dann plötzlich aufwachte, sah ich, daß die Mutter meines Freundes und die anderen Nachbarn schon wach waren und im Hof herumliefen. Dann zog ich meine Steppdecke fest über den Kopf und kroch in meinem Lager immer mehr in mich zusammen, verschwand sozusagen von der Bildfläche. Jedesmal, wenn ich so um mich herum Schritte hörte, wurde ich klein und kleiner. Sobald die Schritte verhallten, sprang ich sofort aus dem Bettlager, zog mich an und verschwand. Wenn ich der Meinung war, daß jemand mir beim Anziehen zusah, drehte sich mir an so einem Tag bis zum Abend alles im Kopf und ich konnte nicht zu mir kommen.

Ich konnte mir das Bettlager, in dem ich schlief, einfach nicht ansehen. Es ging nicht, es war einfach nicht möglich hinzuschauen. Die Matratze war schmutzig, von dem Dreck, der vom Vordach herunterfiel.

Als ich an einem Morgen, an dem ich wieder einmal zu spät aufgewacht war, mich gerade anziehen und verschwinden wollte, trafen sich die Blicke der Mutter meines Freundes mit meinen. In einem weißhaarigen Haupt weit aufgerissene, voller Mitleid blickende Augen. Jahre sind inzwischen vergangen, diese Blicke lasten immer noch auf mir; selbst wenn ich tausend Jahre leben sollte, werden diese Augen so auf mich gerichtet bleiben.

Am Morgen sagte ich in der Schule zu Durmuş Ali:

»Ich werde nicht noch einmal in jenes Haus gehen.«

Er war verwundert: »Warum denn bloß, Bruder! Wo willst du denn schlafen? Warum bloß?«

Was Durmuş auch anstellte, er konnte mich an jenem Tag nicht mit in das Haus schleppen. An jenem Tag, und auch noch an anderen Tagen, bin ich losgezogen und habe auf den Bänken im Bahnhof übernachtet.

Einmal sah es danach aus, als würde der Regen ein Ende haben.

Und eines Tages sagte Durmuş Ali:

»Bruder, ich habe die Matratzen wieder auf das Dach gebracht, komm nun wieder!«

Ich ging hin.

Einige Tage später ergoß sich am Nachmittag ein Regenschauer, als wäre der Himmel durchlöchert. Durmuş spurtete wieder davon, aber er kam zu spät. Die Matratzen trieften.

Ich kannte ein Hotel, früher hatte ich da einmal einige Nächte geschlafen. Was heißt Hotel? – die Bleibe armseliger Leute. Das Hotel »Schönes Heim«. Die Hotels waren zu jener Zeit sehr billig. Ein Bett für fünfzig Kuruş. Aber, eben immer noch ganze fünfzig Kuruş! Da wir Matratzen hatten, zeigte sich der Empfangsangestellte damit einverstanden, daß wir auf dem Korridor für zehn Kuruş pro Nacht schliefen.

Auf den sehr engen Korridor führten die Türen zweier Zimmer. Wir breiteten die Matratzen vor einer der Türen aus. Wir selbst hockten uns neben die Matratzen. Wir sagten kein Wort. Unsere Rücken hatten wir an die Wand gelehnt und hockten so da, ohne einander anzusehen.

Es wurde Mitternacht. Die Matratzen lagen vor uns ausgebreitet da. Wir wurden müde, die Augen fielen uns fast zu, aber auf die Matratzen konnte man sich doch nicht legen. Wir starrten auf die Matratzen, in uns war eine Sehnsucht, die Sehnsucht nach einem bequemen Bett und nach Schlaf.

Halb benommen und halb verschlafen hörten wir Schritte, die von unten kamen. Es war schon längst nach Mitternacht. Ich öffnete meine Augen, auf der Treppe waren zwei junge Frauen. Sie bemühten sich, nicht auf die Matratzen zu treten, und öffneten die Tür. Die schlanke, größere der beiden Frauen ging hinein und kam wieder heraus. Sie sah uns erstaunt an und ging wieder hinein. Dann kam sie wieder heraus. Ständig schaute sie her. Sie ging hinein und kam wieder heraus und noch einmal hinein und noch einmal heraus. Sie benahm sich aufgeregt. Schließlich kam sie und blieb vor uns stehen. Sie sagte nichts. Dann fragte sie mich plötzlich:

»Haben Sie ein Streichholz?«

Ich zog eins hervor und gab es ihr. Sie starrte uns voller Erstaunen an. Nachdem sie sich eine Zigarette angezündet hatte, reichte sie auch mir eine Zigarette, aber ich nahm sie nicht. Sie beharrte auch nicht darauf.

»Gehören euch diese Matratzen?« fragte sie.

»Uns.«

»Es ist sehr spät, legt euch doch hin.«

In dem trüben Licht der Glühbirne war, Gott sei Dank, die Nässe der Matratzen nicht auszumachen.

Ich antwortete: »Äh, wir können nämlich noch nicht einschlafen.»

Durmuş Ali drehte sich um. Er schlief.

Ich stieß ihn an. Durmuş wachte auf. Die Frau hatte auch gesehen, daß ich ihn angestoßen hatte.

»Ihr tätet gut daran, euch schlafen zu legen.«

Durmuş sagte: »Na...«

Heftig hielt ich ihm den Mund zu.

Die Frau wurde argwöhnisch:

»Wollte der Knabe etwa was sagen?«

»Ach, das ist so ein taktloser Mensch.«

Ich muß das zornig gesagt haben, denn die Frau verzog sich auf ihr Zimmer. Ich schaute hinter ihr her. In meinen Augen blieben die Umrisse einer ganz schmalen Taille.

Leise sagte ich zu Durmuş Ali: »Die Frau war schön. Und wie erst...«

Von drinnen ertönte das Gelächter der Frau. Das stieß mir übel auf.

»Schön ist sie, aber das sind unsaubere Frauen«, sagte ich, »wenn sie nicht unsauber wären, was hätten sie dann im Hotel zu suchen?«

Dann sprachen wir nicht mehr miteinander. Wenn wir keinen Kummer im Herzen gehabt hätten und unsere Betten nicht naß gewesen wären, wer weiß, was Durmuş Ali und ich alles über diese Frau geredet und was für Phantastereien wir uns ausgedacht hätten.

Wir müssen eingeschlafen sein.

Nachts, vielleicht um drei oder vier Uhr, wache ich durch das Knarren der Tür auf. Ich sehe, daß die Frau im Nachthemd die Treppe hinabgeht. Wenig später kommt sie zurück und pflanzt sich vor mir auf. Alles hat sie offen, ihre Brust hängt heraus. Sie ist so nackt, fast splitterfasernackt. Ihre Augen sind von Wollust und Schlaftrunkenheit erfüllt. Wieder starrt sie mit aufgerissenen Augen her. Je länger sie schaut, desto kleiner werde ich in meiner Ecke. Ich schließe meine Augen ärgerlich und öffne sie eine Weile nicht. Dann öffne ich sie wieder, die Frau steht immer noch da.

Ich dachte: »Was steht die da so da und schaut? Dreckig sind sie, diese dreckigen Schweine, die gucken eben immer so. Was geht es sie an, wenn wir nicht schlafen. Was mischt sie sich da ein. Hau ihr mit der Faust eine aufs Kinn.«

Die Frau sagte: »Würden Sie mir Ihre Streichhölzer geben?«

Ich zog sie hervor und gab sie ihr.

Sie ging, holte ihre Zigaretten, und zündete sich eine an. Eine reichte sie mir. Und obwohl ich gern eine Zigarette gehabt hätte, so sagte ich dennoch:

»Ich will keine Zigarette von Ihnen.«

Über das Gesicht der Frau huschte ein nettes, aber mich verrückt machendes Lächeln:

»Warum, junger Herr?«

»Ich bin kein junger Herr. Ich rauche eben nicht. Was geht's Sie an? Ich rauche eben nicht.«

»Ja, und«, sagte sie, »warum legt ihr euch denn eigentlich nicht schlafen? Eure Matratzen sind doch schon ausgebreitet.«

Ich stotterte:

»Wir? Was geht's Sie an?«

»Sehen Sie, der Knabe schläft schon. Warum legen Sie sich nicht hin?«

»Wir schlafen nicht. Wir werden eben nicht schlafen. Wir haben keine Lust zu schlafen.«

»Warum?«

Ich kam fast um vor Angst, daß sie bis zu den Matratzen ginge und merkte, daß diese naß waren.

Wie ein Verrückter schrie ich:

»Wir legen uns eben nicht schlafen. Wir werden uns nicht schlafen legen.«

Die Frau antwortete:

»Also, also. Warum schreien Sie denn so herum? Mir tat der Knabe leid, weil er einfach dort eingeschlafen ist. Schade, er wird frieren.«

Ich stieß Durmuş Ali heftig an, er schrak auf. Erschrocken öffnete er seine Augen.

»Steh auf, Mensch!« rief ich. »Steh auf, anstatt hier wie benommen zu schlafen!«

Durmuş wußte nicht, wie ihm geschah, und schloß seine Augen wieder. Sein Kopf fiel nach vorn.

Ich stieß ihn wieder an.

Ich konnte zwar meinen Kopf nicht heben und die Frau ansehen, aber ich war sicher, daß ihre Augen auf mich gerichtet waren, auf mich, als wollte sie mich auslöschen, und daß sie mich ansah.

»Steh auf, Mensch, steh auf und leg dich in dein Bettlager, schlaf dort!«

Der Junge kratzte sich ganz verschlafen an der Nase und fing an, sich ziemlich unbeholfen auszuziehen.

»Sag ehrlich«, sagte er, »warum bin ich hier eingeschlafen?«

Ich faßte ihn an der Hand und legte ihn auf sein Bettlager.

Mit kaum vernehmbarer Stimme sagte Durmuş:

»Bruder, das ist aber kalt!«

»Leg dich hin, Mensch«, sagte ich, »gleich wird es dir warm werden.«

Damit die Frau endlich von mir verschwände, zog ich mich auch ganz eilig aus, legte mich auf die Matratze und zog die Steppdecke bis zum Kopf hoch.

Eine spöttische Stimme sagte:

»Schlaft gut!«

Die Tür wurde zugemacht. Von drinnen ertönte wieder ein Gelächter. Mit voller Kraft biß ich meine Zähne zusammen.

Die Matratze war ganz naß. Ein eisiges Schaudern lief mir den Körper hinunter. Ich fror entsetzlich, zog die Steppdecke über meinen Kopf, die Beine bis zum Bauch hoch und knäulte mich zusammen.

Durmuş Ali zog an meiner Steppdecke.

»Du, Bruder«, sagte er, »du, Bruder. Ich erfriere, Bruder. Alles ist naß!«

Ich hatte mich zusammengezogen. Vor Zorn biß ich meine Zähne zusammen.

»Bruder, du, ich rede mit dir, Bruder, du! Ich erfriere, Mensch!«

Wütend stieß ich die Bettdecke von mir.

»Was ist los, Menschenskerl? Leg dich hin und verrecke!«

Ich zog die Steppdecke wieder über mich. Ein kalter Schauder durchfuhr mich, als ob man einen Haufen Schlangen hergebracht und sie um meine nackte Haut gewickelt hätte.

»Du, Bruder. Ich friere wirklich und wahrhaftig. Ich sterbe schon vor lauter Frieren. Alles trieft vor Nässe, Wasser, Bruder, du! Ich rede mit dir!«

Ich sprang plötzlich aus dem Bett auf. Ich zog mich an. Auch Ali tat das gleiche. Wir gingen und setzten uns wieder in die Ecke. Wir waren so naß, als hätte man uns aus dem Wasser gezogen.

Ich spürte die Angst, was wird, wenn die Frau jetzt herauskommt und uns wieder so sieht!

Durmuş Ali klapperte mit den Zähnen; auch ich zitterte.

Wenn jetzt die Frau rauskommt!

Ich packte Ali an der Hand und sagte:

»Los, wir rennen bis zum Park, da wird uns warm.«

Wir rannten bis zum Park. Die asphaltierte Straße war leergefegt. Von dort rannten wir zum Bahnhof. Unsere Herzen klopften laut. Uns war warm geworden, aber als wir eine Weile unter dem Malariabaum warteten, fingen wir wieder an zu frieren.

In der Mitte des Bahnhofsplatzes standen einige Salepgetränkverkäufer, und viele Leute tranken Salep.

Es wurde mir, als sähe ich es aus den Gläsern mit dem heißen Salep aufdampfen. Ich steckte meine Hand in die Hosentasche, aber: Nichts.

Auch Durmuş starrte auf die Gläser mit Salep.

Unbewußt hatte ich aufgeseufzt.

Auch Durmuş seufzte auf.

Die Sonne war noch nicht aufgegangen, aber die Morgendämmerung schimmerte am Horizont.

Wie zwei Häufchen Elend standen wir da und zitterten wie Espenlaub.

Durmuş Ali wandte sich mir zu. Als falle es ihm plötzlich wieder ein, sagte er: »Du, Bruder, sag mal ehrlich, weswegen haben wir uns eigentlich auf die nassen Matratzen gelegt?«

Der Krämer

Genau im Mittelpunkt des Dorfs steht ein gewaltiger, viel Schatten spendender Maulbeerbaum. Selbst wenn zwei Männer sich bei den Händen faßten, können sie seinen Stamm nicht umspannen. Während das Dorf in der Hitze der Çukurova wie in der Hölle brennt und die Glut draußen alles versengt, gerät man in seinem tiefschwarzen Schatten nicht einmal ins Schwitzen.

Der Laden lehnt sich mit einer seiner Ecken an den Stamm dieses riesigen Maulbeerbaumes. Seit Jahren ist das so. Er lehnt sich an den riesigen Maulbeerbaum. Das Schilf auf seinem Dach verrottet und wird wieder erneuert. Die Schutzhecke aus Rohr sackt ein und wird wieder neu geflochten. Der Laden hat dabei seinen Standort um keinen Zentimeter verändert.

Der Ladeninhaber ist ein Mann aus Darende. Über seinem dicken Wanst hängt eine ungewöhnlich lange, wohl mehr als einen Klafter messende Uhrkette aus Silber herab. Seine winzigen Augen rollen unablässig in ihren Höhlen. Die weißen Finger sind kurz und feist.

Dieser Mehmet Efendi aus Darende ist in diesem Dorf einheimischer als die Dorfbewohner selbst. Sagen wir zwanzig oder dreißig… niemand weiß, seit wieviel Jahren er hier ist. Im Dorf führt er seit jeher ein Strohwitwerdasein. Aus seiner Heimat kommt ab und zu eines seiner kleinen Kinder zu ihm. Das bleibt dann ein paar Monate und fährt wieder zurück. Bislang sind schon mehrere seiner Kinder dagewesen. Er selbst fährt alle ein bis zwei Jahre in seine Heimat. In dieser Zeit bleibt der Laden geschlossen. Dann kommen die Dorfbewohner vor den Laden und setzen sich im Türkensitz auf den nur handbreithohen Komposthaufen. Die geschlossene Ladentür ist durch die ständige Sonneneinstrahlung silbrig und rissig geworden. In der Zeit, in der der Laden geschlossen bleibt, breitet sich eine gewisse Traurigkeit aus. Es kommt den Dorfbewohnern vor, als gehe es ohne Mehmet Efendi überhaupt nicht.

In den Monaten Juni, Juli, August sind alle auf den Feldern. Niemand befindet sich dann im Dorf, nur einige Alte, einige müßiggehende Kinder und manche Frauen.

Die Alten hocken sich gewöhnlich im Türkensitz auf die Holzbänke im Laden. Bis zum Abend sitzen sie da. Vom Morgengrauen bis zur Abenddämmerung, bis die Rinder ins Dorf zurückkehren, sitzen sie da, schwatzen miteinander und dösen vor sich hin. Sommer wie Winter ist das so.

Dann gibt es noch einen Jungen, vielleicht zehn Jahre alt. Der kreuzt sogar noch vor dem Morgengrauen, vielleicht noch vor den Alten auf, kaum daß der Laden geöffnet ist. Auch er hat seinen festen Platz, gegenüber der Tür. In der Hand einen Stock, das Kinn auf den Stock oder seine Knie gestützt, sitzt er da, ohne ein Wort zu sprechen. Er macht seinen Mund nie auf. Die Alten reden, und er hört zu. Niemand würde zu ihm sagen: »Steh mal von hier auf und setz dich da hin.« Man hält ihn jetzt schon für verrückt. Der verrückte Süllü. Er spricht kein Wort, nicht ein einziges. Es ist auch noch nicht vorgekommen, daß er gegenüber jemandem, außer seiner Mutter, den Mund aufgemacht und ein paar Worte gesprochen hätte.

Gegen Mittag ist das Dorf in Öde und Einsamkeit getaucht. Nichts ist zu hören. Nur aus der Ferne hört man hin und wieder Eselsschreie. Dann wird es ganz öd und still. Niemandem ist mehr danach, den Kopf zu heben und nach draußen zu blicken. Die Augen sind geblendet. Die grellen Sonnenstrahlen werden zu Dunstschwaden. Ringsum ist alles einer knisternden, sengenden Hitze ausgesetzt. Hunde, Katzen und Hühner verschwinden. Im Schatten einer Hütte wälzen sie sich in Staub und Sand mit heraushängender Zunge.

Jetzt kommt eine barfüßige, aufgeregte Frau mit einer unbestimmbaren Menge Getreide im Rockschoß eilig auf den Laden zugerannt. Ihre roten, weiten Hosen flattern. Das Gesicht ist schweißüberströmt. Sie geht auf die Säcke in der Ladenecke zu und leert den Inhalt ihres Rockschoßes aus. Dann klopft sie sich mit beiden Händen ab.

Mehmet Efendi fragt: »Wieviel?«

»Ein Maß«, antwortet die Frau.

»Was willst du mitnehmen?«

»Ich nehm's später mit. Behalte du es im Kopf, ich komme später und hole es.«

Sie geht. Mehmet Efendi kritzelt etwas in das Heft, das er vor sich hat.

Im Dorf gibt es keine einzige Frau, die nicht ohne Wissen ihres Mannes Mehl und Getreide herbringt und im Laden dafür andere Dinge eintauscht. Sie nehmen Glitzerkram und Glasperlen mit, Rosinen und Traubenmost. Für ihre Töchter Tand, für ihre Söhne Schleudern. Zwischen den Frauen und

Mehmet Efendi ist nicht das Geld Zahlungsmittel, sondern Getreide. Die Frauen bekommen kein Geld zu Gesicht. Sie brauchen auch kein Geld.

Die Alten im Laden sind verschwiegen wie ein Grab. Süllü macht den Mund nicht auf. Und die Schwiegertöchter und Töchter der Alten schicken durch andere Frauen die Vorräte zum Laden. Mehmet Efendi versteht durch irgendein Zeichen sofort, wem sie gehören und von wem sie kommen. Er kritzelt es in sein gelbes Heft. Oder er gibt dafür das Gewünschte und schickt sie fort. Zwischen den Frauen und Mehmet Efendi existiert ein geheimes Abkommen. Alle Männer wissen das. So wissen sie es zwar, aber sie reden nur selten darüber. Wenn der März beginnt und kein Getreide mehr vorhanden ist, dann wird das Dorf von einem Weibergeschrei erfüllt. Und auf Mehmet Efendi hageln Flüche nieder. Aber was soll Mehmet Efendi machen, diesen Laden hat er ja schließlich nicht für nichts und wieder nichts aufgemacht. Sagt man dem, der kommt: »Geh weg!«? Was ist das für eine Schnapsidee? So dauert denn das Zetern und Geschrei bis zur neuen Ernte an. Dann setzt der Strom von Weizen, Gerste und anderem wieder ein, wie vorher.

Von Mehmet Efendis Laden aus spannt sich ein unsichtbares Netz über alle Häuser des Dorfes. Alles, was im Dorf geschieht, ist ihm bekannt. Warum streitet Osman mit seiner Frau? Weshalb geht Veli alle nasenlang ins Dorf gegenüber? Und, und... Er weiß alles, was es da an heimlichen oder intimen Dingen gibt. Anders ginge das gar nicht. Es gehört zu seinem Beruf.

Der Reiter, der mit verhängten Zügeln durch das Dorf galoppiert war, stieg unter dem großen Maulbeerbaum ab und band sein Pferd am Zaun daneben fest. Das Pferd, eigentlich ein Grauschimmel, sah vor lauter Schweiß tiefschwarz aus; Hals und Kuppe waren mit Schaum bedeckt. Auch der Reiter war schweißüberströmt. Er war tiefgebräunt. Er betrat den Laden und grüßte. Unter seiner Mütze quollen schwarze, fettigglänzende Haare hervor. In seiner Brusttasche steckte ein großes gelbes Taschentuch. Sein schwarzer Şalvar war neu, aber eingestaubt.

Ganz rasch, ohne es jemanden merken zu lassen, flüsterte er Mehmet Efendi ins Ohr: »Wie steht's, Onkel, geht die Sache mit dem Mädel in Ordnung?«

Mit kaum vernehmbarer Stimme antwortete der andere: »Geht in Ordnung.«

Sofort traten sie wieder auseinander.

»Wie geht's deinem Vater, ist er wohlauf? Was gibt's im Dorf Neues? Ist der Zigeunertyp noch da? Oder habt ihr ihn davongejagt?«

Der junge Bursche zuckte die Achseln: »Im Dorf gibt's nichts Neues. Mein Vater fühlt sich wohl, er läßt grüßen. Und der Kerl da ist noch im Dorf. Wir haben ihn noch nicht davonjagen können, aber dank deiner wird sein Treiben nicht mehr lange anhalten. Irgendwie werden wir das schon lösen. Solange ich lebe... Mach dir keine Sorgen. Entweder verschwindet der aus dem Dorf, oder ich... oder ich mache das Dorf Yeriyokuş kaputt.«

Mehmet Efendi antwortete, zwar wütend, aber dennoch sanft: »Nur auf Gott und auf dich, mein heldenhafter Sohn... Ich baue auf dich. Diese undankbaren Dörfler.«

Dann wandte er sich zu den Alten hin: »Sieh sie dir an, sieh nur, Hacı Ağa, diese Yeriyokuş-Dörfler. Seit einem Jahr ist auch nicht einer vorbeigekommen. Wenn es aber darum geht, auf Pump zu kaufen, da winseln sie: ›Wo bist du, Mehmet Efendi, du bist unsere einzige Zuflucht.‹ Und dann kommt so ein fliegender Händler daher und wickelt sie mit seinem lumpigen Groschenplunder ein. Billig würde er's angeblich verkaufen. Dem seine Waren würde ich noch um die Hälfte billiger abgeben, als er sie verkauft. Bei Gott, um die Hälfte! Der Teufel soll mich holen, um die Hälfte! Aber ich verkaufe nicht solche Ware. Kann ich nicht verkaufen. Ich stehe zu dem Dorf wie zu einer einzigen Familie. Ich kann so was nicht verkaufen!«

Die Hand Hacı Ağas vergrub sich in seinen weißen Bart: »Niemand weiß mehr, Werte zu schätzen. Werte zu schätzen, haben sie verlernt, die jungen Leute. Wenn du da an denen vorbeigehst, stehen die nicht einmal mehr auf. Er kann so was nicht verkaufen, der Mehmet Efendi, er kann die Ware, die der da verkauft, nicht verkaufen.«

Mehmet Efendi erwiderte: »Ich kann's nicht verkaufen! Ich muß euch mit reinem Herzen ins Gesicht sehen können.«

»Die Leute von Yeriyokuş sind ja geizig. Kann man aus knorpeligem Fleisch etwa einen saftigen Braten herstellen? Die Verfluchten! Kann man das herstellen? Ja?«

Mehmet Efendi: »Also wenn das hier bei uns wäre, würde

man kurzen Prozeß machen mit solchen Straßenverkäufern. Solch ein Dorf wie unseres gibt's nicht noch mal. Kann man denn einen Mann, von dem keiner weiß, woher er kommt, im Dorf lassen? Also, was will ich damit sagen? Wir sind alle wie eine Familie. Das ist eine Sache der Ehre. Mit anderen Worten, wenn in unser Dorf so einer käme, würde er noch am gleichen Tag davongejagt. In unser...«

Der junge Bursche warf unwirsch ein: »Onkel Mehmet Efendi, ich hab' doch gesagt, solange ich lebe... Misch dich da nicht ein. Auch wir hätten sicher so einen Dahergelaufenen nicht im Dorf gelassen, aber er ist arm, haben die Leute gesagt. Soll er sein Auskommen haben, haben sie gesagt. Misch du dich da nicht rein. Solange ich lebe, werde ich es schon zur Räson bringen, das Dorf Yeriyokuş. Hab keine Angst, Mehmet Efendi.«

Mehmet Efendi sprach in die Runde: »Ich bau' zuerst auf Gott, dann auf diesen. Tapferer Bursche, Gott möge ihn schützen. Ein Mann bleibt bei seinem Wort.«

Er wandte sich zu dem Jungen: »Sieh einer an, mein Sohn, was du nicht sagst! Sind etwa solche Leute arm? Die ziehen dir das Hemd unterm Hintern weg, und du merkst es nicht einmal. Nur ich weiß, was von denen zu halten ist. Arme Leute! Also diese Yeriyokuş-Bewohner, wenn da einer nichts zu beißen hat, kommen ihnen die Tränen. Als man hier in der Gegend noch nicht wußte, was ein Laden ist, habe ich denen auf Pump verkauft. Aber dieser Bursche ist ein Held. Man wird ihn auf- und davonjagen. Leid hat er ihnen getan! Und was sollen unsere Kinder essen? Soll ich in diesem Alter etwa noch da und dort herumziehen? Die ungläubigen Leute von Yeriyokuş.«

»Dieser Bursche ist ein tapferer Junge«, murmelte Hacı Ağa, »die ungläubigen Dorfbewohner von Yeriyokuş. Gewissen oder Mitleid darfst du von ihnen nicht erwarten.«

Mehmet Efendi greift nach der Uhrkette über seinem dicken Bauch, zieht wieder und wieder die Uhr aus der Westentasche und steckt sie zurück. Und wieder zieht er sie heraus und steckt sie zurück. Das tut er immer, wenn er wütend ist. Er zieht sie heraus und steckt sie ein. Ohne hinzusehen, zieht er sie heraus und steckt sie ein. Seine Hand bewegt sich ganz mechanisch.

Der verrückte Süllü hockt wieder an seinem gewohnten Platz, das Kinn auf seinen Stock gestützt, und blickt still auf

Mehmet Efendi. Jeder von den alten Männern sitzt auf seinem Platz. Alles ist voll Fliegen. So, als wären es Bienentrauben. Vor lauter Fliegen ist nichts zu erkennen. Jedesmal, wenn Mehmet Efendi mit der Hand wedelt, schwirrt von den aufgehäuften Rosinen und Feigen und Zuckerbergen eine kohlrabenschwarze Wolke auf, und dann ist zu erkennen, was darunter ist.

Die Hand Mehmet Efendis, die die Uhr gepackt hat, verlangsamt ihre Bewegung: »Also, mein Inneres sagt mir, gib den Leuten von Yeriyokuş keinen Fips. Selbst wenn sie eine Million Lira böten, gib ihnen kein Fipschen.«

»Gib ihnen keins, Bruder«, sagt einer der Alten, »für so viel Undankbarkeit würde auch ich keins geben. Mannhaftigkeit nennt man das.«

»Also, ihr Leute, mein Inneres sagt mir, gib nicht ein Fipschen. Meine ich, ihr Leute.«

Er nahm die Hand von der Uhrkette. Er ging nach draußen, um die Waschung vor dem Gebet zu verrichten.

Kaum war er draußen, sagte einer der Alten hinter ihm her:

»Schurke, Saukerl. Da ist so ein armer Kerl dahergekommen, soll er doch seinen Unterhalt verdienen. Niemand kann einem anderen seinen von Gott vorherbestimmten Unterhalt wegessen. Wenn es einem vorbestimmt ist, kommt er aus Hindustan und dem Jemen her. Wenn es ihm nicht vorbestimmt ist, was kann man da machen? Was willst du von einem armen Teufel? Was geht's dich an? Soll er doch seinen Unterhalt verdienen. Billig würde er verkaufen, natürlich tut er's. Verkauf du billiger als er, dann sollen die Leute bei dir kaufen. Aber nein, er kann's nicht. In Adana muß er sich ja noch zwei Häuser hinstellen, der Schurke.«

»Selbst führt er kein richtiges Leben hier und lungert da und dort herum. Verprassen tun's in Adana die hellbeinigen Frauen.«

»Da ist so ein Armer dahergekommen, soll er doch seinen Unterhalt verdienen.«

»Da ist so ein Armer dahergekommen...«

Mehmet Efendi kam plötzlich herein:

»Lâilâhe illallah«, sagte er und rieb sich hinter den Ohren. »Diese Leute von Yeriyokuş wissen nicht mehr, wem sie ihr Brot zu verdanken haben. Sie stechen mit ihrem Messer in den Tisch, der sie ernährt. Wegen so einem Schrottzeug für fünf Heller.«

»Wegen so einem Schrottzeug für fünf Heller...«, murmelte das Echo der alten Männer.

Am folgenden Morgen, noch vor Tagesanbruch, brach vom oberen Teil des Dorfes ein Geschrei los. Eine Frau schrie aus vollem Hals. Kurz darauf erfuhr man, daß die Tochter der Cemile ausgerissen war. Einer aus Yeriyokuş hatte sie entführt.

»Das war zu erwarten«, sagte einer der Alten. »Der Blick des Burschen, der gestern da war, verhieß nichts Gutes.«

Am frühen Vormittag kam Cemile schreiend und lärmend auf den Laden zu.

»Du Kotbärtiger. Du kotbärtiger Schweinehund. Das hast du angerichtet, du!«

Gegen die Tür hagelte es Steine.

»Nicht doch, Schwester, was habe ich mir denn zuschulden kommen lassen?« rief Mehmet Efendi hinter der Tür.

Ihre Haare waren zerzaust, ihre Hände weiß von Staub. Eine Staubwolke hüllte sie von Kopf bis Fuß ein. Ihr Oberteil war offen. Ihre Brüste hingen heraus. Ausgetrocknet und schlaff wie ein verschrumpelter Proviantbeutel. Die oberen Schneidezähne waren strahlendweiß.

»Du Kotbärtiger.«

Jedesmal, wenn sie sich bückte, um einen Stein aufzuheben, und wenn sie mit beiden Händen in der Erde wühlte, verschwand sie in einer Staubwolke; dann machte es »bums!«...

»Du Kotbärtiger!«

Einer der Alten öffnete die Tür vorsichtig einen Spaltbreit: »Hör auf, Schwester, was hat der Arme sich denn zuschulden kommen lassen? Was hätte er denn davon, deine Tochter zu entführen? Deine Tochter ist hitzig geworden und ausgerissen. Geh, meine Liebe, geh zur Obrigkeit. Es gibt eine Obrigkeit, es gibt Gesetze. Geh! Was willst du hier?«

Die Staubwolke verdichtete sich. Die Hände der Frau wühlten im Staub am Boden herum. Ein großer Stein und: »Bums!«. Der Mann schloß die Tür.

»Verrückte Hure«, rief er, »hitzig geworden ist deine Tochter. Es gibt eine Obrigkeit...«

»Deine Schwiegertochter ist eine Hure, auch deine Tochter ist eine Hure. Du Oberkuppler!«

Der Alte öffnete die Tür wieder einen Spaltbreit. Mit sanfter Stimme sagte er:

»Geh, meine Liebe, geh. Geh zur Obrigkeit. Was willst du von dem Armen?«

Die Staubwolke wirbelte auf. »Bums!«

»Du kennst sie nicht, seine Meisterstückchen. Du kennst sie nicht, kennst sie nicht!«

Mehmet Efendis rechte Hand umschloß die Kette seiner Uhr. Er zog sie wieder und wieder heraus und steckte sie zurück, ganz mechanisch... Recht weinerlich sagte er:

»Sagt, ihr Āgas, was kann ich dafür? Mußte mir das in diesem Alter noch passieren? Ihre Tochter ist ausgerissen, was geht's mich an? Was hab' ich getan? Meine Augen mögen erblinden, wenn ich mich in solche Angelegenheiten mit der Unbescholtenheit einlassen würde. Ich misch' mich nicht ein. Ach, meine Herren, das ist eine Verleumdung. Die Ehre dieses Dorfes ist auch meine Ehre. Kommen Sie, meine Herren, versetzen Sie sich mal in meine Lage.«

Auf die Tür prasselten Steine nieder. Drinnen war es ziemlich dunkel. Eines der Türbretter riß mitten hindurch auf. Mehmet Efendis winzig kleine Augen hatten sich noch tiefer in sein fleischiges Gesicht gesenkt... Wie ein Tropfen so klein waren sie. Sein fleischiger, dicker Nacken war puterrot. Seine Hand zog ständig an der Uhrkette. Seinen Hals drehte er ein paarmal nach beiden Seiten und sagte:

»Mein Gott, diese Sache mit der Ehre wird mich noch umbringen in meinem Alter.«

»Bumms!«

»Du hast das angerichtet!«

Mehmet Efendi war außer sich. Seine Hand bewegte sich wie eine Maschine.

»Mein Gott, ihr Herren. Eine Heimsuchung. Da soll doch gleich der Teufel dreinfahren! Ich werde Selbstmord begehen.«

Süllü saß auf seinem Platz, gegenüber der Tür, wie immer, das Kinn auf seinen Stock gestützt. Jedesmal, wenn ein Stein an die Tür knallte, war es, als ob er aufzucke. Seine Hände schienen leise zu zittern.

»Mein Gott, ihr Herren. In diesem Alter, ihr Herren.«

»Bumms!«

»Die Tür wird entzweibrechen, meine Herren. Die Tür wird entzweibrechen, meine Herren.«

»Bumms.«

»Die Tür wird entzweibrechen, die Tür wird entzweibrechen! Mußte mir das auch zustoßen? I... i... Ich? Warum sollte ich ein Mädchen entführen? Warum? Ja, meine Herren?«

Er näherte sich einem alten Mann. Mit flehender Stimme sagte er: »Ich bitte Sie, Verehrtester.«

»Du Kotbärtiger!«

Dann machte es wieder »Bumms!«

Einer der Alten öffnete die Tür vorsichtig einen Spalt:

»Schwester, Cemile, Schwester, geh! Was willst du von dem armen Mann? Der kann sich ja nicht wehren. Geh bitte. Du läßt ja nichts ganz, du hast die Tür zerbrochen. Es gibt die Obrigkeit. Du wirst bestraft werden.«

Die Staubwolke kam in Bewegung. Der Alte machte die Tür zu. Plötzlich hielt Mehmet Efendis Hand an der Uhrkette ein. Seine Augen blitzten auf. Seine Hand langte nach den neben ihm aufgeschichteten Kattunstoffballen. Er zog einen roten, geblümten Stoff hervor. Eilig maß er ab. Er faltete ihn zusammen. Dann füllte er in eine Tüte ein Kilo Würfelzucker ab. Die aufschwärmenden Fliegen ließen sich wieder in dem Zuckersack nieder.

»Rüstem Aǧa«, sagte er, »nimm das da und gib es dieser Gottesgeißel. Verschwinden soll diese Plage. Verschwinden soll sie. Sonst geht die Tür noch ganz zu Bruch. Meine Ehre ist sowieso dahin. Von mir braucht ihr keine Ehre mehr zu erwarten. Weg ist sie. Auf- und davongeflogen. Die Tür wird entzweigehen. Um deiner Kinder willen.«

Rüstem Aǧa stand auf und öffnete vorsichtig die Tür einen Spaltbreit. Sofort schloß er sie wieder. Beinahe hätte ihn ein Stein getroffen. Er schrie: »Du Hure! Du Hure, fast hättest du mich umgebracht. Was willst du eigentlich??«

Plötzlich sprang er nach draußen und packte sie an den Haaren. »Wo drückt dich eigentlich der Schuh? Da, nimm und geh nach Hause.«

Die Frau schleuderte den Stoff und den Zucker, kaum daß er ihre Hand berührte, weit von sich. Der rotgeblümte Kattun versank im Staub. Die Zuckerstücke rollten hier- und dorthin. Aus Leibeskräften fing sie an zu schreien:

»Ihr Miststücke. Alle steckt ihr unter einer Decke. Mit dem Kerl aus Darende macht ihr gemeinsame Sache. Ihr Miststücke. Euren Auswurf will ich fressen, ihr Miststücke. Alle unter einer Decke...«

Einige kleine Mädchen, die dem allen zugeschaut hatten, sammelten die verstreuten Sachen auf und legten sie neben Cemile.

Langsam stand sie auf, nahm den Stoff und den Zucker unter den Arm und machte sich, irgend etwas vor sich hinmurrend, auf den Heimweg.

Sie öffnete die Tür. Grelles Licht drang ein und blendete die Augen. Die Staubwolke sank allmählich in sich zusammen. Die Tür hatte von den Steinwürfen Dellen bekommen und war verbogen.

»Die schöne Tür«, sagten sie. »Schaut euch an, was diese Hure da angestellt hat. Keine fünfzehn Lira reichen zum Herrichten.«

Die Mittagssonne drückte wie Blei auf die Köpfe; im tiefen Schatten des Maulbeerbaumes saß eine Reihe Hühner mit vor Hitze aufgerissenen Schnäbeln und herabhängenden Flügeln und holten in raschen Zügen Luft. Auf dem Weg gegenüber lief ein gelblicher Hund mit heraushängender Zunge und eingezogenem Schwanz entlang.

Der Mond war noch nicht aufgegangen; es war finster. Der am Nachmittag aufgekommene Westwind war sanfter geworden. Die Zweige des Maulbeerbaumes, der wie ein riesiges, tiefschwarzes Gespenst in der Dunkelheit dastand, bewegten sich leise. Die Dorfbewohner, die sich am Bach versammelt hatten, sahen plötzlich, wie eine dünne Flamme gegen die Äste des Baumes emporzüngelte. Die Zweige des Maulbeerbaumes wurden lichtüberflutet. Die rote Flamme leckte an den Ästen entlang.

»Feuer!« ertönte ein langgezogener Ruf.

Die Dorfbewohner rannten herbei. Was brannte, war der Laden. Mehmet Efendi, die Hand an der Uhrkette, lief wie von Sinnen hin und her. Sein Gesicht war schweißüberströmt. Sein fleischiger Hals sah in der Röte der Flammen noch mal so rot aus.

»Ach, meine Herren, was hab' ich nur getan? Womit hab' ich das verdient? Ich bin ruiniert!«

Dann schrie er aus vollem Hals: »Herbei, ihr Leute! Ich bin erledigt. Ich flehe euch an, ach, ich bin erledigt. Herbei, ihr Leute, meine Kinder müssen Hunger leiden. Nach so vielen Jahren... Das Dorf... nach so vielen Jahren... Ihr Leute!«

Alle Dorfbewohner brachten nasse Decken, eimerweise Wasser und Erde. Sie dämmten das Feuer, das sich noch nicht überallhin ausgebreitet hatte, ein.

Einer der alten Männer paßte auf den Teil der Waren auf,

der nach draußen gezerrt worden war. Niemanden ließ er etwas stehlen.

Mehmet Efendi rannte von einem zum anderen und küßte ihnen die Hand.

»Ihr habt mich gerettet! Euch verdanke ich mein Weiterleben! Und das meiner Familie. O Gott.«

Seine Hand zog an der Uhrkette. Sein Gesicht war tiefschwarz, kaum zu erkennen vor lauter Ruß und Dreck.

Die erschöpften und schweißnassen Männer hatten sich an der Hecke niedergelassen. Im Schimmer der Sterne konnte man ihre Gesichter kaum erkennen.

Tos Osman, der in der Nähe der Hecken saß, warf das Hölzchen von sich, mit dem er in der Erde herumgestochert hatte, und mischte sich ein:

»Und wenn die ganze Welt nach ihm suchte, sie könnte ihn nicht finden. Wenn wir jetzt das ganze Dorf auf die Beine brächten, Weiber und Kinder, und suchten, bis zum Morgen suchten, würde man wieder nicht... Man würde ihn wieder nicht finden. Was für ein Hundesohn! Ihr könnt's ja mal versuchen. Wenn ihr ihn findet, könnt ihr mich anspucken. Der ist nicht zu finden, selbst wenn das Jüngste Gericht ausbräche, wär' der nicht zu finden. So etwas wie dieser stumme Hundesohn war noch nicht auf der Welt. Wer weiß, wo der sich versteckt hat!«

»Nur seine Mutter wird's wissen«, warf einer ein.

Tos Osman: »Nicht einmal der Satan weiß es. Einzig und allein Gott weiß es. Sonst kann es niemand wissen.«

Von dem etwas weiter entfernt sitzenden winzigen Schatten ertönte es tief: »Ach, der verdammte Hundesohn, wer hätte sich das gedacht? Am Tage das Weib Cemile mit ihrem irrsinnigen Treiben, in der Nacht dieser Knabe. Wer hätte das gedacht? Mensch, was geht's einen an? Miteinander verwandt sind sie, so um fünf Ecken. Kann man von einem Verrückten was Anständiges erwarten?«

»Nicht verrückt und nicht sonst was«, sagte eine Greisenstimme, »was der angestellt hat, täte kein Vernünftiger.«

»Wenn der einmal groß ist, wird er dem Dorf nichts als Unheil bringen«, sagte ein anderer.

»Nichts als Unheil bringen«, wiederholten einige gleichzeitig.

Tos Osman erhob sich, ging bis etwa zur Mitte und hockte sich im Türkensitz in den Staub. Hektisch sagte er: »Unheil wird er bringen, Unheil wird er bringen. Ich kenne den. Was ist der für ein Hundesohn, der! Was für ein gewiefter Hundesohn! Was hat der voriges Jahr dem Hacı Yusuf angetan? War so etwas schon mal dagewesen, wenn ihr's euch recht überlegt? War so was schon dagewesen? Sagt mal?«

»Das war noch nicht dagewesen«, antworteten einige Stimmen.

Tos Osman fuhr fort: »Da hat der Hacı Yusuf gesagt: ›Bring mir mal einen Schluck Wasser.‹ Der rührt sich nicht. ›Mensch, bring Wasser.‹ Keine Antwort. ›Mensch, hol mal gleich Wasser und bring's‹, hat er gesagt. Aber eher redet ein Toter als der. Keine Notiz hat er davon genommen. Da wurde es ihm zuviel, dem Hacı Yusuf. ›Da hast 'ne Ohrfeige.‹ Der andere rührte sich immer noch nicht. Wie ein Holzklotz saß er da. Er hatte sein Kinn auf den Stock gestützt, die Augen in der Luft. Wie Hacı Yusuf am Morgen auf sein Feld kommt, was muß er da sehen: Sein ganzes Wassermelonenfeld von fünfundzwanzig Morgen liegt ausgetrocknet da, als wären Flammen darübergezogen. Er faßte hin, und siehe da, alle Wurzeln waren mit dem Messer durchgeschnitten. Eine nach der anderen hatte der durchgeschnitten. Nicht eine Ranke war ungeschoren geblieben.«

»Nur der Tod beseitigt so jemanden«, zischte einer wütend zwischen den Zähnen, »sonst bekommt man ihn nicht los.«

»Nun, Hacı Yusuf hat ihn gepackt und durchgeprügelt, bis er nicht mehr konnte. Dann hat er ihn mit einem Hanfseil an dem großen Maulbeerbaum bei Göğburnu aufgehängt. Dort ist er einen Tag und eine Nacht hängengeblieben. Der gelbe Mehmet hat ihn am Baumast gesehen. Die Zunge heraushängend, der Hals schlaff. Das Hanfseil hatte sich in seine Füße eingegraben, hatte sie schwarz anlaufen lassen. Tiefschwarz und dunkelblau.«

»Beinahe hätte er Hunger leiden müssen, der Hacı Yusuf«, sagte ein anderer, »beinahe.«

»Ja, und zwei Tage später sahen wir, daß ringsum Flammen emporschlugen. Es waren die Garben von Hacı Yusuf, die brannten. Mit knapper Mühe haben wir die Hälfte gerettet. Hätte der bis zur Dreschzeit gewartet und dann Feuer gelegt, hätte er in jenem Jahr Hunger leiden müssen, der Hacı Yusuf.«

»Was ein Glück, daß ihm nicht eingefallen ist zu warten«, antworteten die anderen.

Tos Osman fuhr fort:

»Hunger gelitten hätte in jenem Jahr der Hacı Yusuf mit seiner Frau und seinen Kindern. Verdammt noch mal! Soll man ihn oder sich umbringen?«

»Verdammt noch mal. Soll man ihn oder sich umbringen?« echoten die anderen.

Tos Osman stand auf. Er zog sich zurück. Dann setzte er sich wieder auf seinen Platz.

»Soll ihn mal das ganze Dorf suchen; wenn sie ihn finden, fresse ich einen Besen. Mein Haus zünde ich an, wenn sie ihn finden können. Niemand wird ihn finden können. Wenn's gar nicht anders geht, versteckt der sich sogar auf dem Grund eines Brunnens. Wenn's gar nicht geht. Angst hat der nicht. Ohne zu essen und zu trinken, hält der's drei Tage im Brunnen aus.«

Die Männer gingen langsam auseinander.

»Der wird alles vernichten«, sagte Mehmet Efendi voller Groll, »laßt den erst mal herangewachsen sein. Der nimmt eine Schachtel Zündhölzer und setzt das ganze Dorf in Brand. Laßt den erst mal herangewachsen sein. Heute bin ich dran, morgen ihr. Eine Schachtel Zündhölzer, damit schafft er das Dorf von einem Ende bis zum anderen.«

»Bringste dich um oder ihn«, sagten die anderen, »bringste dich um oder ihn?«

Nachdem die Dorfbewohner gegangen waren, öffnete Mehmet Efendi die Tür des Ladens. Plötzlich spürte er den durchdringenden Brandgeruch in der Nase. Vom Schilf des Daches tropfte langsam Wasser. Das Mondlicht fiel in die Mitte des Ladens in Wagenradgröße durch das Loch, das das Feuer gefressen hatte. Der Boden war voller Dreck, alles war durcheinander. Mehmet Efendi lief außer sich hin und her. Jedesmal, wenn er unter das Mondlicht kam, glänzte die silberne Uhrkette auf.

Eine ganze Weile lief er so hin und her. Dann fielen ihm die Hände, müde wie er war, schlaff hinunter.

Der Laden war gerade geöffnet worden. Die Hälfte der Sonnenscheibe war hinter dem gegenüberliegenden Berg erschienen, die Schatten waren länger geworden.

Mehmet Efendi wedelte mit der Hand. Ein ganzer Schwarm von Fliegen erhob sich, um sich gleich wieder auf den Säcken niederzulassen. Er wedelte noch einmal. Da erstarrte seine

Hand. Ein langer, schmaler Schatten mit einem Stock bewegte sich auf die Ladentür zu. Dahinter tauchte Süllü auf. Mehmet Efendi wurde aschfahl. Der Knabe verharrte einen Augenblick an der Tür. Sein Haupt war erhoben, sein Gesichtsausdruck streng. Dann ging er weiter. Er setzte sich und stützte sein Kinn auf den Stock. Sein von der Sonne gebleichtes dunkelbraunes Haar war borstig wie die Stacheln eines Igels, das Gesicht von großfleckigen Sommersprossen übersät. Seine oberen Zähne waren lang und glänzend, sie waren zwischen seinen messerdünnen Lippen zu sehen. An seinem Kinn verlief eine tiefe Narbe bis hin zu seiner Unterlippe. In seinen blauen, sanftblickenden Augen dominierte das Weiße.

Unter den Brauen hervor blickte er auf den Ladenbesitzer. Ein unbestimmbares Lächeln schien über sein Gesicht zu huschen. Mit einer Hand langte er an seine schneeweiße, blütenreine, handgewebte Pluderhose. An seinem Handgelenk war geronnenes Blut zu sehen. Auch seine Füße waren blutverkrustet. Seine Pluderhose war auf einer Seite eingerissen. Es war ihm anzusehen, daß er sich in Gestrüpp herumgetrieben hatte.

Mehmet Efendis Hand an der Uhrkette hob und senkte sich geruhsam. Er sah den Knaben lange an. Er überlegte, seufzte tief auf. In der Ecke standen bunte Bonbons, davon füllte er eine Tüte ab. Dann suchte er einen Taschenspiegel aus, auf dessen Rückseite eine nackte Frau zu sehen war. Eine Gummischleuder, eine Glasmurmel, ein rotes Taschentuch und ein Lirastück. Er nahm alles und legte es neben Süllü. Süllü warf aus den Augenwinkeln einen Blick auf die Sachen. Mit einer Hand zog er sie näher. Er nahm den Spiegel, drehte ihn hin und her und legte ihn wieder hin. Dann stützte er wieder, wie immer, das Kinn auf den Stock und rührte sich nicht mehr.

Mehmet Efendi: »Mein Sohn, mein beherzter Sohn! Was habt ihr denn von mir Schlechtes erfahren? Was hab' ich denn getan? Soweit ich konnte, habe ich Gutes getan. Sag es, mein Prachtjunge! Was hab' ich Schlechtes getan? Kennst du etwa das Weib Cemile nicht? Sie setzt Verleumdungen in die Welt, mein Prachtjunge. Ich in diesem Alter und Mädchen entführen? Ja, mein Sohn. Mögen meine beiden Augen erblinden, schließlich bist einer meiner drei Söhne du, einer meiner drei Söhne. Ich mache keinen Unterschied zwischen meinen Söhnen und dir. Ich liebe die Tapferen. Bei Gott, ich liebe sie. Wahrhaftig, ich liebe sie. Du bist der Tapferste hier im Dorf.

Wenn du ab sofort was brauchst, ob ich nun im Laden bin oder nicht, komm nur und nimm es dir. Komm und nimm, als wäre es dein Eigentum. Gleichgültig, ob ich da bin oder nicht. Was du willst. Was du willst, mein Prachtjunge. Du brauchst mich nicht zu fragen. Der Laden gehört dir. Nimm, was du magst. Wenn du willst, kannst du alles mitnehmen. Von nun an bist du mein Sohn. Hast du verstanden? All das gehört von nun an dir, alles dir.«

»Nimm«, fuhr er fort, »ich gebe dir noch einen Spiegel. Schau hin, eine nackte Frau auf dem Meer. Wie klares Wasser, wie elektrisches Licht leuchtet sie. Ja, mein Prachtjunge. Ja, mein tapferer Junge. Von nun an bist du mein Kind. Und wenn du groß bist, richte ich dir auch deine Hochzeit aus. Dieser Laden gehört dir. All die Waren gehören dir. Nimm, was du willst; brauchst keine Hemmungen zu haben.«

Süllü stand auf, öffnete sacht die Türklappe und trat ein. In der Ecke hingen die Gummischleudern. Er wählte drei Paar davon aus und legte sie zu den anderen Sachen.

Mehmet Efendi knirschte mit den Zähnen. »Nimm nur, mein Sohn, nimm! Nimm, was du magst. All diese Waren gehören dir. Nimm, was du magst!«

Süllü stützte das Kinn auf den Stock und verharrte regungslos. Er kniff die Augen zusammen. In den Raum ergoß sich durch das Loch, das das Feuer in der Nacht hineingefressen hatte, das Sonnenlicht in Wagenradgröße. Der Laden lag in hellem Licht.

Als erster kam Rüstem Ağa. Danach Hacı Ağa. Und dann kamen Tos Osman und Anşa Fahri. Nach und nach kamen auch die anderen. Jeder, der hereinkam, zauderte einen Augenblick an der Türschwelle, starrte verwundert auf Süllü, um sich dann erst hinzusetzen.

Dann ging der Ladenbesitzer für eine Weile nach draußen.

Der weiße Bart von Rüstem Ağa zitterte, als er sagte:

»Menschenskind, du verrücktes Miststück, um ein Haar hättest du den Mann ruiniert. Mittellos hättest du ihn dastehen lassen, den armen Kerl. Ist denn so was möglich! Das wär' doch jammerschade!«

»Das wär' doch jammerschade!« riefen einige gleichzeitig. »Dafür wirst du noch in der Hölle lodernd brennen.«

Rüstem Ağa: »Tu so was nicht, mein Sohn, tu's nicht. Der Sünder entgeht seiner Strafe nicht.«

»Entgeht seiner Strafe nicht«, wiederholten die anderen.

Daraufhin sagte Anşa Fahri: »Somit hat er seine Strafe gefunden, der Mehmet Efendi. Dann hat er seine Strafe gefunden für das, was er getan hat. Seit heut früh hackt ihr auf dem Jungen herum! Der Knabe hat ins Schwarze getroffen. Wie ein Mann. Bravo, Süllü. Er ist ein tapferer Knabe, der Süllü.«

»Geh«, sagte Rüstem Aḡa wütend, »ihr zeigt Undankbarkeit. Nicht nur ihr, sogar eure Väter, ja, eure Väter sind mit seiner Hilfe etwas geworden. Sagt so etwas nicht! Der wird euch sonst verheizen. Sagt so etwas nicht. Es gibt Gott und auch Mohammed. Solch niederträchtige Gesinnung.«

Anşa Fahri – im Dorf war es üblich, bei Söhnen von Witwen den Namen der Mutter ihrem eigenen voranzustellen – war lang und schmächtig und von schwarzbrauner, glänzender Haut. Er hatte aufgeworfene, rote Lippen. Plötzlich sprang er auf und pflanzte sich vor Rüstem Aḡa hin.

»Schau, Onkel«, sagte er, »undankbar sind nicht wir, undankbar ist jener Saukerl. Schau, Onkel, ich will's dir erklären, hör zu. Der verkauft seine Ware doppelt so teuer wie die Händler in der Kreisstadt. Verkauft er sie nicht so? Sag schon, er verkauft sie so. Oder verkauft er sie etwa nicht so?«

»Aber auf Pump, mein Sohn. Wer gibt schon auf Pump was? Wer zahlt schon bar auf die Hand?«

»Gib nur zu, daß er sie so verkauft. Und kauft er nicht zum halben Preis ein? Zahlt der nicht nur den halben Preis fürs Korn? Sag schon, nur das zahlt er. Sag's nur, oder zahlt er etwa nicht die Hälfte? Er zahlt die Hälfte! Schaufeln wir nicht alle, wenn's so weitergeht, ihm in die Taschen? Rechnet euch mal euren Verdienst aus. Gibt's da einen, der nicht die Hälfte davon oder sogar alles im Laufe des Jahres wieder bei ihm läßt? Sag schon, gibt's einen?«

»Sei nicht undankbar, mein Sohn!«

Fahri wurde wütend und fuhr fort:

»Onkel, ihr seid doch alle noch von gestern. Das geht wohl in euren Kopf nicht hinein. Abgesehen davon, daß er die Dorfbewohner noch gegeneinander aufgebracht hat. Der Unfriedenstifter! Recht getan hat der Süllü. Möge Glanz um seine Hand sein! Den Teufel kann man nur mit dem Beelzebub austreiben.«

Rüstem Aḡa erwiderte:

»Hör auf, mein Sohn! Stör die Ordnung des Dorfes nicht. Das kann schlimme Folgen haben. Bring die Kinder nicht auf solche Gedanken. Sonst nehmen sie morgens eine Schachtel

Zündhölzer und stecken das Dorf von einem Ende bis zum anderen an.«

Fahri fuhr fort: »Und wenn das Dorf genau so ehrlos ist wie Mehmet?«

Da kam Mehmet Efendi herein. Er hatte alles gehört. Er tat so, als wüßte er von nichts.

»Ach, werter Fahri, mein Sohn«, rief er aus, »sei mir willkommen, du hast dich ja lange nicht sehen lassen. Wie geht's dir denn? Komm, setz dich dahin. Gestern war deine Mutter da. Wir haben uns unterhalten. Gott gebe ihr ein langes Leben. Sie ist eine gute Frau. So eine wie sie gibt es nicht noch mal im Dorf. So eine wie deine Mutter gibt es nicht noch mal. Bei Gott, so eine gibt's nicht. Iß und trink und danke deinem Herrn, daß du eine solche Mutter hast. Engelsgleich! Wenn ich doch auch so eine Mutter gehabt hätte und dafür keinen rechten Arm besäße. Deine Mutter ist Mann und Frau zugleich.«

Er wandte sich den anderen zu: »Niemandem kann man mehr Gutes tun. Denn Gutes wird nur mit Schlechtem vergolten. So ist es, meine Herren. Da verlange ich nur die Hälfte der Schulden, die einer seit zehn Jahren bei mir hat, und er zahlt's nicht. Sagt, und da soll man Gutes tun!«

Hinter ihm stampfte ein heruntergekommener, abgemagerter Mann mit eingefallenen Wangen wütend herein.

»Seit zehn Jahren zahle ich und zahle ich, und noch hat's kein Ende. Meine Schulden bekommen immerfort Junge. Wenn sie keine Jungen bekämen, wären sie schon längst abgezahlt. Ich kann nichts mehr geben. Jetzt reicht's. Es steht mir bis hier. Selbst wenn die Obrigkeit käme, kann ich's nicht geben. Seit zehn Jahren denke ich jedes Jahr, nun ist Schluß. Aber bei jeder Ernte wird wieder das gelbe Heft aufgeschlagen.«

»Nun sagt bloß, ihr Herren, tue Gutes! Tu Gutes und du wirst zum Lügner. Tu Gutes und du wirst zum Betrüger. Geh, mein Bruder, geh! Ich will nichts vor dir. Soll es meinem Seelenheil zugute kommen. Geh!«

Von draußen ertönte eine tiefe Stimme. Mehmet Efendi erbleichte.

»Weintrauben, heda!... Taschentücher, heda!... Billig, heda!... Spiegel... Stoffe... Schals... Nähnadeln und Garne.«

»Da, schau nur, du Gottloser«, sagte der zerlumpte Mann, »der junge Mann da verkauft um die Hälfte billiger als du.«

Sagte es und ging.

An dem Laden zockelte ein kleinwüchsiger Händler mit drei Eseln und einem gläsernen Schaukasten auf dem Rücken vorüber.

»Taschentücher, heda!... Billig, heda!... Fast umsonst...«

Ein Mädchen, das eintrat, fragte: »Onkel Mehmet, Haarklammern hast du wohl nicht? Solche Haarklammern mit Sternchen drauf?«

»Nein«, antwortete er aufgeregt, »nein, meine Tochter.«

Das Mädchen ging. In ihrer schwarzen Pluderhose bewegten sich ihre breiten Hüften hin und her. Ihr rotes Kleid hatte sie in die Pluderhose gesteckt. Die Warzen ihrer straffen Brüste zeichneten sich unter dem Kleid ab, beim Gehen bewegten sie sich auf und ab.

Auch Mehmet Efendi ging hinaus.

Das Mädchen blieb an der Ecke einer der schilfgedeckten Hütten stehen. Sie lehnte sich mit ihrer rechten Seite an die Hecke. Ihre langbewimperten Augen leuchteten.

Die Hühner, die im Schatten auf dem Boden gescharrt hatten, ergriffen die Flucht.

»Meine Tochter«, sagte Mehmet Efendi, »mein Fräulein Tochter, du bist doch meine Tochter. Ich denke nicht daran, dich ins Unglück zu stürzen. Kann ein Mann daran denken, seine Tochter ins Unglück zu stürzen? Ist es nicht so, meine Tochter? Würde ein Mann daran denken, sein leibhaftiges Kind ins Unglück zu stürzen? Du bist meine Tochter. Städter und Dörfler, das sind zweierlei Menschen. Ein Städter ist anders als ein Dörfler. Also nehmen wir an, du heiratest ihn. Den Gül Ali. Weiß Gott, ein tüchtiger Junge. Aber er nagt am Hungertuch. Da wirst du ein Leben lang hinter ihm und in den Ebenen der Çukurova einherziehen. Schleppst Lasten, pflückst Baumwolle, schichtest Heu auf. Hat das jemals ein Ende? Das Bauernleben ist ein Hundeleben. Ein Hundeleben, meine Tochter. Du kennst es. Deine Fußsohlen platzen auf. Ehe du dich besinnst, bist du welk geworden. Dann siehst du aus wie ein Weib von siebzig Jahren. Und wie eine Hundebrut laufen dir deine nackten Bälger hinterher. Wie eine Hundebrut. Einmal haben sie's an den Augen, dann werden sie vom Sumpffieber befallen, und essen wollen sie auch. Nackte, nackte! Die Städter haben einen rettenden Ausweg gefunden. Ein Kind, dann noch eins und Schluß. Eine Spritze, aus ist es. Kein Kind mehr und kein sonstwas. Sein Auge hat er nun mal auf dich geworfen, der andere da. Das ist die Gelegenheit. Laß sie dir nicht entgehen, meine Tochter. Was ich dir zu sagen habe, ist das Wort eines Vaters. Der da ist ein richtiger Gendarmeriewachtmeister. Meinst du, für den gäb's keine Mädchen in der Stadt? An jeder Hand könnte er fünfzig haben. Aber auf dich hat er sein Auge geworfen. Das ist nun mal Sache des Herzens, anders ist das nicht zu erklären. Oder meinst du, es gäbe keine Mädchen? Tritt dein dir so nahes Glück nicht mit Füßen! Ein Kommandant der Gendarmerie! Begreifst du? Ein richtiger Kommandant der Gendarmerie! Nicht jedem widerfährt zu jeder Zeit ein solches glückliches Los. Dann kannst du deine Füße unter den Tisch stecken wie eine Dame. Er schafft an, und du gibst es aus. Ali ist zwar ein wakkerer Bursche. Wenn du ihn zweiteiltest, könnte man aus ihm zwei Wachtmeister machen. Aber was soll's, er nagt am Hungertuch. Du mußt wissen, was du tust, meine Tochter. Ich kann für dich nur wie ein Vater sprechen, meine Tochter. Sieh, du wirst dann wie die Städterinnen einen Mantel tragen. Einen Fuchspelz wirst du dir umhängen in der Kälte. Handschuhe wirst du an den Händen tragen, das Paar zu fünfzig Lira. Damit deine Haut nicht leidet. Aber hier? Vor Dreck und Schwielen wird sie nicht zu sehen sein. Und blitzblanke Schuhe wirst du an den Füßen haben. Sag mal, welche Frau hat hier im Dorf schon mal Schuhe an den Füßen gehabt, seit sie geboren wurde? Haben die schon mal Schuhe gesehen? Und du wirst sie sogar im Hause anhaben. Aber hier? Hier wirst du nicht mal was Richtiges zu beißen haben. Dort wirst du unvermischtes Weißbrot essen, Tag und Nacht, weiß wie Schnee. Ein richtiger Kommandant. Das ist nicht wenig, und ein Rockschoß voller Geld. Was der in einem Monat verdient, kannst du mit dem Ali ein Leben lang nicht verdienen.«

»Ja, aber«, antwortete das Mädchen, »Ali wird mich umbringen.«

»Nein, meine Tochter! Zwei Gendarmen würden den Ali zum Revier zitieren. Das ist nun mal die Obrigkeit. Kann man gegen die Obrigkeit ankommen? Der Wachtmeister stellt schon die Obrigkeit dar. Sage nur ›Obrigkeit‹, und damit hat sich's. Sage ›Gendarmeriekommandant‹, und das wär's. Ist es etwa besser, in der Hitze der Çukurova, oben nichts und unten nichts, gefolgt von nackten Bälgern wie einer Hundebrut, dem Ali hinterherzulaufen? Oder ist es besser, mit den Damen der besseren Gesellschaft in zweistöckigen, weißen Häusern zu plaudern? Du mußt es wissen. Tritt dein Glück nicht mit

Füßen! Pack dein Bündel zusammen, solange du so schön bist.«

Da ertönte die Stimme des Händlers: »Billig, heda!... Taschentücher, heda!...«

Mehmet Efendis Hand griff zur Uhrkette. Sein Gesicht erblaßte. Seine Augen versanken in den Höhlen.

»Meine Tochter«, sagte er, »sag den Frauen, sie sollen bei dem nichts kaufen. Der hat nur Ausschußware. Billig, aber eben Ausschuß. Das zerfällt schon, bevor man's richtig angezogen hat. Die kennen sich da nicht aus und kaufen's noch. Weil's billig ist. Und tritt du dein Glück nicht mit Füßen.«

Die roten, vollen Lippen des Mädchens, die sie verzogen hatte, lösten sich. Ihre großen dunklen Augen blickten nachdenklich.

Noch vor Morgengrauen stand Mehmet Efendi auf. Ganz verschlafen machte er sich auf den Weg zum Aḡa. Er ging bis zur Laube. Die Moskitonetze auf der Laube sahen aus wie Schatten. An der Laube blieb er stehen. Die Rinder lagen auf dem Mist und käuten wieder. Er lehnte eine Schulter an einen der Laubenpfosten. Er wartete.

Endlich sagte er mit kaum vernehmbarer Stimme: »Bruder, Bruder! Durmuş Aḡa! Steh doch mal auf! Bruder, Bruder Durmuş Aḡa! Bruder! Steh doch auf, Menschenskind.«

Von oben kam kein Ton. Mehmet Efendi stieg ein paar Sprossen hinauf: »Bruder, Durmuş Aḡa, steh doch auf! Steh doch auf, Menschenskind, Bruder, ich bin wegen einer Angelegenheit gekommen.«

Eine Frau wurde wach: »Aḡa, dich ruft einer da unten.«

»Wer denn?« brummte eine tiefe, verschlafene Stimme. »Wer bist du denn?«

»Ich bin's«, rief Mehmet Efendi, »ich bin's, Bruder!«

Die tiefe Stimme antwortete: »Komm rauf. Was gibt's denn? Na so was! Mitten in der Nacht...«

Er stieg nach oben. Er setzte sich auf eine Ecke der Matratze von Durmuş Aḡa. Durmuş Aḡa erhob sich halb.

»Was gibt's denn? Was ist denn mit dir los?«

»Ach, frag nicht, frag bloß nicht. Die Sache ist schlimm. Mußte mir das noch zustoßen in diesem Alter? Es kommt mich schwer an. Glaub mir, es kommt mich schwer an, Bruder! Die Leute haben gesagt, der Durmuş Aḡa... Und ich habe gesagt, so was erwarte ich nicht vom Durmuş Aḡa. Seit Jahren sind wir wie leibhaftige Brüder. Seit Jahren wie Brüder, mein Herr. Ja, mein Herr. So ist es, mein Herr. Wenn meine Knochen von Gott gegeben sind, so ist mein Fleisch von Durmuş Ağa. Das kann er mir nicht antun, hab' ich gesagt, solch Niedertracht wird er mir nicht antun. Der Durmuş Ağa, der Held, hab' ich gesagt, läßt niemanden leer ausgehen, der an seine Tür klopft. Wen die Leute von Yeriyokuş davongejagt haben, hab' ich gesagt, läßt er auch nicht ins Dorf.«

Die tiefe Stimme donnerte los: »Nun sag schon, was los ist! Was gibt's? Was soll ich dir denn getan haben...«

»Der kleinwüchsige Teufelsbalg hat eine Botschaft herschikken lassen. Auch der Ladenmensch von Yeriyokuş hat eine Botschaft übermitteln lassen. Er soll gesagt haben: ›Mich hat der Mehmet Efendi aus Yeriyokuş davonjagen lassen, na ja, soll er mich davonjagen lassen. Das soll er mir büßen. Ich werde in sein Dorf kommen und einen Laden aufmachen, genau seinem gegenüber, ihm zum Trotz. Ich werde zum halben Preis verkaufen, mir reicht das‹, soll er gesagt haben.«

Er hielt ein, überlegte und fuhr fort:

»Und weiter soll er gesagt haben: ›Mehmet Efendi kann zu meinen Preisen nicht verkaufen. Der bringt es nicht fertig, Ausschußware zu verkaufen. Er fühlt mit den Dorfbewohnern wie mit einer Familie. Denn morgens müssen sie sich ansehen können.‹ Also ich kann so was nicht verkaufen, Bruder. Ich muß sie reinen Gewissens ansehen können. Kann ich das denn? Ich kann so was nicht tun! Lieber leide ich Hunger oder geh' betteln, aber so etwas tue ich nicht. Ja, mein Bruder, der dort soll all das gesagt haben. Ja, ja, mein Bruder. Und du, Durmuş Ağa, und du wärst bereit, ihm den Platz für den Laden zu geben. Deine Fußsohlen will ich küssen. So viele Jahre haben wir ›Bruder‹ zueinander gesagt. Sogar ›Vater‹ habe ich zu dir gesagt. Es kommt mich schwer an. Was sagst du dazu, Bruder? He! Durmuş Ağa, was sagst du dazu? ›Bruder‹... ›Bruder‹ haben wir zueinander gesagt.«

Durmuş Ağa richtete sich schlaftrunken auf und guckte verständnislos.

»Was sagst du dazu, Bruder? Sag doch was, ich will deine Fußsohlen küssen, antworte doch. Es kommt mich sehr schwer an, bei Gott. Davongejagt haben ihn die Leute von Yeriyokuş. Können wir nicht mal das, was die können? Es kommt mich schwer an. Ich will deine Fußsohlen küssen, antworte doch!«

»Es sei, wie du willst«, antwortete Durmuş Ağa. Sein Kopf fiel auf das Kissen zurück.

Süllü saß bewegungslos an seinem Platz und blickte ohne Anteilnahme auf Mehmet Efendi, der mit Kara Duran flüsterte.

Mehmet Efendi wedelte mit seiner Hand. Ein Fliegenschwarm flog auf und ließ sich wieder nieder.

»Schau mal«, sagte er, »mein Sohn Duran, ich richte deine Hochzeit aus. Mach dir deswegen keine Sorgen. Ich mache dich reich! Es kommt mich schwer an. Es bringt mich um. Die Ehre. Verteile die Rosinen und die Bonbons an die Kinder. Und wenn die Sache bereinigt ist, dann gebe ich noch mehr. Auch Geld gebe ich.«

Kara Duran reckte seinen spindeldürren Hals.

»Onkel«, antwortete er, »mit Gottes Hilfe und deiner. Wir sind nicht schlechter als die von Yeriyokuş. Wir werden einen solchen Sittenstrolch nicht in unser Dorf lassen. Der soll nicht herkommen. Gehört das Dorf etwa seinem Vater? Uns gehört dieses Dorf. Es kann nur dableiben, wen wir haben wollen, oder etwa nicht? Der Sittenstrolch. Bezahlen unsere Frauen etwa horizontal? Soll er mal kommen, der Landstreicher. Gleich wirst du es erleben!«

Mehmet Efendi rief hinterher: »Wenn ich dich nicht dieses Jahr verheirate, will ich nicht mehr Mehmet heißen! Also, zeig mal, was du kannst!«

Kaum war der eine weg, erschien in der Tür ein spindeldürrer, zerlumpter Greis, dessen verschrumpelter Hängebauch unter seinem zerrissenen Hemd hervorschaute.

»Mensch, Mehmet«, sagte er, »gib mir mal von den Rosinen ohne Kern!«

Mehmet Efendi beugte sich an das Ohr des Alten und brüllte: »Wieviel soll's sein? Wieviel?«

Der alte Mann öffnete seine rechte Hand: »Was weiß ich. Gib soviel, wie da reingeht!«

Mehmet Efendi wog die Rosinen ab. Der Alte schlurfte hinaus. Wie ein Schatten verschwand er.

Fast alle Dorfkinder unter zwölf Jahren standen in der Nähe des Platzes vor dem Laden, die Hände und Hosentaschen voll mit Steinen. Sie warteten auf jemanden. Zwei Kinder prügelten sich. Kara Duran trennte sie. Duran war durch seine Kleinwüchsigkeit von den Kindern kaum zu unterscheiden. Die

Kinder hielten es vor Ungeduld schier nicht aus. Ein Stück abseits der Kinder stand unter einer schilfgedeckten Hütte Süllü allein da, das Kinn auf den Stock gestützt. Die Kinder zeigten sich gegenseitig die Steine, die sie in den Händen hielten.

Da sagte Kara Duran: »Paßt auf, ihr Lausebengel. Er kommt, der Sittenstrolch.«

Die Kinder machten sich bereit. In einiger Entfernung tauchte ein hochgewachsener, schmächtiger und schwächlich aussehender Händler auf, dessen Glaskasten auf seinem Rükken jedesmal funkelte, wenn auf ihn Sonnenstrahlen fielen, und ihm voran drei mit Kisten beladene Esel.

»Billig, zum halben Preis, heda!... Taschentücher, heda!... Schleudern, Vogelschleudern, heda!... Solide Ware, heda!...« Als der Händler die Kinder erreicht hatte, pflanzte sich Kara Duran auf. Er streckte seinen rechten Zeigefinger aus:

»Los!« rief er. »Los!«

Auf den Händler begannen Steine, getrocknete Kuhfladen, Dreck und frischer Kuhdung niederzuprasseln. Der Mann wußte nicht, wie ihm geschah. Fassungslos blieb er stehen. Er wandte sich den Kindern zu. Er duckte sich. Es hagelte Steine. Die Esel drängten sich aneinander. Es sah schlecht aus. Nichts würde ganz bleiben. Da baute sich schnell Süllü, den Stock in der Hand, vor den Kindern auf. Er schwenkte so richtig seinen Stock. Einige der Kinder rissen schreiend aus. Der Stein- und Kuhmistregen hörte auf. Der Händler nahm den Glaskasten von seinem Rücken und sah nach, ob er zerbrochen war. Er war nicht zerbrochen. Er hockte sich nieder, Süllü stand aufrecht. Der Händler sah verwundert, aber mit freundschaftlichen Blicken Süllü an. Auch Süllü sah ihn an. Dann tauschten beide Blicke in Richtung des Ladens aus. Süllü wandte sich um.

Kara Duran betrat, nach Luft schnappend, den Laden:

»Onkel«, rief er, »die Kinder haben Angst bekommen vor dem Süllü. Wir waren dabei, den Kerl zur Strecke zu bringen. Er hat seinen Rücken uns zugedreht, und wir haben ihn ständig bombardiert. Der verrückte Süllü. Jetzt hat er den Kindern Angst eingejagt. Wenn ich ihn nur packen und durchprügeln könnte, na, du kennst ihn ja. Nichts da! Die Sache war schon fast gelaufen, aber... Was soll man dazu sagen? Es ist eben passiert. Der Hundesohn. Der ver... der verrückte Kerl. Mit so einem Hund kann man sich doch nicht auf dieselbe Stufe stellen.«

Mehmet Efendi: »Soviel Wohltaten hab' ich... Erblinden

mögest du, Süllü. Duran, mein Sohn, zeig's ihm. Das kommt mich schwer an. Um deine Verheiratung kümmere ich mich. Dafür stehe ich gerade. Nimm das da!«

Er streckte ihm ein paar Meter geblümten Kattunstoff hin.

»Bring's der Mutter von dem Süllü. Sag ihr, wie die Sachlage ist. Sie soll irgendwie versuchen, den Verrückten für zwei Stunden aus dem Dorf zu schaffen. In zwei Stunden kann man sogar einen Menschen töten. Verschwinden soll der Verrückte. Dann klappt die Sache.«

Kara Duran antwortete: »Und die Kinder hatten mit solch einer Wonne losgeschossen!«

Es war Nachmittag. Der dichte, dunkle Schatten des riesigen Maulbeerbaumes lag langgestreckt auf dem Boden. Süllü kam vom Feld seines Onkels zurück. Seine Mutter hatte ihn angefleht, das Essen hinauszutragen. Am oberen Wegrand, hinter Alis Haus, sah er die verstörten Esel mit den übereinandergelegten Hälsen. Es gab seinem Herzen einen Stich. Er begriff sofort, was geschehen war. Der Händler hatte sich niedergehockt, seinen Rücken an die Hecke gelehnt, er ließ seinen Kopf hängen. Er bewegte sich nicht. Der Glaskasten lag daneben, zertrümmert. Darin war nichts mehr. Im Straßenstaub lagen Seife, Zucker, buntes Kinderspielzeug und noch andere Waren. Süllü kam heran und blieb vor dem Händler aufrecht stehen. Seine Hände zitterten. Der Händler hob langsam den Kopf. Sein Gesicht war blutüberströmt. Die Unterlippe war aufgeplatzt, auf seinem Kinn war ein Blutfleck. Ein Fleck aus geronnenem Blut. Er warf einen schmerzlichen Blick auf Süllü. Ihre Blicke kreuzten sich. Sie wandten die Köpfe und tauschten Blicke in Richtung des Ladens aus. Süllü lief los.

Er öffnete leise die Türklappe und ging zu Mehmet Efendi. Dann nahm er ein paar Vogelschleudern, einige Glasmurmeln, stopfte sich die Taschen mit Rosinen voll. Eine Taschenlampe, ein Taschentuch. Was ihm brauchbar erschien, nahm er. Mehmet Efendi wurde abwechselnd rot und blaß. Er gab keinen Laut von sich. Süllü setzte sich und knotete die Sachen in das Taschentuch. Dann stand er auf und stellte sich vor Mehmet Efendi. Er blickte ihn lange an. Plötzlich brach es aus ihm heraus: »Pfui Teufel!«

Über Mehmet Efendis Gesicht floß weiße Spucke.

Der Besen

Der eine hieß Reşid, der andere Durmuş. Reşid war sehr groß und hager, Durmuş klein und dick, fast kugelrund.

Es war Frühling. Es hatte geregnet, und auf die Erde prallte ein heller Tag. Die Erde glänzte, es war, als ob Strahlen aus dem Erdboden hervorsprühten.

Sie waren bis zum frühen Morgen durch den Regen gelaufen. Jetzt stieg von ihren nassen Rücken sachte ein warmer Dunst auf. Seit geraumer Zeit standen sie mitten auf dem Weg und dachten nach, ohne miteinander zu reden. Unterhalb der Gürtellinie waren sie eingedreckt.

In der Ferne, mitten in der Ebene, glänzten wie Spiegel die Zinkdächer der Bauernhäuser.

Durmuş hob schwerfällig den Kopf. Reşids Schultern hingen vor Erschöpfung herab, seine welken gebräunten Wangen waren eingefallen, er sah gealtert aus.

Sie blickten sich an. Dann liefen sie, wieder ohne miteinander zu reden, weiter. Bis zu den Knöcheln versanken sie im Morast. Vor Erschöpfung knickten ihre Beine ein.

Sie liefen bis zum späten Nachmittag. Auf die sonnige Erde hatte sich etwas wie Nebel gesenkt. Von jenseits, von Süden her, schwebte ein dunkler, riesiger Wolkenfleck auf sie zu. Sie betraten das Gelände des Bauerngutes.

Ein weißer Hahn scharrte auf dem Misthaufen. Dann lief ein verängstigter Hund an ihnen vorbei. Ein Fohlen mit glänzendem Nacken blieb stehen, reckte und streckte sich, um dann wieder seine Sprünge fortzusetzen.

Ihre Nasen bekamen einen sauren Mistgeruch ab.

Durmuş blieb stehen und schaute Reşid an. Auch Reşid hielt an. Dann liefen sie auf das riesengroße, langgestreckte, wie ein Schuppen aussehende Gebäude aus ungebrannten Ziegeln zu.

Als sie die Tür des langgestreckten Gebäudes erreichten, kam ein kleiner Mann heraus, so klein, daß man ihn fast einen Knirps nennen konnte, seine krummen Beine waren sogar durch die schwarze, zerrissene Hose hindurch erkennbar. Er sagte plötzlich: »Haltet mal! Tut eure Steppdecken vom Rükken!«

Reşid und Durmuş banden, ohne etwas zu sagen, ganz langsam die Steppdecken von ihren Rücken los und legten sie unten an der Mauer nieder.

Reşid sagte: »Nenne mir deinen Namen, mein Herr.«

Der Mann antwortete: »Ich heiße Veli. Auf diesem Bauerngut komme nach dem Āga ich. Das solltet ihr wissen! Ich bin die rechte Hand des Āgas. Auf diesem Gut tanzt alles nach meiner Pfeife, so ist das!«

Durmuş und Reşid rissen sich zusammen und nahmen Veli gegenüber eine ehrerbietige Haltung ein. Veli brüstete sich: »Wer hat euch hergeschickt? Hat man euch etwa meinen Namen genannt?«

Reşid antwortete: »Wir sind einfach so gekommen.«

Veli wurde wütend: »Für wen seid ihr gekommen? Geht es an, das Gut Mercimek zu betreten, ohne den Namen Veli zu kennen?«

»Wir sind einfach gekommen. Wir haben niemanden gefragt. Wir haben es gesehen und sind hergekommen.«

Veli stampfte auf: »Mensch, hat euch niemand gesagt, dort gibt es einen Veli, und der gibt euch Arbeit?«

Reşid schwieg.

Veli bestand darauf: »Sagt, hat das niemand gesagt?«

Reşid antwortete: »Deinen Namen, mein Herr, haben wir im Dorf gehört.«

Veli: »Und warum habt ihr das bis jetzt nicht gesagt? Ihr habt also meinen Namen im Dorf gehört?«

Reşid: »Wir haben von ihm gehört.«

Veli machte ein Handzeichen und ging ihnen voran. Sie liefen ihm hinterher. Als sie vor eine winzige, windschiefe, eingesackte Schilfrohrhütte mit eingestürztem Zaun kamen, blieben sie stehen.

Veli war wie eine Heuschrecke.

Mit gestrenger Stimme rief er: »Weib, Weib!«

In der winzigkleinen Tür des Hauses tauchte eine Frau mit zerzaustem Haar und faltigem Gesicht auf, die versuchte, mit der Hand ihr offenes Oberteil zuzumachen.

Veli sagte: »Weib, das sind unsere Gäste.«

Die Frau zog sich nach drinnen zurück.

Veli dröhnte: »Breite die Matte aus und leg Matratzen drauf; die sind von weit, von Albustan, wegen mir hergekommen.«

Sie traten ein. Veli voran, die anderen hinterher.

Aufgeregt breitete die Frau auf dem feuchtdreckigen Erdboden der Hütte die Matte aus. Veli zeigte auf die Kopfseite der Matte und sagte: »Setzt euch! Wenn ihr schon wegen Veli hergekommen seid, so seid ihr mir höchst willkommen.«

In dem aus einem einzigen Zimmer bestehenden, niedrigen Häuschen, dessen Schilfabdeckung mit der Zeit immer mehr Ähnlichkeit mit einem grobgelöcherten Sieb bekommen hatte, war fast nichts, was man Einrichtungsgegenstände hätte nennen können. Nur in der Ecke lagen eine Steppdecke ohne Bezug und ein winziges Sitzkissen. Das Kissen war alt und schmutzig. Kein Köter würde darauf liegen, heißt es doch, also so eines war das. Und sonst noch... Ja, und sonst stand da noch ein Wasserkrug. Rund um den Krug hatte sich aus durchgesickertem Wasser ein Teich gebildet.

Veli sagte: »Weib, die haben schon in Albustan von meinem Namen gehört und sind deshalb hergekommen. Mach schnell einen Kaffee!« Die Frau warf zwei Späne in den Herd in der Ecke und zündete sie an. Dann füllte sie ein riesengroßes Cezve mit Wasser und schob es auf den Herd.

Veli sagte: »Weib, es soll ein guter Kaffee werden, so richtig viel mit Zucker! Das sind...«

Der alte Hund, dem die Zähne ausgefallen waren und dessen Fell dünner geworden war, hatte sich am Mittelbalken des Häuschens, den Kopf auf den Vorderbeinen, ausgestreckt und blinzelte nun, auf den Lärm hin, unauffällig durch eines seiner Augen und schloß es wieder.

Veli sagte: »Für euch muß man eine sehr gute Arbeit ausfindig machen!«

»Es sei dir gedankt, mein Bruder Veli Efendi«, antwortete Reşid, »wir haben nämlich von deinem Ruhm gehört und sind deshalb hergekommen.«

Veli wandte sich zu seiner Frau: »Hörst du, Weib, was sie sagen?«

Dann sagte er zu Reşid: »Sag es noch einmal, damit auch die Frau es hört.«

Reşid: »Wir haben nämlich von deinem Ruhm gehört... schon in der Heimat.«

Veli: »Was für eine Arbeit macht ihr am liebsten?«

Reşid: »Knechtsarbeit.«

Durmuş: »Knechtsarbeit.«

Veli: »Ich werde euch jetzt die Arbeit zuteilen, die ihr haben wollt.«

Reşid zog ganz langsam seinen Hals ein und fragte schamhaft: »Mein Herr Veli Efendi, was wird wohl unser Lohn sein?«

Veli: »Was jedem gebührt, das gebührt auch euch. Ihr seid meine Leute, euch kann der Aḡa ja wohl nicht zu wenig geben! Nicht einer, nicht fünfe, tausende so wie ihr kommen an diese Tür und gehen. Der Aḡa sagt immer: ›Veli, mein Sohn, ich will in niemandes Schuld stehen. Mir hat Allah gegeben, soviel er konnte. Stopf nicht den Anteil der Armen in meinen Rachen, bringe mich dadurch nicht in die Hölle.‹ Es gibt überhaupt niemanden, der so ist wie unser Aḡa. So wie andere Aḡas das tun, sich etwas unrechtmäßig aneignen oder die Knechte auspeitschen, das gibt's bei dem nicht. Wenn andere ein Teil geben, so gibt dieser fünf; ja, er gibt, aber er kommt auch nicht von den Schulden runter. Er eignet sich nichts unrechtmäßig an, in dieser Hinsicht braucht ihr keine Angst zu haben. Ich bin Bürge. Ich bin Bürge für den Aḡa.«

Reşid sagte: »Sehr gut, Bruder.«

Und Durmuş: »Gut, gut, wir suchten sowieso so jemanden.«

Veli faßte Reşid an der Hand:

»So einen wie unseren Aḡa gibt es nicht noch einmal in der Çukurova, es gibt ihn nicht! Seine Barmherzigkeit ist unendlich wie ein Meer. Seit acht Jahren bin ich bei ihm und habe von ihm nichts Schlechtes erfahren. Er kommt sogar bis ins Haus. Glaubt mir, er setzt sich auf die Matte, da, wo ihr jetzt sitzt. Er sagt: ›Mein Sohn Veli, wie geht es dir?‹ Und er fragt: ›Brauchst du Geld?‹, ›Nein, Aḡa, nein, wir brauchen keins‹, sage ich dann, ›dank deiner haben wir unser Auskommen. Wenn Geld nötig würde, so sei es gedankt. Deine Börse steht uns ja immer offen, ich käme und holte etwas.‹ Dann wendet sich der Aḡa an meine Frau und fragt: ›Wie geht es dir, meine Tochter, wie geht es dir, meine Schwiegertochter? Habt ihr euer Auskommen? Fehlt euch etwas?‹«

Er wandte sich an seine Frau:

»Mädchen, ist das nicht so?«

Die Frau antwortete: »So ist es, ja. Der Aḡa sucht uns stets auf. Unser Aḡa ist sehr gut. Dank seiner sind wir noch nie ohne Salz und ohne Seife geblieben. Ob's wohl noch jemanden wie unseren Aḡa gibt?«

Durmuş hatte das Kinn auf seinen Stock gestützt und zeigte jedesmal, wenn Veli sprach, Verwirrung. Mit seinem Kopf nickte er ständig zustimmend.

Plötzlich rutschte es ihm heraus: »Was für ein guter Aḡa!

Für so einen Menschen kann man sein Leben hingeben. Und wenn er sogar Geld gibt.«

Veli geriet in Zorn: »Was heißt, wenn er gibt? Wir sind Teilhaber des Ağas, Mensch! Hältst du mich für einen Knecht? Dieses Bauerngut ist in meiner Hand. Wenn ich nicht wäre, würde es eingehen und verrotten. Was glaubt ihr wohl! Was heißt, wenn er gibt? Es liegt in meiner Hand. Zünd's an oder zerhacke es, iß und trink! Niemand wird fragen dürfen: ›Wo kommst du her und wo gehst du hin, Veli?‹«

Dann wandte er sich zu seiner Frau. Die Augen seiner Frau waren groß geworden.

»Ist es nicht so, Weib?«

Die Frau: »Wie sollten sie es auch sagen? Wir verwalten dieses Bauerngut ganz allein.«

Reşid: »Sei nicht böse, mein Herr, der ist schwer von Begriff.«

Durmuş war feuerrot geworden, auf seinem Gesicht perlte Schweiß. Ganz verängstigt sagte er: »Sieh es mir nach, mein Herr, ich bin schwer von Begriff.«

Reşid: »Was weiß der schon von dem Mann und davon, wie man redet!«

Durmuş wußte noch immer nicht, was er Schlimmes angestellt hatte, und schaute verwirrt drein: »Ich«, sagte er, »ich kenne den Mann nicht und verstehe auch nicht zu reden. Vergib mir meine Schuld!«

Veli: »Na ja, hab's vergeben. Also, ich sagte, ich bin kein Knecht. Dieses Bauerngut steht in unserer Verantwortung. Richtet euch danach!«

In diesem Moment brachte die Frau in Teegläsern den Kaffee. Veli dachte nach; plötzlich fiel ihm etwas ein:

»Mädchen«, sagte er, »die Jungs sind jetzt hungrig. Schnell was zu essen!«

Die Frau antwortete: »Wirklich, daran haben wir überhaupt nicht gedacht.«

Veli: »Die sind aus ihrer weit entfernten Heimat hergekommen, weil sie von meinem Namen gehört haben. Sie sind mir höchst willkommen.«

Von draußen hörte man eine dunkle Frauenstimme: »Veli, Veli! Verdammter Veli! Du hast weder unter den Ochsen noch unser Haus gekehrt! Los, schnell!...«

Veli preßte seine Fäuste zusammen. Sein Gesicht wurde aschfahl.

»Dieses Weib ist des Ağas nicht würdig. Es ist ein gottverdammtes Weib. Sogar mich und sogar den Ağa läßt sie das Haus ausfegen.«

Eilig stand er auf und nahm voller Groll den Besen in die Hand.

Mehmeds Frau hatte sich in der Mitte der endlosen, kargen Ebene aufgerichtet. Sie bückte sich und wühlte in der Erde. Nach langer Suche fand sie einige Samenkörner. In ihre rissigen Hände voll Staub war Erde gedrungen. Sie wischte die Samenkörner ab. Dann biß sie hinein. Verbittert verzog sie ihr Gesicht. Sie sammelte die Samenkörner in ihr Kopftuch und knotete es zu.

»Ach«, sagte sie zu sich selbst, »ach, ich Unglückselige. Alle, aber auch alle sind verdorben. Ach, ach.«

Gereizt und ängstlich begann sie von neuem, in der Erde zu wühlen, als wollte sie sie aufessen. Ihre Hände bewegten sich in dem weichen Erdboden des Feldes rasch hin und her, und wenn sie ein Samenkorn fanden, prüften sie es ausgiebig; dann erlahmten ihre Hände und Füße plötzlich und blieben auf dem Erdboden liegen.

»Ach«, sagte sie, »ach, meine ganze Arbeit und Mühe.«

Auf dem Feld war nicht ein grünes Blättchen. Ein lang ausgestreckter, von vorn bis hinten schwärzlich-grauer Erdboden. Nichts, was nach Leben aussah.

»Sterben werden wir«, sagte sie, »vor Hunger sterben werden wir in diesem Jahr.«

Sie suchte weiter und suchte, auf der Erde herumkriechend. Ihre Knie waren aufgerissen und bereiteten unerträgliche Schmerzen. Dann setzte sie sich und sank in sich zusammen. Sie blickte über die endlose Ebene. Sie blickte mit leerem Gesichtsausdruck auf das öde Feld vor ihr, und es schwindelte ihr entsetzlich.

Ab und an hielt sie inne und sagte, als ob sie phantasierte: »Ach, ach, meine Arbeit und Mühe, ohne Erfolg!«

So saß sie bis zum Nachmittag da, wo sie sich niedergelassen hatte, und konnte nicht aufstehen. Ihr war sonderbar zumute geworden. Sie benahm sich, als ränge sie mit dem Tode. Eine geraume Weile danach konnte sie sich zusammenreißen. Ihr tat alles weh. Wankend machte sie sich auf den Weg und kam gegen Abend nach Hause. Ganz vergrämt setzte sie sich neben die Feuerstelle.

Mehmed strich eine Weile um seine Frau herum. Dann sagte

er plötzlich: »Mädel, übermorgen gehen wir nach der Çukurova.«

Die Frau war totenstill. Sie tat, als hätte sie es nicht gehört.

Mehmed sagte: »Es ist unmöglich, nicht hinzugehen.«

Die Frau wandte sich ab, ohne es merken zu lassen.

Das einzige Zicklein der Familie spielte neben dem Mittelpfosten. Und in der Ecke stand eine Ziege angebunden da. Die vier, mit zerfetzten Hemden bekleideten Kinder hatten sich dicht aneinandergestellt und standen so da. Nur den kleinsten, wegen seines dermaßen zerrissenen Hemdes fast schon nackt zu nennenden Sohn, bekümmerte nichts; er zog seine riesengroßen Rotzplacken immer wieder hoch, ergriff das Zicklein, lachte in sich hinein und spielte.

»Gehen werden wir«, sagte Mehmed, »wir werden nach Çukurova gehen und viel Geld verdienen, mit Gottes Hilfe. Aber was wird aus euch, bis ich euch Geld schicke? Was werdet ihr essen?«

Mehmed sprach ständig vor sich hin, als ob ihn etwas quälte und plagte. Er stellte seiner Frau Fragen, strich ständig um sie herum, aber die Frau gab keinen einzigen Laut von sich. Sie hatte sich neben die Feuerstelle hingehockt und war zu Stein erstarrt.

»Du weißt doch noch, Weib«, sagte Mehmed, »was ich dir alles vor zwei Jahren aus der Çukurova mitgebracht hatte? Auch das Geld für zwei Ochsen hatte ich mitgebracht. Es herrscht Flaute, sagen die Leute doch. Gelogen. Selbst wenn Flaute herrschte, dann habe ich dort noch die Frau meines Ağas, die Schwester Meliha. Die gibt mir Arbeit, ohne mit der Wimper zu zucken. In der ganzen Çukurova gibt es niemanden wie diese meine Schwester.«

Als die Frau auch weiterhin nicht ihren Mund aufmachte und gar nichts sagte, verstummte auch Mehmed. Er lief in der Wohnung von einer Seite zur anderen. Dann lief er bis zur Tür. Er kam zurück. Er nahm den kleinen Knaben, der mit dem Zicklein spielte, auf den Arm und hob ihn in die Luft. Dann stellte er ihn sachte wieder neben das Zicklein. Dann tat er wieder ein, zwei Schritte auf seine Frau zu.

»Wenn der Samen unbrauchbar geworden ist, ist es von Gott«, sagte er. »Ich gehe nach der Çukurova«, sagte er. »Du wirst sehen, wieviel Geld ich verdienen werde!« Aus seinem tiefsten Inneren, als würde es ihm das Herz herausreißen, stieß er ein »Ach!« hervor. »Hab keine Angst mehr, bis dahin werde ich dir das Geld schon rechtzeitig zukommen lassen. Auch bei den Nachbarn ist ja keiner, von dem man sich Mehl leihen könnte. Allen geht's wie uns.«

Die Frau verzog wieder keine Miene. Das eben war es, was Mehmed quälte und plagte. Mehmed wand und drehte sich. Die Frau hingegen hatte ihr Kinn auf ihr rechtes Knie gestützt und starrte auf die Asche in der Feuerstelle.

Mehmed stand es bis oben. Unwirsch musterte er seine Frau. Dann hielt er es nicht mehr aus und ging nach draußen. Neben der Tür lagen grüne, für die Ziege abgeschnittene Zweige. Er setzte sich auf die Zweige und lehnte sich mit dem Rücken an die Wand. Es hämmerte ihm im Kopf. Dann stand er jäh auf, nahm einen Arm voll von den Zweigen, auf denen er gesessen hatte, ging und warf sie der Ziege vor. Die Ziege steckte sofort ihren Kopf zwischen die Zweige und fing an, unter Knistern und Knacken zu fressen. Mehmed blieb wie angewurzelt bei der Ziege stehen. Seine Augen wurden naß.

Die Frau hob zum erstenmal ihren Kopf und schaute bald zur Ziege und bald zu Mehmed. Ihre Blicke trafen sich. Mehmed entzog sich den Blicken seiner Frau. Ganz verwirrt schaute er mal auf die eine Seite, mal auf die andere. Seine riesigen Hände pendelten aufgeregt hin und her. Er drehte sich hierhin und dahin. Er schien nicht ein noch aus zu wissen. Schließlich ging er hin und streichelte den Knaben, der mit dem Zicklein spielte.

»Kleiner«, sagte er, »Kleiner.«

Die Blicke der Frau verharrten auf Mehmed, oder Mehmed dachte wenigstens so.

Mehmed warf sich nach draußen, als würde er davonrennen. Sein langes, schmales Gesicht war bleich und runzlig geworden, er hatte hervorstehende Augen. Unwillkürlich nahm er noch einige Zweige auf den Arm und warf sie der Ziege vor. Wieder trafen sich seine Blicke mit denen seiner Frau. Mehmed entzog sich ihnen wiederum.

»Wer will da gesagt haben, in der Çukurova gäbe es keine Arbeit? Das ist schließlich die Çukurova! Das gibt's nicht, daß da keine Arbeit ist! Und was geht mich das an? Ich hab' dort die Frau meines Ağas. Die Schwester, die Schwester, und das reicht. Sie ist soviel wert wie hundert Großgrundbesitzer. In zwei Tagen werden wir dorthin gehen.«

Der Kopf der Frau lag noch immer auf ihrem Knie. Sie hatte ihre Lage nicht im geringsten verändert. Auf ihrem Gesicht zeigten sich keinerlei Anzeichen dafür, daß sie das, was Mehmed gesagt, gehört hatte.

Mehmed sagte: »Was mich niedergeschlagen macht, ist das Mehl. Wenn wir Mehl für einen Monat hätten. Dann wär' alles leicht.«

Er konnte seine Blicke einfach nicht von der Ziege abwenden. Die Ziege hatte ihren Kopf in die Zweige gesteckt und fraß von ihnen ständig die Blätter ab.

»Mit welchem Appetit doch die Ziege frißt«, rutschte es ihm heraus.

Die Frau hob jäh den Kopf und sah Mehmed zornig an. Er senkte den Kopf.

»Wenn wir für einen Monat Mehl hätten«, sagte er.

Die Frau stand ganz langsam auf, so, als ob alle ihre Glieder zerbrochen wären. Ohne Mehmed anzuschauen, ging sie wie kriechend nach draußen.

Und Mehmed entfuhr es: »Ach! Mehl!«

Eine Weile lang ging Mehmed in der Wohnung auf und ab. Die Kinder, die unter den Pfosten dicht aneinander standen, musterten ängstlich mit weit aufgerissenen Augen einander, die Wohnung, die Ziege und ihren Vater.

Mehmed ging zur Ziege hin und sah eine Weile ganz bekümmert zu, wie die Ziege an den Zweigen nagte.

Schließlich sagte er: »Was gibt sie doch viel Milch, die scheckige Ziege.«

Während er das sagte, kam seine Frau zur Tür herein. Mehmed bereute bitter, was er gesagt hatte.

»Mädel«, sagte er, »irgendwie werden wir schon etwas schaffen. Irgendwoher werden wir schon Mehl für einen Monat bekommen. Setz nicht so 'ne Trauermiene auf!«

Zwei Tage lang suchte Mehmed das Dorf ab. Um des Speisemehls für einen Monat willen ließ er keine Tür aus, keine, an die er nicht klopfte. »Ich werde es zweifach zurückzahlen. Ich werde euch viel Gutes antun, wenn ich aus der Çukurova zurückkomme. Ich habe dort die Frau meines Ağas«, sagte er. »Laßt mich nicht meine einzige Ziege verkaufen müssen. Sie ist der Aufstrich aufs Brot meiner Kinder, diese Ziege«, sagte er. Es klappte nicht. Hatte doch niemand mehr Weizen, Gerste oder Mais für Mehl.

Es war früher Vormittag. Frühlingssonne, eine lauwarme Lichtfülle hatte die karge Ebene erfüllt. Mehmed stand vor seiner Tür vornübergebeugt, unbeweglich, mit einem Gesichtsausdruck unsagbaren Schmerzes. Ein Stück abseits warteten ungeduldig seine Weggefährten auf ihn.

Seine Frau saß auf der Türschwelle und starrte auf den Erdboden.

Mehmed wartete schon seit dem frühen Morgen an der Tür, aber er konnte einfach den Mund nicht öffnen und seiner Frau »Auf Wiedersehen« sagen. Manchmal schickte er sich an, es zu sagen, aber wenn er den Zustand seiner Frau sah, in ihr totenbleiches Gesicht und auf ihre zu Boden starrenden Augen blickte, verlor er sofort den Mut. Schließlich faßte sich Mehmed ein Herz und sagte hastig: »Weib, sei Gott befohlen! Ich werde dir innerhalb von vierzehn Tagen Geld schicken. Sobald ich ankomme, werde ich es mir von meiner Schwester besorgen und dir schicken. Was soll ich tun, es gibt keinen anderen Ausweg.«

Die Frau richtete sich langsam auf. Sie versuchte, einen lächelnden Gesichtsausdruck aufzusetzen, aber es flog nur der Schatten eines bitteren Lächelns über ihr Gesicht.

Mit Mühe sagte sie: »Geh nun in Frieden und komm gesund wieder.«

Mehmed wollte noch einiges sagen. Er versuchte, sich zusammenzureißen. Er schluckte und schluckte, aber das, was er sagen wollte, blieb ihm wie ein Knoten im Hals stecken. Er marschierte los.

Die Frau sah ihnen nach, bis sie auf der flachen, kargen Ebene aus den Augen verschwanden.

Dann ging sie plötzlich ins Haus und zurück. Unter dem Mittelpfosten spielte das kleine Kind mit dem Zicklein. Sie packte das Kind am Arm und schleuderte es im gleichen Moment zur Seite. Das Kind, das nicht wußte, wie ihm geschah, fing an zu weinen.

»Krepiere, krepiere«, rief die Frau, »wir haben nur noch das, richte du wenigstens das nicht zugrunde!«

Die Ziege hatte die Blätter der Zweige, die vor ihr lagen, aufgefressen und sich genüßlich ausgestreckt.

Die Mücken

Hasan steckte seine Hände bis zu den Handgelenken in den kühlen Weizenhaufen. Eine Weile ließ er sie darin, dann zog er sie heraus.

Es war eine heiße, erdrückende Juninacht. Die Sterne waren riesengroß… Eine Sternschnuppe nach der anderen leuchtete auf, als würde die Dunkelheit mit einem Schwert durchschnitten.

Hasan hatte sich auf den kühlen Erdboden des Dreschplatzes mit dem Gesicht nach unten hingelegt und seine nackte Brust fest auf den Boden gedrückt; da stand er auf und ging zu seiner heftig atmenden Frau. Die Frau holte wie ein Blasebalg unentwegt Luft.

Etwa fünfzig Schritte entfernt erstreckte sich bis an den Fuß der Berge ein tiefschwarzes, dunkles Reisfeld; von dem Feld kam ein klebriger, aufdringlicher Sumpfgeruch, als würde er hervorsprudeln. Ein beißender Geruch von verfaultem Unkraut, Hitze.

Die auf dem Boden ausgestreckte Frau wälzte sich auf der Erde des Dreschplatzes herum. War sie noch kurz zuvor auf der anderen Seite des Dreschplatzes, befand sie sich jetzt auf dieser Seite.

Sie hatte ihren Mund geöffnet und atmete schwer in kurzen Stößen.

Hasan kam und setzte sich dicht neben seine Frau.

Die Mücken schwirrten wie eine dunkle Wolke um ihre Köpfe. Die Frau war erschöpft vor lauter Umsichschlagen, ihre Hände erhoben sich nicht mehr. Ihr ganzer Körper war geschwollen. Die Mücken stachen durch die Kleider und Tücher. Hasans Hände waren ständig in der Luft, an seiner Brust, an seinen Beinen.

»Hasan«, sagte die Frau, »Hasan! Meine Arme und Hände haben keine Kraft mehr vor lauter Mückenverscheuchen… Mein Körper ist restlos zerstochen.«

Sie wälzte sich auf dem Erdboden hin und her und streckte sich. Dann sagte sie: »Au, au, ich komme um.« Sie fing an, ihre Beine, ihre Hüften und ihre Brust zu kratzen, als wollte sie sie zerfetzen. »Verdammt sei solch ein Leben. Was ist das schon? Komm, gehen wir nach Hause.«

Hasan antwortete: »Ja, gehen wir nach Hause, als ob das Haus besser wäre? Dort sind noch mehr Mücken.«

Die Frau sagte: »Ich komme um. Und dann?«

Hasan antwortete, indem er seine Brust an die Schulter der Frau lehnte: »Den Weizen wird man stehlen. Restlos alles mitnehmen.«

»Und was wollen wir tun?« fragte die Frau.

Hasan sagte: »Was soll man tun?«

Jetzt schlug Hasan sich mit der Hand mitten auf die Stirn, es klatschte.

»Ach«, sagte er, »wie eine Nadel stach sie zu. Und wieviel Blut hat sie erst gesaugt? Meine Hand ist voll rotem Blut.« Er wischte seine Hand gut an seiner Pluderhose ab.

»Hasan«, sagte die Frau, »was meinst du? Sollten wir in dieses Stroh kriechen?«

Hasan antwortete: »Wir werden vor Hitze bersten.«

Die Frau: »Und so werden uns die Mücken fressen.«

»Was soll man tun?«

Die Frau wurde wütend. Aufbrausend schrie sie los: »Erblinden möge der, der diese Mücken erfand. Elend dahinvegetieren möge er, wenn Gott es will.«

Hasan: »Was wir derentwegen aushalten müssen...«

Die Frau: »Und ein Ausweg, Hasan? Ich halte es bis zum Morgen nicht aus. Mein Gesicht, meine Augen sind angeschwollen.« Ihre Hände waren ständig in Bewegung, immerzu schlug sie auf ihrem Körper herum.

»Dieses Feld sollte man austrocknen lassen. Alle Reisfelder sollte man austrocknen lassen.«

Hastig scharrte sie eine Öffnung in den Strohhaufen und vergrub sich darin. Kaum daß sie darin war, wurde sie von der Kühle des Strohs umhüllt. Sie schauderte und rief Hasan: »Komm, Menschenskind, komm! Das ist vielleicht kühl. Komm auch hier herein.«

Hasan näherte sich und sagte: »Der wird brennen.«

»Und die Mücken?«

»Du wirst es gleich erleben. Komm da raus.«

Die Frau steckte bis zum Hals im Stroh. Ihre Hände wedelten um den Kopf...

»An meinen Kopf werde ich keine Mücke kommen lassen.«

»Gleich wirst du es erleben.«

Jetzt begann bei der Frau der Schweiß auszubrechen, die an

ihrer Haut klebenden Strohteilchen begannen zu stechen und zu brennen.

»Wie kühl das ist in dem Stroh.«

Hasan: »Gleich wirst du es erleben.«

Die Frau wurde trotzig: »Ach, Mann, als ob's in diesem Dorf Mannsbilder gäbe. Ihr alle haltet euch für Mannsbilder. Da ist so einer aus Maraş gekommen und hat die ganz große Ebene in einen See verwandelt.«

Hasan antwortete: »Er hat verwandelt? Er hat Geld!«

Es brannte im Stroh. Die Frau meinte, sie müsse ersticken. Sie wollte sich erheben, aber sie biß die Zähne zusammen. Hasan ging vor ihr auf und nieder und schlug erregt um sich.

»Komm, Hasan, wie Eis ist es im Stroh. Komm herein. Die Mücken werden dich zerfressen.«

»So ist es gut.«

»Komm, sage ich zu dir.«

»So ist es besser.«

»Komm! Die Männer eines ganzen Dorfes... Im Dorf ist kein Kind übriggeblieben, das nicht vom Sumpffieber befallen ist. Das ganze Volk ist vom Sumpffieber ergriffen worden. Pfui Teufel! Verdammt sei eure Männlichkeit! Komm schon herein!«

Hasan überlegte. Plötzlich machte er eine Öffnung in das Stroh und kroch hinein. Zuerst war da eine Kühle, aber dann...

Die Frau war schon halb bewußtlos; sie hatte ihren Mund geöffnet und atmete schwer. »Verdammt sei eure Männlichkeit. Wenn ihr richtige Männer wäret, hätte der dann hier Reis anpflanzen können?«

Hasan antwortete: »Er hätte angepflanzt. Er hat Beziehungen. Sein Onkel.«

»Ihr seid nicht einmal zur Obrigkeit gegangen. Ihr habt nicht einmal gesagt, unsere Kinder gehen vor Sumpffieber ein. Ihr habt nicht gesagt, daß er uns Moskitonetze geben soll. Solche Männer wie ihr können einem gestohlen bleiben. Wenn wir jetzt ein Moskitonetz hätten.«

Hasan sprang jäh aus dem Strohhaufen.

»Ich bin erledigt«, sagte er, »ich brenne. Wie hältst du das aus?«

Die Frau gab keinen Laut von sich.

»Drinnen im Stroh ist die Hölle. Dann sollen einen doch die Mücken fressen.«

Die Frau war kraftlos. Die Gerüche von saurem, bitterem Schweiß, von Sumpf sowie frischem Stroh hatten sich vermischt. Und da waren noch die Strohteilchen, die auf der Haut klebten und stachen und an den Mückenstichstellen wie Glut brannten.

»Verdammt seien die Männer dieses Dorfes. Komm, hol mich lieber hier raus, anstatt so dazustehen.«

Kaum war sie aus dem Stroh heraus, da legte sie sich ausgestreckt auf den Erdboden hin.

»Ist die Erde vielleicht kühler?«

Kurz darauf fingen die Mücken an, um ihren Kopf zu surren und zu stechen.

»Au, ach, wie Hunde gehen die auf einen los. Wie Hunde. Jede von ihnen ist wie ein tollwütiger Hund.«

Auf dem Erdboden des Dreschplatzes rollte sie sich von einem Ende zum anderen.

»Verdammt sei eure Männlichkeit. Wäret ihr zur Obrigkeit gegangen, hättet ihr wenigstens für jeden ein Moskitonetz bekommen, von dem Mann aus Maraş. Vor dem Dreikäsehoch aus Maraş habt ihr euch alle gefürchtet.«

»Wir haben uns nicht gefürchtet. Der Ortsvorsteher hat sich bestechen lassen.«

»Ihr habt euch gefürchtet.«

»Der Mann aus Maraş ist einflußreich. Der hat Freunde bei der Obrigkeit.«

Hasan streifte seine nackten Beine ständig über den Boden und kratzte sich.

Die Frau riß sich zusammen und begann, auf dem Dreschplatz hin- und herzurennen. Sie rannte und schrie: »Wohin ich auch renne, die Mücken kommen nach. Wohin ich auch renne, wohin ich auch renne.«

Sie ermüdete und ließ sich auf den Boden nieder. Ihre Arme fielen herab: »Dann sollen sie einen eben fressen.«

Eine Weile lang jagte sie weder die Mücken davon, noch bewegte sie sich.

»Den, der die Elif entführt hat, hat der Mann aus Maraş nämlich vor der Obrigkeit bewahrt. Gewalt hat er angewandt, der verrückte Şükrü. Aufsitzen lassen hat er hinter sich die Elif. Und los auf die Hochebene von Sıyrıngaç. Der Mann aus Maraş hat ihn gerettet.«

Hasan sagte: »Weil der verrückte Şükrü ihm von Nutzen ist.«

»Keiner von euch ist zur Obrigkeit gegangen. Mit Gewalt habt ihr eure Felder... Alle haben das Sumpffieber!«

Die Hüften der ausgestreckten Frau sahen in der Dunkelheit tiefschwarz, dunkel und kugelrund aus.

Hasan rieb immer noch seine nackten, angeschwollenen Beine auf dem Erdboden. Er rieb sich schneller. Sein Blick weilte auf den runden Hüften. Für eine Weile legte er sich mit ausgestreckten Armen auf den Boden. Dann näherte er sich langsam der Frau und ließ seine Hand über die Hüften streichen. Die Frau wurde argwöhnisch. Sie rollte sich auf die entgegengesetzte Seite.

Hasan sagte: »Mädel.«

Die Frau antwortete: »Menschenskerl, bist du verrückt geworden?«

Hasan näherte sich ihr kriechend. Der Erdboden berührte sein Fleisch und war warm. Es durchfuhr ihn wie ein Gewitter.

Die Frau fragte: »Bist du verrückt?« Sie rollte sich weg. »Ich«, sagte sie, »komme um vor Schlaflosigkeit.«

Hasan scherte sich nicht darum. Er kroch auf sie zu.

»Zerfressen haben einen die Mücken.«

Seine Hände lagen auf den Hüften. Er streichelte sie immerzu.

Die Frau sagte: »Au.«

Hasan packte sie.

Die Frau versuchte nicht, zu entkommen.

»Als der verrückte Şükrü die Elif geholt hatte, hat er sie auf die Hochebene gebracht. Kühl!«

Auf dem Dreschplatz tanzte über ihren Köpfen eine Wolke rauschender Mücken. Die Luft war erdrückend und klebrig, die Nacht tiefschwarz. Von den Reisfeldern kam das laute Gequake der Frösche.

Später faßte Hasan die Frau bei der Hand und zog sie hoch. Der Erdboden, auf dem sie gelegen hatten, war vom Schweiß naß und schlammig geworden.

Hasan sagte: »Ich werde morgen zur Obrigkeit gehen, ich werde ein Gesuch einreichen. Alle Reisfelder müssen sie austrocknen lassen.«

Der Dolch

Die glühende Sonne im Zenit ließ den Schatten des Mannes zu dessen Füßen in Form eines dunklen, runden Fleckes fallen; bei jedem Auftreten tauchten seine Füße bis zu den Knöcheln in den heißen Staub des Weges. Er war völlig eingestaubt, und die von seinem Gesicht und Hals herabfließenden Schweißmassen hatten sich mit dem Staub vermischt und waren zu Schlamm geworden. Eine Ecke des Taschentuches, das er um seinen Kopf gebunden hatte, hatte er zwischen den Zähnen und biß darauf herum; mit seiner Hand fuchtelte er da und dort und sprach mit sich selbst.

Als er so nach vorn gebeugt, den Staub nach allen Seiten hin aufwirbelnd, rasch dahinlief, blieb er plötzlich stehen. Zornig biß er auf die Taschentuchecke in seinem Mund. Es war ihm zum Ausspucken, aber sein Mund war ausgetrocknet, seine Zunge hatte sich am Gaumen festgeklebt.

»Ich«, sagte er, »ich werd's ihm zeigen. Bin ich etwa einer, der einen Diebstahl begeht, Mensch? Diese Sache wird mit einem Toten enden.«

Er begann noch schneller zu laufen. Er merkte nicht einmal den Staub, der seine Füße verbrannte. Irgendwann, warum auch immer, verließ er den Weg und bog in die Felder ein. Die Getreidehalme knisterten unter seinen Füßen. In der Ferne lief lärmend eine Dreschmaschine, man konnte die Flüche der Landarbeiter hören. Ohne die Dreschmaschine zu bemerken, ging er an ihr vorbei und weiter.

Seine Augen waren zusammengekniffen, sein winzigkleines Gesicht war noch ein bißchen kleiner und tiefbraun geworden. Auch seine Stirnfalten waren voller Schlamm.

Der Erdboden, auf dem er entlanglief, hatte Risse, die wie ein Spinnennetz sich überallhin verzweigten. Einer seiner Füße rutschte in einen Erdspalt und knickte um. Es tat entsetzlich weh. Vor Schmerz sank er auf der Stelle zu Boden. Die Erde versengte sein Fleisch wie glühendes Eisen. Der Schmerz, die Glut, der Schmerz der Erde. Plötzlich sprang er auf. Eine Weile blickte er verwirrt um sich. Dann nahm er vom Boden eine Handvoll trockene Getreidehalme auf und fing an, darauf herumzukauen. Je länger er darauf herumkaute, desto mehr trockneten die Halme seinen Mund aus, und sie schmeckten bitter. Er spuckte sie aus. Dann nahm er noch eine Handvoll. Er war sehr erschöpft und wankte und torkelte von einer Seite zur anderen.

Ohne Grund blieb er stehen. Er mache ein verdutztes Gesicht. Was ging vor sich, wo ging er eigentlich hin? Da fiel es ihm gleich wieder ein: »Du Ehrloser, Niederträchtiger«, sagte er voller Haß, »ich weiß, was ich zu tun habe. Sei dessen gewiß, du Kerl, die Sache endet tödlich. Bin ich etwa einer, der einen Diebstahl begeht? So viele Jahre bin ich in der Çukurova und habe ehrenhaft gearbeitet.«

Dann versank er wieder in Gedanken. Die Sonne brütete auf seinem Kopf.

An diesem Tage sahen bis zum Nachmittag alle, die dort auf dem Weg vorbeigingen, den ein wenig nach vorn gebeugten Mann im Schein der Sonne, inmitten der Felder, auf der spiegelglatten, wie eine glänzende Strohmatte lang ausgestreckten Ebene bewegungslos dastehen.

Die Augen des Mannes sind geschlossen...

Unter einem Walnußbaum ein dreijähriges, lachendes, krabbelndes Kind mit schneeweißen Zähnen. Das Kind wirft sich seiner Mutter fröhlich an den Hals, das Kind ist schweißgebadet, der Schweiß rinnt von seinem Gesicht. Das Hemd ist zerrissen, das Kind weint. Wer weiß, warum, es weint immer. Dann kehrt die junge Frau vom Feld zurück. Ihre Lippen sind aufgeplatzt. Die betagte Mutter, weißhaarig. Ihren Rücken stützend, sagt sie etwas. Ausgedörrt sind die Hände der Mutter – ausgedörrte Hände. Die Hände strecken sich aus der mit tausendundeinem Strahl glitzernden Hitze der Çukurova vor.

Kräftig biß er die Zähne zusammen. »Du Ehrloser. Dir werde ich's zeigen! Ich soll gestohlen haben, ja? Um Mitternacht soll ich die Baumwolle des Muharrem Aḡa gestohlen haben, so? Du läßt mich also meine Stelle verlieren?«

Der Westwind kam mit einer frischen Brise auf. Der Schatten des Mannes war in Richtung Osten auf Manneslänge angewachsen. Ganz weit im Süden stiegen weiße Wolkenflecken über dem Mittelmeer auf.

Er bewegte sich ein wenig. Dann machte er einen Schritt und blieb wieder stehen. Aber rasch lief er wieder los. Er verließ die Felder und bog auf den staubigen Weg ein. Vor ihm ging jemand. Er kniff seine Augen zusammen und blickte hin. Da aber die Dunkelheit sich schon langsam senkte, konnte er den da vorn einfach nicht erkennen.

Er machte größere Schritte, erreichte den anderen und rief: »He, du!« Der andere wandte sich um.

Er freute sich: »Mensch Ali, du bist es!«

Ali hielt an.

»Was du getan hast, war nicht gut, Hüseyin«, sagte er.

Hüseyin antwortete: »Das habe ich dem Aufseher zum Trotz getan.«

Ali bemerkte: »Der hat hinter deinem Rücken vielleicht losgelegt. Was der alles gesagt hat, nichts hat er ausgelassen. Dieb, hat er gesagt, Ehrloser, hat er gesagt. Diese Männer sind es, die die Ehre des Arbeiterstandes herunterwirtschaften, hat er gesagt. Was weiß ich, er hat alles Mögliche gesagt. Du hättest das nicht tun und dich so blamieren sollen.«

Hüseyin fragte: »Hat er geflucht?«

Ali sagte: »Laß mich gehen. Davon weiß ich nichts.«

»Wieso weißt du nichts davon?«

»Ich weiß es nicht.«

»Hat er nicht geflucht?«

»Ich weiß es nicht.«

»Was hat er noch gesagt?«

»Weiß ich nicht.«

»Er hat doch gesagt: ›Ich habe mit seiner Frau geschlafen.‹ Ist es so?«

»Das weiß ich nicht, aber er ist ein sehr ehrloser Mensch.«

»Also hat er doch gesagt: ›Ich hab' mit ihr geschlafen!‹«

»Er ist ein sehr ehrloser Mensch.«

»Also hat er das in Gegenwart von hundert Leuten gesagt?«

»Ein ganz Niederträchtiger ist er.«

»Himmel, Arsch und Zwirn, so war's also?«

Ali entgegnete: »In der ganzen Çukurova findet man keinen ehrloseren Mann als den. Das ist kein Aufseher, sondern ein Landarbeiterhenker. Der Köter des Aḡa und der Feind der Arbeiter. Mußte er denn deinen Sack voll Baumwolle in Gegenwart von so vielen Arbeitern dem Aḡa zeigen und dich bloßstellen? Jedem spielt er übel mit, und bis jetzt ist nicht einer da, der es ihm heimzahlt. Er könnte das alles nicht tun, wenn er vor sich richtige Männer sähe. Dazu noch...«

Hüseyin packte Ali am Arm und brachte ihn zum Stehen. Mit seinen blutunterlaufenen Augen starrte er in Alis Augen, als wollte er sie durchbohren.

»Sag schon, Menschenskerl, hat er gesagt: ›Ich hab' mit seiner Frau geschlafen‹?«

Ali zuckte mit den Schultern: »Weiß ich nicht.«

In Hüseyins Hand blitzte plötzlich ein Dolch auf. »Sag es, Menschenskerl«, rief er, »sag's schon, Menschenskerl!«

Ali schmollte: »Anstatt diesen Dolch auf mich zu richten...«

Grollend stieß Hüseyin Ali von sich und kehrte um.

Er rannte. Er lief über die Felder und durch das Gestrüpp, hielt atemlos an, um dann wieder zu rennen. Seine Beine waren blutüberströmt.

Ab und zu verdeckte eine Wolke den Mond, und jedesmal, wenn wieder eine Wolke kam, bekam Hüseyin Herzklopfen. Hüseyin hatte sich, mit dem Gesicht nach unten, in den schwarzen Schatten eines dunklen Gebüsches ausgestreckt, den Dolch in seiner Hand umklammerte er fest, er zitterte wie Espenlaub und dehnte und streckte sich, soviel er konnte.

Der Mond senkte sich zu den Bergen im Westen. Hüseyins Blicke hingen an den dunklen Bergen und an dem riesigen Mond am Himmel. Der Mond wollte und wollte einfach nicht untergehen.

Ein Stück weiter vorn waren die Landarbeiter am Dreschplatz schon längst in tiefen Schlaf gefallen.

In einiger Entfernung der Arbeiter, rechts vom Dreschplatz, wehte das Moskitonetz des Aufsehers im Winde sachte hin und her.

Der Mond setzte sich auf die Bergspitze und verharrte. Hüseyin hatte den Griff des Dolches fest in der Hand. Es war ihm, als flöge er.

Der Mond sank tiefer. Der Mond ging unter. Hüseyin erfaßte eine Aufregung, ein Zittern.

Er kroch auf das Moskitonetz zu, er holte nicht einmal Atem.

Vorsichtig legte er sich neben das Moskitonetz hin. Der Aufseher im Moskitonetz schnarchte geruhsam vor sich hin. Dann phantasierte er im Schlaf.

Hüseyin hatte sich in dem dunklen Schatten des Moskitonetzes der Länge nach ausgestreckt. Der andere schnarchte und wälzte sich im Bett. In der Hand Hüseyins, die den Dolch hielt, in dem Handgelenk ein stechender Schmerz. Als ob das Handgelenk abbrechen würde. Das Pochen seines Herzens war laut. Hüseyin erschrak vor diesem lauten Pochen.

Weiter vorn ein sich bewegender Schatten. Zornig stieß Hüseyin den Dolch in den Boden und sprang auf.

Stolpernd und strauchelnd rannte er in Richtung des Dorfes.

Die weiße Hose

Es war sehr heiß. Das Kind Mustafa war schweißgebadet. Der zerrissene Schuh, den Mustafa zusammenflickte, blieb ihm in der Hand hängen. Er begann, ganz versunken in die Ferne zu stieren. Draußen hatte sich die Sonne auf die Straße der Kleinstadt mit ihren krummen und schiefen, kaputten und losen Pflastersteinen niedergesenkt. In dem dunklen Schatten des dickblättrigen Feigenbaumes, der an einer Ecke der schmutzigen Mauer des gegenüberliegenden Stalles stand, hatte sich ein Hund mit handbreit heraushängender Zunge lang hingestreckt und döste vor sich hin. Eine Weile blickte er auf den Hund. Er war so lustlos, daß der zerrissene Schuh fast aus seiner Hand fiel. Mit einem Seitenblick sah er auf seinen Meister, ohne es ihn merken zu lassen. Der Meister war, wie immer, mit seiner Arbeit beschäftigt.

Er steckte den Schuh auf den Amboß und schlug aufs Geratewohl Nägel hinein. Dann fing er an, den Riß über dem Absatz zusammenzunähen. Er hatte keine Lust.

Dieser Schuh war der zerrissenste, den er bisher in die Hände bekommen hatte. Alles war kaputt. Er glaubte nicht im geringsten, diesen Schuh reparieren zu können.

»Den schaffe ich nicht«, sagte er.

Der Meister sah zwischendurch einmal auf und blickte zu Mustafa:

»Was soll das?« fragte er. »Was soll das, Mustafa, seit heute früh drehst und wendest du den Schuh? Was soll das?«

Mustafa antwortete: »Meister, der ist ganz kaputt. Den kriegt man überhaupt nicht zusammen.«

»Versuch's nur mal!« antwortete der Meister.

Mustafa rackerte sich bis zum Abend ab, nähte und trennte wieder auf, nähte wieder und trennte wieder auf. Es wurde nichts. Der Schweiß lief ihm in Strömen über die Nase herab.

Gegenüber verlängerte sich der tiefe Schatten des Feigenbaumes in Richtung Osten. Die Sonne sank auf die Bergspitze. Ein reicher Freund des Meisters, Herr Hasan, kam jetzt in den Laden. Die beiden scherzten miteinander.

Irgendwann fiel Herrn Hasans Blick auf den schweißgebadeten Jungen. Da sagte er zum Meister: »Überlaß mir doch diesen Knaben für drei Tage. Würde der beim Ziegelbrennen mitarbeiten?«

Der Meister fragte: »Würdest du mitarbeiten, Mustafa? Onkel Hasan wird Ziegel brennen.«

»Drei Tage, drei Nächte«, sagte Herr Hasan, »du wirst dafür deinen Tageslohn erhalten. Dein Tageslohn beträgt anderthalb Lira. Da ist doch der Cumali, der Cumali aus dem Viertel Savrun, dem wirst du helfen. Er ist ein guter Mann, er wird dich nicht zuviel arbeiten lassen.«

Mustafa freute sich: »Gut, Onkel Hasan, ich will's meiner Mutter sagen.«

»Sag es ihr«, sagte Herr Hasan. »Sag es ihr und komm morgen in unseren Garten. Am Nachmittag werdet ihr mit der Arbeit beginnen. Ich werde nicht dort sein. Such du den Cumali auf.«

Der Meister zahlt pro Woche ein Fünfundzwanziger-Stück. Jetzt ist es Juli. Das macht in einem Monat eine Lira. Ein Paar Sommerschuhe kosten zwei Lira. Eine weiße Hose drei Lira, alles zusammen macht fünf Lira. Juli, August, September. Was macht alles zusammen? Drei Lira. Mit anderen Worten, die Hoffnung auf Sommerschuhe und eine blütenweiße Hose ist dahin.

Bravo, Herr Hasan. Es lebe Herr Hasan! Es gibt nicht noch mal so einen Mann wie den Herrn Hasan in dieser Kleinstadt. Wieviel am Tag? Anderthalb Lira, hat er gesagt. In drei Tagen macht das viereinhalb Lira.

Deine Hände wirst du richtig waschen, aber so ganz richtig, seif sie ein. Dann wirst du deine weißen Leinenschuhe vorsichtig aus dem Papier wickeln. Auch deine Füße wirst du richtig waschen, glänzend sauber, dann wirst du sie anziehen. Auch die Strümpfe sind schneeweiß. Die Hose darf überhaupt nicht angefaßt werden. Eine blütenweiße Hose wird schnell schmutzig.

An der Brücke, an der Brücke promenieren die Mädchen. Der Wind läßt ihre Röcke flattern. Die weiße Hose an den Beinen wird der Wind richtig straffziehen.

Mustafa rannte zu seiner Mutter: »Mutti! Mutti, Mutti, meine liebe Mutti, ich werde die Ziegel des Herrn Hasan zusammen mit dem Cumali brennen.«

»Das kommt nicht in Frage«, sagte die Mutter.

Mustafa wurde wütend und fragte: »Und warum wohl nicht?«

»Hast du je Ziegel gebrannt?« fragte die Mutter. »Weißt du überhaupt, was das bedeutet, Ziegel zu brennen? Drei Tage und drei Nächte wirst du nicht schlafen. Kannst du das denn aushalten, mein Kleiner?«

»Ich werd's aushalten«, antwortete Mustafa.

»Als ob ich das nicht besser wüßte«, sagte die Mutter, »was ich alles durchmache, wenn ich dich morgens wecke!«

»Das eine hat doch nichts mit dem anderen zu tun«, antwortete Mustafa.

»Ach, sieh mal an«, sagte die Mutter.

»Ich werd' überhaupt nicht schlafen«, sagte Mustafa.

»Du wirst einschlafen, sag' ich dir. Du wirst das nicht aushalten können.«

»Schau, meine liebe Mutter«, sagte Mustafa, »da ist doch der Sami, der Sohn des Herrn Tevfik.«

»Na und?« fragte die Mutter.

Mustafas Augen strahlten voller Hoffnung auf. Er kannte die Regungen seiner Mutter genau.

»Du weißt doch, der zieht weiße Hosen an. Weißt du, so blütenweiße. Und blütenweiße Turnschuhe.«

»Na und?«

»So schön, blütenweiß, so schön, weiß wie Schnee. Hab' ich etwa kein seidenes Hemd? Das zieh' ich dann auch an. Würde mir das nicht stehen?«

Die Mutter senkte den Kopf, ihr Gesicht wurde bleich.

»Sag nur, sag nur, würde mir das nicht stehen?« fragte Mustafa. »Ich werde es auch überhaupt nicht schmutzig machen. Drei Tage lang werde ich so richtig schön arbeiten. Dafür werde ich das Geld bekommen. Ja, ich werd' es eben bekommen. Dann werde ich es zum Schneidermeister Vayıs bringen. Und für zwei Lira werde ich beim Hacı Mehmed weiße Turnschuhe kaufen. Und mein seidenes Hemd liegt in der Kiste. Sag schon, würde mir das nicht stehen?«

Die Mutter hob den Kopf. Ihre Augen standen voller Tränen. Dann näherte sie sich sacht dem Knaben. Sie umarmte ihn.

»Mein Herzchen!« sagte sie. »Mein Herzchen! Was würde dir denn nicht stehen.«

»Meister Vayıs näht gut und fest. Mutti, Mutti, meine liebe Mutti, soll ich hingehen?«

Die Mutter lachte kaum merkbar: »Ich mische mich nicht ein«, sagte sie. »Mach, was du willst!«

Kaum hatte das Mustafa vernommen, schlug er Purzelbäume von einem Ende der Wohnung bis zum anderen und zurück. Er war ganz verstaubt, umarmte seine Mutter und küßte sie.

»Wenn ich groß bin...«, sagte er.

»Wenn du groß bist, wirst du viel arbeiten.«

»Und dann?«

»Aus dem Feld am Bach wirst du einen Garten machen. Dann wirst du dir bei den Schneidern in Adana einen dunkelblauen Anzug bestellen; ein Pferd wirst du haben und reiten.«

»Und dann?«

»Unser Haus wirst du mit Dachziegeln decken. Dann dringt kein Regen mehr ein.«

»Und dann?«

»Du wirst wie dein Vater werden.«

»Wenn ich einen Vater hätte!«

»Dann würdest du auf Höhere Schulen gehen. Du würdest studieren und würdest ein großer Mann werden.«

»Und jetzt?«

»Wenn doch dein Vater da wäre.«

»Schau«, sagte Mustafa, »ich werde auch eine goldene Uhr haben, wenn ich groß bin, nicht wahr?«

Mustafa wachte noch vor Sonnenaufgang auf. Der Garten, in dem die Ziegel gebrannt werden sollten, lag bei dem Feld des Zahnarztes. Er machte sich auf den Weg. Der Weg war staubig. Der Staub rutschte unter seinen kühlen Füßen weg und wirbelte nach beiden Seiten auf.

Hinter dem Berghügel kam eine ständig größer werdende feuchte Lichtflut hervor. Als er an der Ziegelbrennstelle ankam, hatte sich die Sonne wie eine Feuerkugel auf den Berghügel gesetzt. Der Tau verdunstete.

Das Kind lehnte sich über die Ziegelbrennkuhle und sah hinein. In der Kuhle war es dunkel. Vor der Brennkuhle lag, wie ein kleiner Hügel, Reisig aufgeschichtet. Bis zum Mittag lief er dort herum. Vor Freude über die weiße Hose und vor Angst, drei Nächte lang ohne zu schlafen zu arbeiten, erschauderte er.

Am Mittag kam der Cumali, staubig und verschwitzt. Er war ein großer kräftiger Mann und lief ganz langsam, behutsam darauf achtend, wo er hintrat. Neben der Brennstelle blieb er stehen. Als Mustafa den Cumali sah, wurde seine Angst größer.

Schwerfällig ging Cumali bis an die Öffnung der Brennkuhle. Er sah wütend aus. Nicht ein einziges Mal drehte er sich um und sah Mustafa an. Ganz langsam beugte er sich hinab und steckte seinen Kopf in die Öffnung der Brennkuhle. Eine Weile verharrte er so. Dann zog er ihn zurück und machte ein paar Schritte auf Mustafa zu. Ziemlich barsch, ohne seinen Kopf zu heben, fragte er: »Was suchst du denn hier, Menschenskind?«

Mustafa stotterte: »Nichts.«

Es kam ihm der Gedanke, alles sein zu lassen und abzuhauen. Aber er schaffte es nicht.

»Was stehst du da herum, Menschenskind?« wiederholte Cumali.

»Mich hat Herr Hasan hergeschickt«, antwortete Mustafa. »Damit ich dir helfe.«

Wütend drehte Cumali mit einer Behendigkeit, die man wegen seiner Dickleibigkeit überhaupt nicht erwartet hätte, dem Kind den Rücken zu.

»Sieh einer an«, sagte er, »sieh einer an, was dieser Mistkerl Herr Hasan da angestellt hat! Eine riesengroße Ziegelbrennkuhle will er von einem handtellergroßen Kind anheizen lassen.« Er öffnete seine riesige Hand: »Handtellergroß.«

Dann wandte er sich zu Mustafa:

»Menschenskind, du Bengel, kannst du denn überhaupt eine Brennkuhle anheizen?«

»Kann ich natürlich.«

»Menschenskind, Hundesohn, drei Tage, drei Nächte.«

»Ich kann's.«

»Menschenskind, Hurensohn, hast du das etwa im Bauch deiner Mutter gelernt? Kannst du das drei Nächte lang aushalten?«

Mustafa schwieg.

»Mein Sohn, diese Arbeit schaffst du nicht. Und stürz mich nicht ins Unglück. Diese Brennkuhle, die du da siehst, muß drei Tage lang brennen, drei Tage und drei Nächte mußt du unentwegt Reisig herbeischleppen. Ein, zwei Stunden lang werde ich es hineinwerfen und ein, zwei Stunden du. Du wirst das nicht aushalten können. Geh nach Hause zu deiner Mutter. Geh nur und sag dem Herrn Hasan: ›Ich kann diese Arbeit nicht machen.‹ Ja? Er soll an deiner Stelle jemanden anderen ausfindig machen und herschicken.«

Mustafa stand eine Weile herum, dann machte er ein paar

Schritte in die Richtung der Kleinstadt. Es war, als ob seine Füße rückwärts liefen. Er gab es auf. Vor seinen Augen flimmerten weiße Hosen – egal, was da passieren mag, wenn sie nur weiß sind –, weiße Wolken, weiße Wäsche, Baumwollhaufen, eine Menge weißes Zeug. Ein Weinen, der Wunsch nach einem nicht unterdrückbaren Weinen brannte ihm in der Kehle. Wenn er sich nicht zusammenrisse, würde er gleich losheulen.

Mit einer flehenden, weichen Stimme sagte er: »Onkel Cumali, ich arbeite mehr als ein riesengroßer Mann. Ich werde überhaupt nicht schlafen.« Dann fiel ihm noch was ein: »Wenn ich jetzt hingehe, wird mich Herr Hasan zurückschikken. Ich habe meinen Lohn für jeden Tag im voraus bekommen, dafür habe ich ein Paar Turnschuhe und eine weiße Hose gekauft. Wirklich, Onkel Cumali.«

Zornig antwortete Cumali: »Geh, stürz mich nicht ins Unglück!«

Mustafa hielt dem trotzig entgegen:

»Also, was soll das, warum bringst du mich um mein Auskommen! Weil ich ein Kind bin? Was soll's! Ich arbeite mehr als alle anderen. Das Geld dafür habe ich schon bekommen. Wenn ich jetzt gehe, wird er mich zurückschicken, der Herr Hasan!«

»Ach, also so ist das!« antwortete Cumali.

»Im voraus habe ich mein Geld bekommen.«

»Dann komm eben«, sagte Cumali, »– und wenn du doch nicht arbeiten kannst und mittendrin aufhörst, dann werde ich es dir zeigen...«

Mustafa rannte zu Cumali. Er war außer sich vor Freude. Er faßte Cumali bei seiner großen rechten Hand.

»Und wie ich arbeiten werde. Und wie ich die Brennstelle anheizen werde. Ja, ich habe mein Geld im voraus bekommen, und für das Geld habe ich eine weiße Hose gekauft. Meister Vayıs hat gesagt: ›Die schönsten Nähte habe ich bei deiner Hose ausgeführt.‹ Ja. Du hast dein Geld doch auch im voraus bekommen, nicht wahr? Und wie ich die Brennstelle anheizen werde.«

Cumali antwortete mit einer sanften, fast streichelnden Stimme: »Also los, verrücktes Huhn, mal sehen, was du kannst.«

Cumali zündete ein Pinienzweiglein, das er mitgebracht hatte, an und warf es in die Brennkuhle. Wenig später begann das darin befindliche Reisig langsam zu prasseln. Plötzlich brannte alles. Die Flammen schlugen aus der fenstergroßen Öffnung nach draußen.

Cumali fluchte los: »Ihr Saukerle, das sind sowieso alles Saukerle. Füllt man denn für die erste Feuerung so viel Reisig rein?«

Er nahm sich Mustafa vor. Lang und ausgiebig erläuterte er, wie und in welcher Form er das Reisig in die Feuerstelle zu werfen hätte. Er fluchte und erklärte dabei. Die Flammen, die aus der Öffnung schlugen und nach allen Seiten leckten, zogen sich kurz darauf zurück. Drinnen sah es jetzt wie eine dunkle Höhle aus. Mustafa holte, ohne Cumali zu fragen, einen Arm voll Reisig und warf es hinein. Dann noch einen Armvoll, und noch einen. Die Mittagshitze durchdrang und versengte alles, den staubigen Weg, die riesigen, dickblättrigen, tiefschattigen Feigenbäume, den auf einer Seite wie geschmolzenes Zinn glänzend dahinfließenden Bach, den aschgrauen Himmel, den hoch oben am Himmel schwebenden einzigen Wolkenflecken, die Bäume, die hin und wieder auffliegenden Vögel, die verstaubten Gräser mit ihren hängenden Köpfen, die gelben Blumen auf den verdorrten Rasenflächen, den Reisighaufen. Die ganze belebte und unbelebte Welt schwitzte vor Hitze. Und in dieser Hitze trug Mustafa Reisig für das Feuer, das unentwegt alles auffraß, herbei und schwitzte sich ab. Es war der reinste Tod, sich der Brennstelle zu nähern und Reisig hineinzuwerfen. Oben die Sonne, gegenüber das Feuer. Mustafas dunkle, leuchtende Augen, seine lachenden weißen Zähne. Mustafas Gesicht war rot geworden, wie die Flammen in der Brennstelle, und Mustafas Hemd war naß vom Schweiß.

Wenn die weißen Wolken im Süden über dem Mittelmeer häufchenweise aufsteigen, dann wisse, daß vom Mittelmeer her ein kühler, feuchter Wind wehen und die vor Hitze schweißtropfenden Menschen mit der Kühle eines feuchten Handtuches einhüllen wird.

Der erste kühle Wind kam auf und wirbelte den Staub der Straßen hoch. Mustafa zitterte vor Müdigkeit und Hunger. Da stand Cumali, der sich im Schatten des etwas abseits stehenden Feigenbaumes auf den Rücken gelegt hatte und Zigaretten rauchte, recht lustlos auf.

Ziemlich barsch sagte er zu Mustafa: »Los, geh und ruh dich aus. Klar?«

Mustafa warf das letzte Reisigbündel, das er in seiner Hand hielt, noch hinein.

Die Sonne sank hinter den Pappeln hernieder und ging unter. Die Pappeln blieben wie ein dunkler Vorhang zurück.

»Komm, Menschenskind Mustafa, komm doch, damit wir essen«, rief Cumali.

Sie öffneten den Proviantbeutel, den Herr Hasan geschickt hatte. Schafskäse, Schalotten und Fladenbrot. Mustafas Magen war schon ganz zusammengeschrumpft. Bis sie mit dem Essen fertig waren, sprachen sie überhaupt nicht miteinander. Mustafa ging und füllte den Krug im Bach. Das Wasser war wie Blut. Nach dem Essen tranken sie ausgiebig. Cumali strich mit dem Handrücken über seinen herunterhängenden, langen Schnurrbart.

Mustafa stand danach sofort auf und machte sich an die Arbeit. Cumali ging an den Bach. Dann kam er schwerfällig, hin- und herwankend, zurück.

»Mustafa«, sagte er, »ich werde schlafen. Wenn du müde bist, weckst du mich, ja?«

»Ist recht, Onkel«, antwortete er.

Es war schon längst nach Mitternacht. Der Mond war hinter die Pappeln gesunken, durch die Bäume hindurch war nur eine Scheibe zu sehen.

Aus der Brennstelle schlug der Schein der Flammen auf Mustafas Gesicht. Sein schmächtiges, nur aus Haut und Knochen bestehendes Gesicht war noch röter als die Flammen. Das gerötete Gesicht stand voller Schweißperlen, die Schweißperlen glänzten. Und wie die Flammen da drin miteinander kämpften! Die riesige Flammenwelle, die von rechts kam, schlang sich in der Mitte mit den von hinten kommenden dünnen Flammen ineinander. Dann schlug dieser Ball ineinanderverschlungener Flammen aus der Öffnung der Brennkuhle. Draußen rissen sie ab, leuchteten in der Dunkelheit auf und erloschen.

Mustafa spitzte die Ohren. Jedesmal, wenn er Reisig hineinwarf, erscholl von innen ein gewaltiges Prasseln, ein Dröhnen, ein Stöhnen und ein Wimmern wie das weinender Kinder.

»Ach«, sagte er zu sich selbst, »auch die Reisigzweige weinen.«

Er hörte Cumalis Stimme. Cumalis Stimme war schlaftrunken.

»Onkel Cumali, was sagst du?« fragte er.

Cumali wiederholte: »Bist du erschöpft? Soll ich kommen?«

Mustafa erschauderte von Kopf bis Fuß. Ihm brach der kalte

Schweiß aus. Er zitterte. Mit einer Astgabel schleuderte er einen riesengroßen Armvoll Reisig tief in die Feuerkuhle hinein.

»Aber nein«, antwortete er, »als ob ich je müde werden könnte. Schlaf du, Onkel.«

Cumali gab keinen Laut von sich.

Und wie er ermüdete, und wie er schwitzte und sich anstrengte! An die Brennkuhle ging er nicht mehr heran. Wenn es die Astgabel nicht gegeben hätte, dann wäre seine Lage wohl schwierig gewesen. Er schichtete einen Armvoll Reisig nach dem anderen neben der Öffnung der Brennkuhle auf, stützte sich mit ganzer Kraft auf die Astgabel und schleuderte die Zweige hinein; und weil er in diesem Moment sich der Feuerstelle genähert hatte, kam er in eine Hitzewelle, und es wurde ihm, als würde er bersten, so daß er bis zu dem gegenüberliegenden Hügel rannte und seine Brust dem Wind aussetzte.

Die Luft war erdrückend und lag schwer wie Wasser auf ihm.

Am Himmel hinter dem Berggipfel war ein breiter, strahlender Lichtstreifen zu sehen.

Das Kind Mustafa war jetzt halb ohnmächtig. Er war nicht mehr in der Lage, bis zu dem Hügel zu rennen. Seine zerrissene Hose und sein Hemd hatte er schon längst ausgezogen.

Bei Anbruch der Morgendämmerung zwitscherte ein Vogel. Es war ein kleiner Vogel. Er hatte eine laute, durchdringende Stimme. Dieser Vogel zwitscherte jetzt.

Cumali wachte wieder auf und fragte: »Bist du erschöpft?«

»Nein, Onkel«, antwortete Mustafa, »ich bin überhaupt nicht erschöpft.«

Als er das sagte, stockte ihm der Atem; es war ihm, als müßte er ersticken. Seine Stimme klang weinerlich.

Cumali reckte und streckte sich und stand auf. Er rieb seine Augen. Dann pinkelte er lange hinter einen Strauch.

Mustafa biß die Zähne zusammen. Er torkelte, konnte sich nur mit Mühe aufrecht halten. Unentwegt zitternd schleppte er das Reisig auf seinem Arm herbei und schleuderte es hinein.

Cumali sagte: »Los, geh und leg dich hin.«

Als Herr Hasan kam, schlief Mustafa noch immer.

Herr Hasan fragte Cumali: »Wie ist das Kind? Arbeitet es gut?«

Cumali verzog den Mund, zeigte auf Mustafa, der unter dem Baum schlief, und sagte:

»Ein Kind eben.«

»Drück ein Auge zu, wir rechnen später ab«, antwortete Herr Hasan und ging.

Als Mustafa erwachte, schien die Sonne schon längst auf ihn und hatte ihn zum Glühen gebracht. Er stützte sich mit der Hand auf den Boden und stand auf. Die Erde war wie glühendes Eisen. Er wollte sich strecken, aber er war so müde, daß er es nicht schaffte. Als ob man ihm alle Knochen gebrochen hätte, genau so schmerzte ihn alles. Er fühlte sich ganz schlaff. Mit all seiner Kraft riß er sich zusammen und sprang auf.

Außer Atem sagte er: »Onkel Cumali, verzeih, ich bin einfach in Schlaf gesunken.«

Er machte sich gleich an dem Reisig zu schaffen und begann damit, es in die Feuerkuhle zu werfen. Die Reisigzweige zwitscherten in der Feuerkuhle wie Vögel. Die Gegend war von einem bitteren, feuchten und brennenden Geruch erfüllt.

Cumali antwortete: »Hab' ich dir nicht gesagt, daß dich der Schlaf packen würde?«

Mustafa tat, als hätte er es nicht gehört.

Als er ein wenig gearbeitet hatte, taute er auf und kam zu sich.

»Juhu«, rief er, »den ersten Tag haben wir hinter uns.«

Dann dachte er an die zwei entsetzlich langen, heißen Tage und an die zwei erdrückenden Nächte, die wie die Hölle sich ganz klebrig auf die Haut des Menschen pressen. Jäh sank seine Hoffnung dahin.

Er versank in Gedanken. Was sind schon zwei Tage? Schließlich ist Baumwolle nicht so weiß. Beim Weben wird sie natürlich gebleicht... Am Nachmittag der Süleyman-Hügel, die Straße neben dem Hügel, der Savrun-Bach, die prallschenkligen, dunkelbeinigen Mädchen der Kleinstadt, oben auf der Brücke. Der Savrun-Bach strahlt hell. Da kannst du die fliegenden Fische sehen, die nacheinander in die Höhe springen. Zähl die Kieselsteine am Boden des Gewässers. Auf die Kieselsteine fällt doch der Sonnenschein!

Mustafa arbeitete weiter. Er ermattete, fiel fast um und nahm sich dennoch zusammen und arbeitete. Und der Cumali, plump und schwerfällig, schlief aus lauter Gemeinheit und fragte, wenn er wach wurde: »Bist du müde?« Das Kind, das im Angesicht des Feuers schmorte, zog den Kopf ein und verneinte.

Diese Nacht war die letzte. Der strahlende Mond stand über

den Pappeln. Mustafa konnte seine Füße nicht mehr hochziehen. Es war doch nur noch eine Nacht. Eine Nacht, Mensch!

Cumali sagte in derselben Barschheit wie immer: »Was drehst und wendest du dich denn da so? Komm doch her.«

»Ich bin schon da, Onkel«, antwortete er, »ich bin ja da.«

»Wenn du müde bist, weck mich auf.«

Wird das Feuer nur ein bißchen kleiner, werden die Ziegel nicht richtig gebrannt. Alle Mühen sind dann umsonst. Nicht einmal eine Sekunde darf die Feuerkuhle ohne Reisig bleiben. Die Flammen müssen nach draußen schlagen und in der Nacht züngeln.

Mustafas Arme erlahmten. Er ekelte sich vor den hervorschlagenden Flammen. Er war auch nicht mehr in der Lage, bis zu dem gegenüberliegenden Hügel zu rennen, um sich abzukühlen. Was machte er jetzt? Wenn er das Reisig herbeigebracht und in die Feuerstelle geworfen hatte, warf er sich ausgestreckt mit dem Gesicht nach unten auf den Erdboden. Der Erdboden war kühl in der Nacht. Wenn er sich hingelegt hatte, konnte und konnte er einfach nicht wieder aufstehen. Sein Kopf fiel vornüber, er nickte ein; dann nahm er plötzlich seine ganze Kraft zusammen und sprang los.

Die Flammen wanden und schlängelten sich, gingen von Rot in Gelb und Schwarz über. Die Flammen glitten, ja, sie flogen über seinen Kopf hinweg in die Dunkelheit.

Eine letzte Anstrengung. Er stierte in den Osten. Da war noch kein Lichtstreif zu sehen.

Zornig spuckte er in Richtung des Cumali aus. Seine Zunge und sein Gaumen waren ausgetrocknet.

»Ach«, sagte er, »ach, du verdammtes Miststück. Der sogenannte Onkel Cumali.«

Voller Unmut nahm er einen Armvoll Reisig, brachte es zur Feuerstelle und warf es hinein.

Seine Hände und seine Brust waren aufgerissen, brannten und schmerzten. Überall klebte an ihm das geronnene Blut.

Wo blieb nur der Lichtstreifen? Die Stelle, an der die Sonne aufgeht, war noch tiefdunkel. Mustafas Augen öffneten sich weit. Es überfiel ihn ein Zittern. In der Dunkelheit vermischte sich alles ineinander, die wie ein tiefschwarzer Vorhang aussehenden Pappeln, der Hügel, die Flammen, die Brennkuhle, das Reisig, der Hügel diesseits der Stelle des Morgengrauens, der schnarchende Cumali. Die Erde drehte sich um Mustafa wie ein Kreisel. Brechreiz überfiel ihn.

»Cumali! Onkel Cumali! Onkel Cumaliii!« Er fiel in Ohnmacht.

Erst nach einer Weile wachte Cumali auf und streckte sich. Noch im Liegen schrie er: »Mustafa, bist du müde?«

Es kam kein Laut. Er schrie noch einmal. Nachdem er noch einige Male geschrien hatte, stand er voller Wut auf.

Da sah er, daß die Feuerstelle in Dunkelheit eingehüllt war. Er geriet außer sich. Er versetzte dem Kind einen entsetzlichen Fußtritt.

»Du gottloser Dickschädel du, erledigt hast du mich. Eine ganze Kuhle Ziegel werde ich bezahlen müssen.«

Als er in die Feuerkuhle sah, atmete er erleichtert auf. Das Feuer war noch nicht ausgegangen, die Flammen züngelten ganz schwach an den Wänden.

Der Junge kam wieder zu sich, als der Morgen dämmerte. Mit verängstigten Augen sah er nach allen Seiten. Er sah Cumali, wie er, Blut schwitzend und mit geöffnetem Hemd, unentwegt Reisig in die Feuerkuhle warf. Er erschrak zu Tode. Mit leiser Stimme sagte er von dem Platz aus, an dem er saß: »Onkel Cumali, bei Gott, Onkel Cumali!«

Zornig drehte sich Cumali um: »Gott soll dich strafen, hau ab«, rief er, »geh und leg dich schlafen! In welcher Hölle es auch sei, leg dich nur schlafen!«

Fast wehklagend antwortete das Kind: »Bei Gott, also weißt du, Onkel Cumali.«

»Geh und leg dich schlafen, hab' ich dir gesagt«, sagte der andere.

Bis die Sonne aufgegangen war und sich auf den gegenüberliegenden Hügel gesetzt hatte, blieb Mustafa mit gesenktem Kopf unbeweglich sitzen, als hätte man ihn festgebunden. Als die Sonne begann, über der Bergspitze aufzusteigen, fiel sein Kopf vornüber, und er döste ein.

Eine Ziegelbrennkuhle ist breit und groß. Sie sieht aus wie ein Brunnen, dessen Mauern hoch aufragen. Oben wird die Ziegelbrennkuhle, wie eine Kuppel, mit Erde zugedeckt.

Wenn die Brennerei zum erstenmal aufgeheizt wird, nehmen die Ziegel eine dunkelgraue Farbe an. Am zweiten Tag werden sie tiefschwarz. Das dauert bis zum Morgen des dritten Tages. Am Morgen des dritten Tages aber werden sie ziegelrot.

Es war wieder früher Nachmittag. Mustafa wachte voller Angst auf. Er erinnerte sich an die Nacht. Er wollte aufstehen, aber er schaffte es nicht. Mit Mühe öffnete er seine Augen und sah in Richtung der Feuerstelle, und siehe da, Herr Hasan war da. Er riß sich zusammen. Ganz langsam stand er auf. Er ging auf sie zu. Nachdem er um die Feuerstelle herumgelaufen war, sah er hinein. Die Ziegel waren wie Kristall. Wie rotes Kristall, so glänzten die Ziegel.

Mustafa schaffte es nicht, zu Herrn Hasan hinzusehen.

Herr Hasan näherte sich ihm, fing seinen Blick auf und sagte lachend: »Na, Mustafa, haben wir dich etwa hierhergeschickt, damit du schläfst?«

Mustafa antwortete: »Bei Gott, Onkel, jede Nacht...«

Cumali schaute unwirsch.

Es war heiß. An der Ziegelbrennstelle brodelte die Mittagshitze. Sie schlossen die Öffnung der Brennstelle.

Mustafa rannte zum Bach, der seine Strahlen nach allen Seiten hin schlug. Als er ins Wasser tauchte, brannten die Stellen, die das Reisig aufgerissen hatte. Erfrischt tauchte er aus dem Wasser auf. Er rannte, um schnell nach Hause zu kommen. Ein Freudentaumel hatte ihn erfaßt.

Kaum daß er sich dem Hause näherte, schrie er: »Mutti, Mutti...«

Die Mutter kam heraus. Als sie Mustafa sah, entfuhr ihr ein Schrei. Sie begann, sich auf die Knie zu schlagen:

»Ach, mein Kleiner, ach, mein Kleiner, was ist denn mit dir passiert?«

Mustafa erstarrte. Er blieb wie angewurzelt stehen, als wäre ihm das Blut eingetrocknet.

Das Gesicht war ausgedörrt, verbrannt und eingerissen, seine Augen waren eingefallen.

»Ach, mein Kleiner, ach, mein Kleiner. Was hat man mit dir nur angestellt!«

Sie umarmte ihn und brachte ihn hinein.

Am Morgen umarmte Mustafa seine Mutter und sagte: »Eine weiße Hose.«

»Gestohlen bleiben könnte sie uns«, antwortete die Mutter.

»Würde sie mir nicht stehen?« fragte Mustafa.

Die Mutter umarmte und küßte ihn.

Dann ging er zu Hacı Mehmed und suchte sich ein Paar weiße Turnschuhe und ein Paar weiße Strümpfe aus. Danach ging er zum Meister Vayıs.

»Mein Mustafa«, sagte Meister Vayıs, »dir werde ich die schönsten Nähte machen.«

Mustafa ging dann in den Laden. Sein Meister war schon sehr früh gekommen, hatte angefangen zu arbeiten und sich über die aufgeplatzten Stellen der Schuhe gebeugt und nähte.

Die Augenbrauen des Meisters waren die reinsten Troddeln. Sein Rücken war ein wenig gekrümmt, der Bart lang geworden. Der verstaubte, halb eingefallene Laden voller Spinnennetze roch nach dem alten und dem neuen Leder.

»Meister!« sagte Mustafa. »Meister Vayıs wird mir die schönste Hose nähen.«

Der Meister antwortete: »Aber sicher. Er ist ein guter Mann.«

Es vergingen drei Tage, vier Tage, es verging eine Woche. Herr Hasan rührte sich nicht. Herr Hasan tat so, als ob er nichts wüßte. Es nagte und fraß jetzt in Mustafa, aber er hatte nicht den Mut, den Mund zu öffnen und dem Meister oder seiner Mutter etwas zu sagen. Als eines Tages Herr Hasan am Laden vorbeiging, rief ihn der Meister herbei. »Also, Herr Hasan«, sagte er, »gib dem Jungen doch mal den Lohn für die Tage.«

Herr Hasan hielt ein und überlegte. Er schüttelte den Kopf. Dann sagte er plötzlich: »Gut, ich zahle.«

Er zog einen Lira-Schein und zwei Fünfundzwanzig-Kuruş-Münzen aus der Tasche und legte sie auf den Tisch.

Der Meister starrte auf das Geld:

»Also Herr Hasan, das ist für einen Tag. Drei Tage hat das Kind gearbeitet.«

»Er hat immer geschlafen, jede Nacht hat er geschlafen. Seinen Lohn habe ich dem Cumali gegeben. Und das da geb' ich dir zuliebe«, sagte Herr Hasan und ging davon.

»Bei Gott, Meister, jede Nacht…«, sagte Mustafa. Die Worte blieben ihm im Hals stecken. Er neigte seinen Kopf nach unten.

Nach einer langen, quälenden Stille sagte der Meister: »Hör mal, Mustafa, du bist inzwischen gut angelernt. Die Sohlen, die du anfertigst, sind sehr schön. Ab sofort wirst du von mir jede Woche eine Lira bekommen.«

Noch ganz verängstigt hob Mustafa den Kopf. Seine nassen Augen strahlten. Freudig lachte er den Meister an. Auch der Meister lachte.

»Heute ist der zehnte Juli«, überlegte Mustafa, »eine Woche, zwei Wochen, drei Wochen. Dann ist alles gut.«

»Nimm das und gib es dem Meister Vayıs«, sagte der Meister. »Und grüß ihn von mir. Er soll den besten Stoff nehmen. Den Rest des Geldes soll er dir geben. Damit kaufst du dir Schuhe. Diese anderthalb Lira da nehme ich. Jetzt bist du mir dreieinhalb Wochen Arbeit schuldig.«

Auf dem blauen Fünf-Lira-Schein war damals ein Wolf mit heraushängender Zunge abgebildet, der aussah, als ob er flöge.

Die Zügel klemmte er hinter die Lehne des Kutschersitzes. Er breitete den fülligen Stoff seiner Pumphose vor sich aus und leerte darauf das gesamte Geld aus der Jackentasche.

Mit hängenden Köpfen, schläfrig, schwerfällig trotteten die Pferde. Sie schleppten ihre Hufe durch den Staub der Straße. Die Pferde, der Wagen, der Kutscher, alles war vollkommen mit Staub bedeckt. Vor Staub waren die Farbe des Wagens und die der Pferde nicht mehr zu erkennen. Im Staub schimmerten nur noch die Augen und die Zähne des Kutschers.

»Sechs Säcke«, sprach er zu sich selbst. »Sechs Säcke zu je zwei Lira, was macht das? Zwölf.«

Das Geld auf der Pumphose zählte er immer wieder nach.

»Genau neun Lira«, sagte er. »Und wo sind die restlichen drei Lira geblieben?« Dann fiel ihm ein: der Fruchtsaft, der Eiswürfel, das Brot. Aber das kostet nicht so viel. »Was soll's«, sagte er ärgerlich. Das Geld tat er wieder in seine Tasche zurück. Aus der anderen Tasche holte er seinen Tabak heraus, gelassen drehte er sich eine Zigarette. Das Streichholz zündete er ohne hinzuschauen an, hielt die Zigarette, wieder ohne hinzugucken, blähte sich genußvoll auf.

Auch die Baumwollpflanzen am Rande der Straße waren verstaubt. Die jungen Pflanzen machten einen verbrannten Eindruck. Er dachte laut: »Ach, würde es doch nur regnen. Die armen Pflanzen lassen schon ihre Hälse hängen.«

Nun waren zu beiden Seiten der Straße gemähte Getreidefelder. Auch die Stoppeln versanken im Staub. Im prallen Sonnenlicht erschienen die Stoppeln am Straßenrand matt.

Auf der rechten Seite erstreckte sich ein Sonnenblumenfeld. Der Wagen war in gleicher Höhe mit dem Feld. Die Sonnenblumen hatten allesamt ihre Köpfe nach Osten gestreckt. In der Sonne war es sehr heiß geworden. Nicht einmal ein leichter Windzug war zu spüren. Obwohl die Pferde sehr langsam liefen, waren sie in Schweiß gebadet.

Nach den Sonnenblumenfeldern kamen Maisfelder. Dunkel und grün gediehen die Maiskolben. Veilchenblau hingen ihre Fransen. In der Hitze der Duft frischen verbrannten Grases, es ähnelte dem Geruch der Sümpfe.

Als ob die Pferde keinen Wagen hinter sich herzögen, beugten sie sich zu dem Mais am Straßenrand und rissen ihn ab. Nach kurzer Pause trotteten sie von selbst weiter.

Der Kutscher zog hin und wieder, aber selten, an den Zügeln und rief: »Hüh, meine Kleinen!«

Gegen Mittag wurde die Hitze noch glühender. Wie die Pferde war auch der Kutscher schweißgebadet. Auf seinem staubigen Gesicht rannen die Schweißtropfen, Spuren hinterlassend, nach unten.

Als der Wagen plötzlich anhielt, hob der Kutscher den Kopf und guckte auf die Straße.

»Hüh!« rief er.

Die vollkommen verschleierte Frau, die vor den Pferden herlief, verließ die Straßenmitte und ging zur Seite. Der Wagen setzte sich wieder in Bewegung. Die Füße der Frau waren nackt, und der Staub der Straße war heiß wie ein Backofen. Daß ihr die Füße verbrannten, sah man an dem Gang der Frau. Der Kutscher machte der Frau, die zur Seite gewichen war und nun am Straßenrand stand, ein Zeichen. Die Frau stieg von hinten auf den Wagen. Sie setzte sich mit dem Rükken zum Kutscher.

»Hüh, meine Kleinen!« wiederholte der Kutscher.

Die Pferde kümmerten sich nicht darum. Wieder liefen sie ermattet weiter.

Inmitten eines der am Straßenrand liegenden Felder stand ein Maulbeerbaum.

Die Pferde verließen ohne Aufforderung die Straße. Im Schatten des Maulbeerbaumes hielten sie an. Sogar der Maulbeerbaum war vom Wipfel bis zur Wurzel in Staub eingehüllt. In der glühenden, brennenden Sonne erschien sein Schatten noch tiefer, tief wie die Dunkelheit.

Als die Pferde stehenblieben, löste sich der Kutscher von der Holzlehne des Wagens. Er setzte sich auf. Zum erstenmal warf er einen Blick auf die Frau. Von der Frau war nichts zu sehen, nicht einmal ihre Augen, so sehr war sie verschleiert.

Der Kutscher holte aus dem Futterkasten des Wagens einen zusammengebundenen Tuchbeutel hervor und öffnete ihn. In dem Beutel waren Helva und ein Weißbrot.

»Komm doch näher, Schwester«, sagte er.

Mit einer Kopfbewegung verneinte die Frau. Sich Zeit lassend, aß der Kutscher das Helva und das Brot auf. Dann holte er aus dem Futterkasten noch eine braune Papiertüte. Als er die Tüte öffnete, sah er, daß die Pfirsiche zerquetscht waren.

Er suchte zwei nicht allzusehr zermatschte Pfirsiche aus und legte sie vor die Frau, die mit dem Rücken zu ihm saß. Ohne etwas zu sagen, nahm die Frau die Pfirsiche. Mit einer Hand hielt sie den handbedruckten Schleier hoch. Sie begann zu essen.

Nachdem er auch die zu Brei gewordenen Pfirsiche verzehrt hatte, schloß der Kutscher die Augen. Er lehnte sich wieder zurück. Er rührte sich nicht mehr.

Als er die Augen wieder öffnete, war der Schatten des Maulbeerbaumes ostwärts gerutscht, und die Pferde standen in der Sonne.

»Hüh, meine Braven!« sagte er.

Schwerfällig setzte sich der Wagen in Bewegung. Er hatte es sich nicht verbeißen können, einen Blick nach hinten zu werfen. Die Frau saß immer noch regungslos da, mit dem Rücken zu ihm.

Als der Wagen die Straße erreicht hatte, schlug der Kutscher zum erstenmal mit der Peitsche auf die Pferde.

»Hüh! Meine Braven, hüh!«

Der Wagen legte ein bißchen an Geschwindigkeit zu. Hinter ihm wirbelte der Staub leicht auf. Dann wurde er wieder langsamer.

Abermals breitete der Kutscher den fülligen, staubigen Stoff seiner Pumphose vor sich aus. Abermals holte er das Geld aus seiner Tasche und legte es darauf. Er begann zu zählen. In der tiefen Stille machte das Klimpern der Münzen erheblichen Lärm. Als er mit dem Zählen fertig war, ließ er sie zurück in seine Tasche gleiten. Den Pferden gab er einen leichten Peitschenhieb. Anschließend wandte er sich zu der Frau hinter ihm und fragte sie:

»Wo kommst du her, wo willst du hin, Schwester?«

Die Frau antwortete mit kaum vernehmbarer Stimme:

»Aus der Stadt.«

Unter der üppigen Sonne, teils gepflügt, teils grasgrün, teils goldblond, teils staubig, streckte sich die Ebene endlos aus. Die mit kniehohem Staub bedeckte Straße, die die Ebene gleich einem weißen Streifen durchquerte, der sich mühevoll fortbewegende Pferdewagen; das war das gesamte Panorama. Die Sonne war schon tief gesunken.

»Zu welchem Dorf möchtest du denn?«

»Nach Kirmitli.«

Der Kutscher: »Und ich, ich bin aus Hemite.«

Die Frau: »Liegt euer Dorf nicht zwei Dörfer weiter von unserem Dorf?«

»Ja, zwei Dörfer.«

Dann schwiegen sie wieder.

»Weshalb bist du in die Stadt gegangen?«

Die Frau schwieg, sie antwortete nicht. Das verwunderte den Kutscher.

»Weshalb bist du dorthin gegangen?« wiederholte er seine Frage.

Die Frau sagte immer noch nichts.

Da wurde der Kutscher erst recht neugierig. Aus Zorn schwieg er eine Weile. Aber es quälte ihn.

Nochmals wiederholte er: »Ist es eine Angelegenheit, über die man nicht reden darf, Schwester?«

»Aber nein, Bruder, warum sollte man nicht darüber reden dürfen?« Der Kutscher war ein sehr kleiner, kurzgewachsener, magerer Mann mit sehr dichten schwarzen Augenbrauen, auf dessen schlankem Hals die Adern hervorquollen. Er hatte eine schwarze Pumphose und ein gelbes Hemd aus Naturseide an. Seine Schirmmütze war neu, auf die rechte Seite gezogen.

Die Frau fuhr mit ihrer angenehmen Stimme fort: »Mein gottverdammter Mann hat sich nämlich von mir scheiden lassen. Ich habe mein Schreiben vom Verwaltungsgebäude abgeholt.«

»So ist es also?«

In der Ferne, über dem Mittelmeer, stiegen die segelgroßen Wolken milchweiß in die Höhe. Hinter ihnen kam ein sanfter Westwind auf und wirbelte ein wenig Staub hoch. Dann legte der Wind sich wieder.

Der Kutscher bemerkte: »Du mußt doch vor Hitze umkommen. Leg doch dieses Zeug vor deinem Gesicht ab. Wer soll dich schon in dieser einsamen Ebene sehen? Los, mach dich frei davon.«

Die Frau zog den Schleier von ihrem Gesicht und drehte sich in die Richtung des Kutschers. Sie hatte große, schwarze Augen. Ihr Gesicht war brennend rot. Es war rot und blau angelaufen. Sie hatte einen sinnlichen Mund. Im Verhältnis zu ihrem breiten Gesicht war das Kinn sehr schmal, es war spitz. Sie war wirklich eine schöne Frau, diese Frau. Ihre Fußgelenke waren kräftig, ihre Schenkel üppig. Auf ihrem langen Hals hatten sich staubige Schweißperlen angesammelt.

Der Kutscher warf des öfteren einen Blick zu der Frau hinüber, wandte sich wieder um und kniff die Augen zusammen.

»Hüh!«

Er drehte sich wieder um. Lange, lange schaute er die Frau an.

Die Frau störte dieser Blick. Sie senkte ihre Augen zu Boden.

Der Kutscher fragte: »Wie ist dein Name?«

Die Frau antwortete: »Dal Emine.«

Darauf der Kutscher: »Dal Emine, jener Mann, der dein Ehemann gewesen sein soll, muß ein verstandloser Mensch gewesen sein.«

»Er ist kopflos, dieser gottverdammte Kerl«, sagte Emine, »er ist unklug.«

Ein heftiger Westwind war aufgekommen, er wirbelte allen Staub der Straße auf. Die Pferde, der Wagen, alles bedeckte sich mit Staub.

Als sie in Karasu angelangt waren, zog der Kutscher die Zügel an. Die Pferde blieben stehen. Die Brücke von Karasu war dicht mit Schilf bewachsen. Die Straße durch das Rohrdickicht führte zum Dorf Kerali. Aber die Straße wurde so selten befahren, daß der Boden ganz verwildert war. Sogar auf der Straße wuchs niedriges Schilf. Über die Straße peitschte der Kutscher die Pferde in das Schilfgebiet hinein. Sich fast hochstämmend, ragten die Pferde in das Schilf. Der Wagen wurde gerüttelt. Die Frau rutschte nach hinten, als ob sie stürzen würde. Der Wagen, der in einem Schilfstrauch steckenblieb, ließ sich nicht mehr von der Stelle bewegen. Mauerhoch umringte das Schilf den Wagen. Der Kutscher war außer Atem.

»Hier«, sagte er, »sollen sich die Pferde ein bißchen ausruhen. Dann machen wir uns wieder auf den Weg.«

Er schaute der Frau ins Gesicht. Die Frau tat so, als ob es sie nichts anginge.

»Wenn die Pferde sich ausgeruht haben.«

Wieder sagte die Frau kein einziges Wort.

Der Kutscher hielt inne, schluckte seinen Speichel hinunter, quälte sich: »Dein Mann«, brachte er schließlich heraus, »muß ein Dummkopf gewesen sein. Ich meine, wenn er ein Mann gewesen wäre.«

Die Frau entgegnete: »Ein Trottel war er, Bruder. Er arbeitete für jedermann, ließ sich von jedermann beeinflussen.«

Daraufhin lief der Kutscher ein paarmal um den Wagen. Er nahm einen Rohrstock in die Hand. Er brach ihn in Stücke.

Nachdem er den Stock zerbrochen und auf den Boden geschleudert hatte, packte er plötzlich, blitzschnell, die Frau am Handgelenk.

»Was soll das, Kerl? Was ist denn los?«

Der Kutscher schaute der Frau in die Augen.

»Bitte nicht!«

Hastig befreite die Frau ihr Gelenk von seinen Händen. Sie sprang vom Wagen und begab sich auf den Weg zur Straße. Der Kutscher rannte ihr nach und packte sie von hinten an der Taille. Die Frau drehte sich um: »Du Kerl, hast sie wohl nicht alle? Du bist doch verrückt!« Sie schüttelte ihn ab und lief weiter. Der Kutscher rannte hinter ihr her: »Ich habe niemanden. Weder Mutter, weder Vater, noch Frau. Diese Pferde, diesen Wagen besitze ich. Und drei große Flächen Ackerland besitze ich noch im Dorf.«

Die Frau blieb stehen. Der Kutscher holte sie ein und faßte sie abermals an den Handgelenken. Er drückte sie sehr fest. Vor Eifer wurde ihm schwindelig. Das Schilf, alles drehte sich wirr um ihn herum.

Die Frau erkundigte sich: »Stimmt das?«

Der Kutscher antwortete: »Diese Pferde gehören mir. Und Kühe habe ich auch.«

Die Frau fragte weiter: »Hast du wirklich keinen Menschen?«

»Nein, keine Menschenseele. Niemanden. Keinen, keinen.«

Er führte die Frau zu einer abgelegenen Stelle im Schilf.

Als sie das Schilfgebiet verließen, war der Westwind stärker geworden, er blies mit aller Kraft, er wirbelte den Staub von der Straße auf.

Der Kutscher trieb fröhlich die Pferde an. Die schlappen Pferde wurden wieder lebendig. In einer riesigen Staubwolke und mit viel Krach bewegte sich der Wagen vorwärts.

Im Dorf Kirmitli hielt der Kutscher die fast fliegenden Pferde an. Der Wagen bremste ruckartig. Er drehte sich um und guckte die mit Staub bedeckte Frau an. Ihre Blicke trafen sich. Die Frau schien nicht aussteigen zu wollen. Sie rührte sich nicht einmal von der Stelle.

»Emine, das ist euer Dorf.«

»Ach ja, unser Dorf.«

Der Kutscher ließ wieder die Peitsche über den Pferden knallen. In der geraden Ebene stolperte der Wagen in Form einer Staubwolke auf das Dorf Hemite zu.

Die Kraniche

Es wurde langsam hell, von der Erde stieg ein feiner Dunst auf. Gülbahar war bereits nachts aufs Feld gegangen. Man konnte noch nicht die Gräser von den Baumwollpflanzen unterscheiden. Bald würde die Sonne aufgehen. Eine knallrote, alles in Flammen setzende Sonne. Sie würde nicht mehr auf die Erde treten, der Hitze wegen nicht mehr atmen können, sie würde schmoren wie in einem Ofen, aber dennoch wartete sie voller Ungeduld auf den Sonnenaufgang.

Auf ihre Hacke gestützt stand sie da und dachte nach. In der Ferne, über dem Guvurdag-Gebirge, erschienen ein kaum sichtbarer Lichtstrahl und ballenweise weiße Wolken.

Mahmut war vor genau neun Jahren fortgegangen. Mahmut war ein gutaussehender Mann, von hoher Statur, mit vollen Lippen, groß, mit verführerisch schwarzen Augen. Das ganze Dorf konnte bezeugen, daß ein so hübscher Mann wie Mahmut nicht noch einmal auf dieser Welt zu finden war. Er war das Ebenbild des Yusuf der Züleyha.

Mahmut besaß nur einen Acker von fünf Morgen Land. Dieser Acker würde niemals eine Familie, seien es auch nur zwei Menschen, ernähren können. Im zweiten Monat ihrer Ehe, als er ihre Armut nicht mehr ertragen konnte, ging Mahmut in die Fremde, um zu arbeiten, während Gülbahar den Acker anbauen und bestellen und so bis zu seiner Heimkehr auskommen sollte.

Er war gegangen und bis zu diesem Tag nicht wiedergekommen... Seitdem hatte er auch kein Lebenszeichen mehr von sich gegeben. Jegliche Spur von ihm war verschwunden.

Gülbahar war es nicht leid oder überdrüssig geworden, neun Jahre lang, tagtäglich, Stunde für Stunde, jeden Augenblick auf ihn zu warten.

Wenn die Kraniche am Himmel vorbeizogen... Am Himmel über der flachen Ebene zogen stets zugweise, rudelweise, die Kraniche vorüber. Am Himmel, in Wogen, in Kreisen, in geraden Linien, in Dreiecken, die Kranichschwärme; als ob sie auf die weißen Wolken geklebt worden waren; dunkle, schwarze Punkte.

Gülbahar war eine schöne Frau. Aus ihrem Dorf und aus

den anderen Dörfern hatten viele junge Männer um ihre Hand gebeten, Gülbahar aber hatte nur »Mahmut« gesagt und weiter nichts.

In den neun Jahren hatte sie sich auch gar nicht verändert. Ihre prächtigen Brüste waren stets fest, ihre Taille war schlank, ihre Schenkel waren üppig und sinnlich. Die fülligen, purpurroten Lippen, ihre graublauen, hellen Augen ließen beim ersten Blick erkennen, was für eine außergewöhnlich lustvolle Frau sie war.

Aber seit neun Jahren hatte kein Mann auch nur ihre Hand berühren dürfen. Hin und wieder bedrückte es sie schon, wenn sie einen jungen gutaussehenden Mann sah. Aber anschließend konnte sie es sich nicht verzeihen, sie machte sich Vorwürfe, sie meinte, Mahmut betrogen zu haben. Viele Männer im Dorf stöhnten bei ihrem Anblick.

Was sie nicht alles mit ihr angestellt hatten, seit Mahmut fort war. Es gab sogar welche, die nachts unauffällig ihre Tür geöffnet hatten, bis zu ihrem Bett geschlichen waren und sie zu vergewaltigen versucht hatten; nachdem Gülbahar den Mann fast totgeschlagen hatte, fesselte sie ihm die Hände und Füße und warf ihn vor die Tür. Sie war stärker als ein Mann.

Die Nächte waren zur Hölle geworden. Manche Nächte konnte sie bis morgens nicht einschlafen, ihr ganzer Körper brannte wie Feuer, das Verlangen nach einem Mann setzte sie in Flammen. Und jede Nacht, in solch feurigen Momenten jedoch mehrmals, kam Mahmut immer wieder in ihr Bett.

Über Mahmut liefen verschiedene Gerüchte im Dorf. Er würde nicht mehr zurückkehren, in einer Großstadt habe er die Tochter einer Familie, die in einem prächtigen Konak wohne, geheiratet und besitze einen Hof und ein Auto. Ein anderes Gerücht war, daß Mahmut für einen Fabrikbesitzer arbeite, er fahre die Tochter des Fabrikbesitzers täglich zur Schule und diese habe sich dabei in Mahmut verliebt. Der Fabrikbesitzer, der dies hörte, habe sich sehr darüber gefreut: »Das hast du gut gemacht, mein Kind«, habe er zu seiner Tochter gesagt. »Von solch einem gutaussehenden Mann werde ich bestimmt sehr hübsche Enkelkinder bekommen«, habe er gesagt und sie sogleich trauen lassen. Kurz nach ihrer Heirat sei der Fabrikbesitzer gestorben. Außer seiner Tochter habe er niemanden gehabt.

Der kahle Durmuş habe ihn eines Tages gesehen und habe sich gesagt: »Sag mal unserem alten Mahmut guten Tag«, er sei gerannt und vor dem Auto stehengeblieben, das Auto sei pechschwarz gewesen, und was für ein riesiges Auto. Mahmut habe darinnen gesessen, einen dunkelblauen Anzug habe er angehabt, eine rote Krawatte habe er umgehabt. Besser gekleidet als der Bürgermeister...

Zu dem kahlen Durmuş habe er fragend gesagt:

»Was willst du, sag mal, warum hast du mir den Weg versperrt?«

Und Durmuş habe gesagt:

»Erkennst du mich denn nicht wieder, Mahmut?«

Mahmut habe ihm lange ins Gesicht geschaut und anschließend zum Chauffeur gesagt:

»Fahr weiter!«

Wäre der kahle Durmuş nicht zur Seite gesprungen, wäre er beinahe von dem Auto überrollt worden.

Gülbahar glaubte keine dieser Geschichten. Er war fortgegangen, um Geld zu verdienen, das nötige Geld für ein Stück Land, das eine Familie ernähren würde. Er, er würde sich niemals von einer Frau verführen lassen, nicht einmal anblinzeln würde er eine Frau. Sie versuchte sich selbst davon zu überzeugen, aber es gelang ihr nicht.

Jeden Augenblick würde die Sonne aufgehen, gleich würden die Gipfel des Gebirges erleuchten.

Der Nebel schien zu rauchen. Wie ein dünner Schleier hatte er die heiße Erde eingehüllt. Das blonde Getreide, die grünen Baumwollfelder, die wie Sonnen auf die Erde fallenden, wippenden Sonnenblumen hatte er bedeckt, und er verdunstete in Wellen.

Ungeduldig erwartete sie den Sonnenaufgang, gleichzeitig aber fürchtete sie die aufgehende Sonne. Von Kopf bis Fuß erfüllte sie eine sinnliche Lust. Wenn in solchen Augenblicken ein Mann käme und ihre Hand anfaßte, würde sie ihn überallhin begleiten. Zum Glück war sie in diesem Zustand nie einem Mann begegnet.

Die Hacke fiel ihr aus der Hand. Die Erde war weich und warm. Gülbahar entblößte ihre Brüste, streckte sich mit dem Mund nach unten auf den Boden. Stöhnend rieb sie sich am Boden. Als die feindornigen Gräser ihre Brüste zerkratzt hatten, wurde sie noch erregter, schleifte sich, ohne das Blut abzuwischen, auf ihren blutigen, mit Staub und Erde beschmierten Brüsten bis zur sandigen Straße, und, vor Schmerz sich krümmend, machte sie wieder kehrt.

Mahmut kam. Die Sonne war aufgegangen. Mahmut in seinem dunkelblauen Anzug, mit seiner roten, flammendroten, grellen Krawatte, seinen feuerroten Schuhen, seinen knallroten Lippen. Mahmut kam. Eine unbeschreibliche Freude. Freudenschreie erfüllten die Ebene. Mahmut war auf dem Weg zu ihr, gleich würden sie zum Fluß hinuntergehen, ineinander geschlungen, zu einem Körper geworden. Wie Feuer brannte sie, in Schweiß gebadet.

Mahmut war so sauber gekleidet, wie ein Städter. Man traute sich kaum, ihn mit der Hand zu berühren. Durmuş stand auf der anderen Seite und starrte sie an. Sein Hemd war weiß. Auch Mahmuts Hände waren weiß. Man sah, daß er, seitdem er fortgegangen war, nicht mehr mit seinen Händen gearbeitet hatte. Dies war eindeutig. Sein Gesicht war so glatt rasiert, daß eine Fliege auf seiner Haut ausrutschen würde, die Haut glänzte. Durmuş lächelte von der anderen Seite. Seine Lippen waren so schön. Seine Augen leuchtend schwarz.

Eine Weile standen sie sich so gegenüber. In Mahmuts Hand war ein Beutel aus einem Einschlagtuch. Der Beutel fiel ihm aus der Hand. Er schien mit sehr vielen Sachen vollgepackt zu sein.

Mahmut machte den Eindruck, als ob er sich entschuldigen wollte.

»So, so«, sagte er. »Es ist nichts zu machen. Nun bin ich wieder zu dir gekommen.« Gülbahar hörte nichts von dem, was er sagte. Ihr Fleisch brannte vor Liebe. Ihr Mann, auf den sie neun Jahre gewartet hatte, ihre Liebe, der Mensch, nach dem sie Verlangen hatte, stand nun vor ihr. In dem Mönchspfefferbusch würde sie auch niemand sehen.

Mahmut hatte seine Hand ausgestreckt, um sie anzufassen, Gülbahar zog hastig ihre Hand zurück. Sie erschrak, als hätte sie glühendes Eisen berührt.

Gülbahar wurde plötzlich wild wie ein Tiger. Sie wollte auf Mahmut springen, ihm Gesicht und Augen zerkratzen, aber sie beherrschte sich. Es lohnt sich nicht, sagte sie sich, es lohnt sich nicht.

Dann richtete sie sich kerzengerade auf, stolz, mit einem Ton, als sei nichts geschehen:

»Mach, daß du fortkommst, du dreckiger Hund, los! Hau ab, du Schuft, los!«

Mahmut flehte sie an. Wie, war nicht deutlich zu erkennen... Redete er, oder warf er sich ihr zu Füßen?

»Los, mach, daß du fortkommst, du Hund, los! Hau ab, Dreckskerl, los!«

Mahmut gab nicht nach, dann sah er, daß es überhaupt keinen Zweck hatte. Er kehrte ihr den Rücken und ging fort. Gülbahar bemerkte, daß sein dunkelblauer Anzug, seine weißen Socken, sein weißes Hemd, seine roten Schuhe, sein glänzendes Haar mit Staub bedeckt waren. Sie bemitleidete seinen hilflosen Gang. Dennoch holte sie das Einschlagtuch vom Boden und warf es ihm nach.

»Hau ab, du Hundekerl, hau bloß ab!«

Mit gesenktem Haupt ging Mahmut fort. Ohne zurückzublicken lief er.

Auf einmal wurde es hell. Das Getreide, die Sonnenblumen, der abseitsliegende Sumpf, der ferne Wald, das Ufer des Ceyhans, welches sich wie ein grüner Streifen ausstreckte, badeten in der Sonne. Es wurde immer heißer. Gülbahar kletterte auf einen Hügel in der Nähe, sie schaute ihm nach, bis er aus ihren Augen verschwunden war, bis sein Schatten sich mit dem Staub der Straße vermischt und aufgelöst hatte. Dann stieg sie mit Tränen in den Augen den Hügel hinunter und begann die Erde umzuhacken. Ihre Hacke machte die Erdklumpen so fein wie Mehl, ihre Hände arbeiteten ununterbrochen, wie eine Maschine. Die glühende Hitze stach ihr ins Gesicht, sie war überall staubig, ihre Haut verbrannte. In diesem fürchterlichen Eifer vergaß sie Mahmut, überhaupt alles, sogar sich selbst.

Beim Mittagessen kam sie langsam wieder zu sich, unmerklich lächelte sie. Wenn doch Mahmut nur zurückkäme, ach, wenn er doch bloß wiederkäme. »Was er auch angestellt hat, er ist und bleibt mein Mann, ich werde ihn mit offenen Armen empfangen. Wenn ihm danach ist, soll er mit einer Frau und fünf Kindern kommen.« Sie verspürte wegen ihres Verhaltens Mahmut gegenüber einen unbeschreiblichen Kummer, hastig beendete sie ihre Mahlzeit und begab sich wieder an die Arbeit. Die Erde, die zu glühendem Eisen geworden war, verbrannte ihre nackten Füße. So sehr sie sich auch zusammennahm, kleine Tränen rannen aus ihren Augen.

Über ihr zog ein Zug Kraniche, wie auf den weißen Wolken befestigt. Mal zog ein Wolkenschatten, mal glitt der Schatten der Kraniche über den ebenen Boden hinweg.

Jeden Augenblick würde die Sonne aufgehen. Gülbahar, mit der Hacke in der Hand, stand bewegungslos in der Mitte des Ackers. Sie wartete, daß es hell würde, um die Erde umzuhakken.

Plötzlich fiel ihr die Hacke aus der Hand. Die Erde war angenehm weich und warm... Die Hacke fiel lautlos auf die Erde.

Gülbahars ganzer Körper brannte wie Feuer. Würde jetzt ein kleiner Junge kommen, sie an der Hand nehmen und sie fragen, ob sie nicht in jenes Gebüsch mitkommen wolle, Gülbahar würde ihm nicht widerstehen können und mitkommen. Ihr Körper sehnte sich nur noch nach Liebe. Der Geruch angebrannten Fleisches stieg ihr in die Nase.

Mit entblößten Brüsten kroch sie auf der Erde. Je zahlreicher die Dornen in ihre Brüste stachen, je mehr sie bluteten, desto stärker verspürte Gülbahar in ihrem ganzen Wesen, ihrem Fleisch, ihren Knochen, ihrer Haut, ihren Haaren das wilde Verlangen nach Liebe.

Hinter den Bergen tauchten die ersten Sonnenstrahlen auf, und während der Nebel langsam verdunstete, siehe da, Mahmut erschien. Aus lauter Freude wußte sie nicht, was sie machen sollte, sie tanzte und hüpfte im Kreis herum. Dann besann sie sich und rannte Mahmut entgegen. Mahmut war sauber und gut gekleidet, ein weißes Hemd aus reiner Seide, weiße Socken aus Naturseide, in seiner Anzugtasche steckte ein Taschentuch, seine Schuhe waren rot. Seine Augen feurig, die Wimpern lang. Sein Gesicht unverändert, braungebrannt. Freundlich lächelte er. So lieb, daß man ihn am liebsten in die Seele einschließen wollte... Mahmut lachte, er sagte etwas, einen großen Koffer in der Hand, in dem Koffer Kleidungsstücke aus Seide, unzählige, kunterbunte, aus dem Koffer sprudelte und floß ein leuchtendes Wasser. Paarweise Schuhe, Spiegel, Ohrringe, Halsketten, Armreifen, Kindersachen, alles, wie man es in der Stadt mag.

Die dunkle Oberfläche der Erde erhellte sich.

»Hau ab, du Schuft, los!«

Mahmut bekam Angst, diese Stimme erschreckte ihn so sehr, daß er, ohne sich umzugucken, floh. Wieder kletterte Gülbahar auf jenen Hügel und schaute ihm nach, bis er in dem roten Stauborkan ihrem Blick entschwand.

Kaum war Mahmut fort, bereute sie es wieder. »Das nächste Mal, wenn er kommt, werde ich ihm die Fußsohlen küssen.

Ich werde ihm nicht erlauben, mit seinen Händen hart zu arbeiten. Ich werde für ihn arbeiten.«

Hinter der mächtigen Platane würde es jeden Augenblick hell werden.

Die Hacke fiel ihr aus der Hand.

Ihre blutigen Brüste auf der glühenden Erde.

Als sie ihren Kopf hob, erblickte sie Mahmut auf einem grauen Pferd. Ein sehr schönes Pferd. Wie gut es doch zu Mahmut paßte. An seinen Füßen rote Stiefel. Sein schwarzer Schnurrbart war gezwirbelt.

Ihre Hand streckte sie zum Pferd, sie wollte Mahmut hinunterhelfen. Die Zügel, die Riemen, der Steigbügel waren mit schwarzen Zeichnungen und Silber geschmückt. Der Sattel war mit Goldfäden bestickt. Die Sonne ging auf. Der Sattel, das Pferd und Mahmut waren in einen goldenen Glanz gehüllt. Sie hielt immer noch ihre Hand ausgestreckt. Gülbahar war wie erstarrt. Mahmut stieg vom Pferd. Umarmen und küssen wollte sie ihn...

»Mach, daß du fortkommst, du Hund, los!«

Mahmut spornte sein Pferd an. Im Galopp verschwand das graue Pferd über die Felder und Sonnenblumen hinweg aus ihren Augen.

Gülbahar guckte in den Spiegel. Sie war noch sehr hübsch. Schöner als vor neun Jahren, als sie geheiratet hatten. Wer weiß, in welchem Alter sie sie mit ihm verheiratet hatten.

Ihren Acker hatte sie dieses Jahr so gut bestellt, daß er das Fünffache mehr als gewöhnlich ergeben müßte. Die Baumwolle quoll nur so aus der Erde. Wer es sah, staunte.

Es war tatsächlich so. Die Baumwollpflanzen gediehen so fleißig, daß man nichts anderes sah als das Weiße der Blüten, weder ein Blatt noch das geringste Grün.

Gülbahar sammelte auch jetzt wieder alleine die Baumwolle ein. Wieder ging sie lange vor Morgengrauen aufs Feld. Wieder hatte sie nachts nicht schlafen können, war rasend geworden, hatte sich von einer Seite zur anderen geworfen, die ganze Nacht hatte sie geglüht und gekocht.

Als sie die Baumwolle einsammelte, hörte sie das Brummen eines Autos und schaute auf. Das Auto kam immer näher und stoppte neben ihr. Es war ein mit Staub und Sand bedecktes riesiges, schwarzes Auto. Mahmut stieg aus. Gülbahar schaffte es nicht, ihren Kopf zu heben und Mahmut ins Gesicht zu sehen.

Die Erde brannte. Gülbahar hielt es nicht aus mit ihren nackten Füßen, auf dem glühenden Boden auch nur eine Minute auf derselben Stelle zu bleiben, und wechselte sie ständig.

Mahmut reichte ihr seine Hand. Er sprach Entschuldigungen aus, aber sie hörte sie nicht. Gülbahar zog ihre Hand nicht zurück.

Unter dem Mönchspfefferbaum waren viele Vogelnester. Die Vögel hatten bestimmt schon ausgebrütet. Die Schnäbel ihrer Kleinen waren immer sehr gelb. Ihre Schnäbel rissen sie immer weit auf.

Gülbahars Kehle verknotete sich.

»Hau ab, du Dreckskerl, hau bloß ab!«

Sie betrachtete ihre Hände. Ihre Hände waren rauh, alt, gleich der Rinde eines sterbenden Baumes. Neun Jahre lang, harte Winter, Erde, Felsen, alle Arbeit. Was bleibt da noch Gutes? Ihre schmutzigen Füße waren auch aufgesprungen, schwarz vor Dreck. Ihre Haut war vor Schmutz nicht mehr zu erkennen. Unter ihren langen Fingernägeln hatte sich dunkler Dreck festgesetzt.

»Los, mach, daß du fortkommst, du Schuft, los!«

Niemand hörte sie. Mahmut zerrte sie ins Auto. Die Autopolster waren ganz weich. Es war kühl.

Der Motor setzte sich in Gang. Mit einem betäubenden Krach. Gülbahar spürte, daß ihr Acker, ihre weiße Baumwolle weit zurückgeblieben waren.

Mahmut sagte: »Laß es, mache dir keine Sorgen. Wir besitzen reichlich Baumwolle.«

Er lachte. »Diese minderwertige Baumwolle kann man doch gar nicht als Baumwolle bezeichnen.«

Gülbahar brüllte aus ganzem Leibe: »Komm schon, du Hundekerl, nur zu! Neun Jahre lang habe ich mir große Mühe mit diesem Acker gegeben. Geh, du Hund, geh!«

Sie riß die Wagentür auf und warf sich hinaus. Sie ließ sich auf der Erde schleifen. Ihre Brüste bluteten. Ununterbrochen bluteten sie. Das Auto, das auf sie zukam, wirbelte ständig Staub auf. Sie erstickte fast. Kriechend gelangte sie zu ihrem Feld. Ihr Acker war so angenehm, berauschend, duftete nach Liebe.

Sie erhob sich. Ihr Kreuz schmerzte, und sie reckte sich. Sie bückte sich, um weiter die ergiebig blühende Baumwolle rasch einzusammeln.

Erst glitt der Schatten eines Kranichzuges über das weiße Baumwollfeld hinweg, dann der Schatten einer winzigen, weißen Wolke.

Gülbahar hatte entsetzlichen Durst.

Der Jäger

Zwischen dem Hemite-Gebirge und Anavarza erstreckt sich eine weite, flache Ebene. Der Savrun und der Ceyhan fließen genau unterhalb von Anavarza zusammen. Vom Zusammenfluß des Baches mit dem Ceyhan zieht sich das Schilf bis hin zum Dorf Vayvayli. Es wird Ağcasaz genannt. Zwischen dem Hemite-Gebirge, Anavarza und Vayvayli läßt sich zu jeder Tageszeit ein aschgrauer Rauch nieder. Genauer gesagt, ein ganz feiner Nebel. Wenn er sich über das Schilfdickicht Ağcasaz senkt, verdichtet sich dieser Nebel. Dann steigt er auf, als wäre es Rauch.

Der Ceyhan bildet in der Nähe von Kesikkli einen weiteren Teich. Zwischen dem Ceyhan und dem Teich liegt eine Insel. Ganz glatt, glatt wie polierter Marmor, ein pechschwarzes Stück Land. Im Winter wimmelt es auf der Oberfläche des Teiches von Wildenten, das Wasser ist vor lauter Enten kaum mehr zu sehen.

Auf den Straßen liegt der Staub kniehoch. Der Staub brennt wie glühendes Eisen. Ağcasaz ist mit frischem, leuchtend grünem, kühlendem Schilf umgrenzt. Dieses Schilf wird *berdi* genannt, *Himmelsberdi.* Die braune Ähre des *berdi* beugt sich bis zum Wasser. Von *berdi* zu *berdi* sind Spinnengewebe gespannt. Die Spinnennetze sind klebrig, die Fäden so dick wie Zwirn. Die Wespen haben ihre großen, grünlich-silbrigen Waben in das Schilf gehängt. Sie kreisen über den Waben. Jede von ihnen gleicht einer Ameise.

Am Rande des Schilfdickichts kann man kein Haus errichten. Und selbst wenn dort ein Haus wäre, kein Mensch könnte dort leben. Die verschiedensten Sorten von Mücken... Giftige und ungiftige... Sie schwärmen aus. Die ganze Nacht, überall schwärmen sie aus... Innerhalb von ein paar Tagen würde man am Sumpffieber sterben. In der Nähe des Ağcasaz befinden sich auch Dörfer. Dort leben keine Menschen über fünfzig.

Seine sehr dunklen, kräftigen Arme waren stets unbedeckt. Im Sommer wie auch im Winter. Im Winter wie auch im Sommer nahm er seine Doppellaufflinte und ging zum Schilfdickicht, an dem Teich des Ceyhan-Gewässers, jagen. Es kam auch vor, daß er eine oder zwei Wochen nicht von der Jagd zurückkam. Länger als drei Wochen war er nie weggeblieben.

Nach einer oder zwei Wochen kam er mit blassem Gesicht, von Kopf bis Fuß mit Schlamm bedeckt, zurück. Seine Frau ließ ihn erst eintreten, nachdem sie ihn vor der Haustür splitternackt entkleidet hatte. Ohne auch nur seine Unterwäsche anzuziehen, stand er splitternackt und kerzengerade vor dem Bett, das in der Ecke auf dem Boden ausgebreitet wurde, und nachdem es bezogen war, ließ er sich wie ein Toter hineinfallen und schlief sofort ein. Ohne sich zu rühren, schlief er dann eine Nacht und zwei Tage lang. Am Abend des zweiten Tages erwachte er, rieb sich die Augen, stand auf, und nachdem er gegessen hatte, putzte er seine Flinte.

Er war von der Jagd heimgekehrt, lag im tiefen Schlaf. Es waren noch fünf Stunden bis zu seinem Erwachen. Die Frau ging um das Bett, packte ihren Mann an beiden Händen und setzte ihn auf. Laut schreiend sagte sie: »Muslu, Muslu, wach auf! Das Kind stirbt, wach auf!«

Dann ließ sie zornig seine Hände los. Muslu fiel wie ein Toter ins Bett zurück. Die Frau setzte sich zu ihrem Kind. Zusammengekrümmt beobachtete sie, mit feuchten Augen, das Kind, das am Boden heftig zitterte und zuckte. Dann steigerte sich ihr Weinen. Ihre Laute verwandelten sich immer mehr zu einem Schrei. Sie hob das Kind vom Boden auf und brachte es in ihren Armen nach draußen. Draußen war es brüllend heiß. Die Hitze war bleiern, das Atmen fiel schwer. Unter der Sonne lief sie unentschlossen mal zur einen Seite, mal zur anderen.

Dann fing sie an, hin und her zu rennen. Ein, zwei Frauen, die nicht aufs Feld gegangen waren, erblickten sie bei ihrem verwirrten Umherdrehen. Sie packten sie an den Armen und führten sie ins Haus. Nachdem sie ihr ein paar Ratschläge gegeben hatten, verließen sie sie wieder. Sie wären eigentlich nicht gegangen, aber so war nun mal das Leben auf dem Lande, es gab immer eine Menge Arbeit zu erledigen.

Die Frau hatte abermals ihr Kind, das vor Fieber zitterte, auf den Arm genommen und stand hilflos da. Dann legte sie das Kind auf den Boden. Die Hitze des Kindes tat ihr weh. Und wie sehr waren außerdem ihre Zunge und ihr Gaumen ausgetrocknet! Wuterfüllt erhob sie sich, ging zu Muslu und zog ihn an den Händen mit all ihrer Kraft hoch. Ihren Mund legte sie an sein Ohr und schrie, so laut sie nur konnte:

»Muslu! Muslu! Muslu! Das Kind liegt im Sterben, Muslu! Wach auf, Muslu!«

Eine Weile schrie sie so weiter. Dann dämpfte sie ihre Stimme. Schließlich verstummte sie. Dann begann sie mit abgehackten Worten vor sich hinzureden. Das Kind hatte sie auf ein Kissen gelegt. Wie ein Epileptiker zuckte das Kind, und der Speichel lief ihm aus dem Mund.

Die Frau sprach: »Schau her, Muslu; als du mich geheiratet hast, sagtest du, daß du mich mit Vogelmilch ernähren würdest. Monate, Jahre lang bist du mir nachgelaufen. Mein Vater wollte dir nicht meine Hand geben. Muslu, meinen Vater, mein Heim, meine Geschwister habe ich verlassen und bin zu dir gekommen. Seit fünfzehn Jahren habe ich die Gesichter meiner Eltern nicht mehr gesehen. Meine Mutter, meinen Vater wirst du mir schon ersetzen, habe ich mir gedacht. Diese fünfzehn Jahre haben aber das Gegenteil bewiesen, Muslu, fünfzehn Jahre lang bist du nur jagen gegangen, während ich gepflügt und gedroschen hab', auf den Markt gegangen bin. Und du, fünfzehn Jahre lang hast du keine schwere Arbeit mit deinen Händen geleistet. Jeglichen Kummer habe ich ertragen müssen. Schau her, Muslu, sieh dir meine ergrauten Haare an, habe ich es denn verdient, in diesem Alter so auszusehen? Keinen einzigen Tag habe ich daran gedacht, dich zu verlassen. In den Winternächten, als du hinter den Enten her warst, habe ich kein Auge schließen können, aus Sorge, du könntest im Sumpf steckenbleiben. Bis morgens habe ich, ohne auch nur ein Auge zu schließen, an dich denken müssen, um dich geweint. So ist es, Muslu. Mein Süleyman ist gestorben. Du warst nicht einmal dabei, als er beerdigt wurde. Mein Derviş ist gestorben, nicht einmal sein Grab hast du ausgehoben. Deine Flinte hast du genommen, noch bevor der Leichnam des Kindes im Bett erstarrt war, bist du zur Jagd gegangen. Abermals habe ich die Zähne zusammengebissen. Um Muslus Seele nicht zu betrüben, habe ich ihm all dies kein einziges Mal offen ins Gesicht gesagt. Muslu, das Kind stirbt. Wach auf, Muslu! Wach auf und sag es mir. Was soll ich tun, Muslu?«

Langsam fiel Muslu wieder zurück ins Bett. Die Frau ging zu ihrem Kind, und wie zuvor saß sie da, in sich zusammengekrümmt. Dann geschah es auf einmal, der Mund des Kindes schäumte noch mehr, kurz darauf verkrampfte es sich, dann verließen es seine Kräfte. Auch Süleyman war auf die gleiche Art gestorben. Die Frau warf sich ihrer ganzen Länge nach auf ihr Kind. Sie war still, auch Tränen liefen nicht mehr aus ihren Augen. Im ganzen Dorf gab es niemanden, der das Kind hätte begraben können, der der Mutter hätte helfen können.

Es wurde Abend. Als es dunkel wurde, erwachte Muslu genau zur gleichen Zeit wie üblich. Lange, lange rieb er sich die Augen.

Die Frau sagte: »Muslu, das Kind ist tot, Muslu!«

Sie sprach dies ängstlich aus. Als ob er kein Wort gehört hätte, stand Muslu auf, nahm seine Flinte, reinigte sie, und ohne sich umzudrehen, schlug er den Weg in Richtung Sumpf ein. Die Frau sagte kein einziges Wort. Sie hatte gewußt, daß es so kommen würde, sie hatte es bereits erwartet. Der Gefreite Ali aus der Nachbarschaft, er hieß der blonde Ali, war vom Feld zurückgekehrt. Sie ging zu ihm.

»Mein Ağa, Ali mein Herr, unser Kind ist gestorben«, sagte sie, »was können wir da tun?«

Ali war müde. Er erhob sich, benachrichtigte die anderen Dörfler. Die Frauen hatten den Leichnam gewaschen. In der Finsternis der Nacht legten sie das Kind in ein winziges, dunkles Grab.

Die Dörfler sagten: »Um Gottes willen, geh zurück in das Haus deines Vaters, dieser Muslu bringt dir nichts Gutes. Verlasse ihn!«

Jeden Tag sagten sie ihr das, aber sie kümmerte sich nicht einmal darum. Sonst ging es ihr bei einem Ohr herein und beim anderen wieder hinaus. Aber dieses Mal trafen die Worte ihr Herz wie ein Stein.

Bis zum Morgen blieb sie wach, sie überlegte es sich reichlich. Als der Tag anbrach, packte sie ihre Sachen in ein Einschlagtuch und machte sich auf den Weg zum Haus ihres Vaters, den sie fünfzehn Jahre lang nicht besucht hatte.

Die Insel im Gewässer des Ceyhans, der Sumpf von Ağcasaz... Muslu verzweifelte vor lauter Kummer. Als er nach Hause kam, fand er die Leere. Das hätte er niemals erwartet. Er fühlte sich wie erschlagen. Auf der Türschwelle brach er zusammen. Seine Kleidung war mit Schlamm bedeckt. Die Nachbarn hoben ihn hoch und legten ihn ins Bett.

Am Rande des Sumpfgebietes ist es unmöglich zu wohnen, innerhalb von einem Monat stirbt man am Sumpffieber. Bis jetzt hat auch niemand dort ein Haus gebaut.

Nun steht an der östlichen Seite von Ağcasaz eine kleine Schilflaube. Der Umkreis der Laube ist mit Federn von Enten, Gänsen, Trappen, Wachteln, und weiß Gott was sonst noch für Vogelfedern bedeckt. Die Federn haben sich in den Büschen verfangen.

Zwischen dem Hemite-Gebirge und Anavarza streckt sich eine weite Ebene aus. In dieser Ebene finden sich fünfzehn oder zwanzig Dörfer. Seine Flinte auf dem Rücken, verdreckt, Haar und Bart zerzaust, verkauft ein Mann seit Jahren die Tiere, die er gejagt hat: Muslu.

Er war vollkommen verwirrt. Wo befand er sich? Mit seinen beiden Fäusten rieb er sich kräftig die Augen. Er schaffte es einfach nicht, sein auf die Erde gestütztes Kinn zu heben, um nach oben zu schauen. Sobald der Wind aufkam, wellte sich die ährenreiche Saat über ihm, und es raschelte. Der Duft des frischen, von der Sonne gewärmten Korns ist ein ganz besonderer. Tagelang hängt er einem in der Nase. Wohin man auch geht, man wird von dem Duft des frischen Getreides verfolgt, leuchtend grün verfolgt es einen. Wo war er? Wenn er in der Nähe des Dorfes war, wem gehörte dann dieses Feld?

Morgens ist die Saat mit Tau bedeckt. Bis zum Sonnenaufgang ist das feuchte Getreide schwer. Schwerfällig wölbt es sich gegen den Wind. Wenn die Sonne aufgeht und der Tau verschwindet, steigert sich das Wogen und Rascheln der Saat. Das Getreide, das die riesige Ebene bedeckt, ist leicht wie Federn und wird vom Wind bis zum Boden gedrückt. Wenig über ihm wölbte sich das Getreide. Er sagte sich, daß es die Zeit des Nachmittagsgebetes sein müsse. Von der Erde kamen keine Geräusche. Dies ist die beste Methode: Wenn du vor jemandem fliehst oder einen Feind erwartest, so presse dein Ohr auf den Boden und lausche. Das Geräusch der Pferdehufe hörst du so deutlich, als sei es neben dir, auch wenn das Pferd drüben hinter dem abgelegenen Hügel läuft.

Es mußte um die Zeit des Nachmittagsgebetes sein. Woher konnte er es wissen? Nirgendwoher. Vielleicht wünschte er es sich nur. Um die Zeit des Nachmittagsgebetes beugt sich die Saat noch tiefer zu Boden. Der Westwind bläst gnadenlos...

Einmal, zur Zeit des Nachmittagsgebetes... Seine Mutter und er hatten mit seinem Onkel Streit und gingen zu seinem anderen Onkel. Es war eine unerträgliche, gelbe Hitze, die Ebene strohgelb; Zeit, das Korn zu mähen. Auf der Ebene war weder ein Mensch, noch ein Vogel, noch irgend ein Lebewesen. Seine Mutter und er liefen auf der sehr staubigen Straße, in der Mitte der Ebene, einsam und verlassen. Sie verdursteten beinahe. Mit wankenden Knien schritt er hinter seiner Mutter. Seine nackten Füße gruben sich in den heißen Sand und brannten fürchterlich. Weit in der Ferne, mitten auf der Straße, war ein Flimmern zu sehen. Ungewöhnlich stark blendete es. Seine Mutter drehte sich um und schaute ihn an. Die dunklen, großen Augen seiner Mutter waren ganz feucht, ein tiefschwarzes, riesiges, nasses, brennendes Augenpaar. Schnellen Schrittes gingen sie auf das Flimmern zu. Sie waren schweißgebadet. Die Mutter blieb vor dem Flimmern stehen. Mitten auf der Straße lagen eine Menge Glasscherben verstreut. Die Mutter bückte sich und berührte die Scherben. Dann setzte sie sich an den Straßenrand und nahm ihren Kopf zwischen beide Hände. Als sie die Stelle mit den Glasscherben verließen, brach bereits der Abend an. Bis die Sonne unterging, schaute er sich immer wieder um. Die Scherben glänzten bis zum Sonnenuntergang, mitten in der Ebene, im Staub der Straße. Wie das Glitzern eines schmalen Wasserstreifens, der in einer sonnigen, geraden Ebene fließt, so flossen die Glasscherben vor seinen Augen.

Ohne das Getreide in Bewegung zu bringen, müßte er sich auf den Rücken wenden. Mit den Windböen bog sich auch das Getreide. Ob er sich nicht doch kurz erheben sollte, fragte er sich. Ob es nicht möglich sei, sich umzuschauen. »Nein, das geht nicht«, sagte er zu sich selbst. Und wenn sie ihn hier in der Gegend suchten? Dann sagte er: »Vorsichtig werde ich meinen Kopf heben und mich umschauen.« Dann wieder: »Was soll's mir bringen, sie könnten mich sehen.« Welch großes Verlangen hatte er doch, seinen Kopf hinauszustrecken. Weit in der Ferne war ein riesiges Meer. Über das Meer hinweg in seine Richtung zogen die milchweißen Wolken. Es war einmal. Vor sehr langer Zeit. Vielleicht auch in seiner Kindheit. Wann war es genau? Es lohnt nicht, sich den Kopf darüber zu zerbrechen. Es ist gleich, wann es gewesen sein mag. Mein großer Bruder, Ismail... Ismail war geschickt im Baumwolle-Pflücken... Das Baumwollfeld... Es lag an jenem riesigen Meer. Die Nacht... In der Nacht, die Baumwollknollen... Das Schilf am Meer... Aus dem Schilf erhebt sich eine Ente, ein Schwarm von Enten... Der Entenschwarm teilt sich in Reihen auf. Die allein vorausfliegende Ente wird Lotse genannt. Onkel Durmuş hatte winzige Hände. In seinen Händen spürte er den schneeweißen, großen, kalkigen Gegenstand, den er am Strand gefunden hatte. Die Meeresluft... Das Meer sieht in der prallen Sonne wie Asche aus, es verfärbt sich abwechselnd blau und grün. Die Kieselsteine. In verschiedensten Größen... Die warme, weiche Erde... Oft hatten sie sich auf die Erde gestreckt und waren eingeschlafen. Nachts wellte sich das Meer. In der Dunkelheit der Nacht, die weißen Baumwollknollen... Damit er schwerer wurde, ließ jeder von uns, Nacht für Nacht, sein Wasser auf den eigenen Baumwollhaufen. Die durchnäßte Baumwolle roch bitter, Schweißgeruch ist angenehm. Im Baumwollfeld, mit dem Geruch der Baumwolle vereint... Der Schweiß des Mädchens, Elif, duftete wunderbar. Das Mädchen, Elif, legte sich auf den warmen Boden und streckte sich aus... Jenseits des Meeres. Die Dörfer, die Baumwollfelder... Die Brennesseln. Gott soll die Brennesseln verdammen...

Ein Zittern durchfuhr ihn. Die Erde brannte. Er atmete schwer. Die Stellen seines Körpers, die den Boden berührten, waren eingeschlafen. Plötzlich fiel ihm ein, daß er durstig war. Innerlich brannte er wie Glut. Wenn er nur kurz den Kopf heben und sich umgucken könnte. Wo befand er sich wohl? Das Rascheln des Getreides hatte aufgehört. Die Angst, die Leere. Der linke Arm schmerzte. Ob er gebrochen ist? Aus den Augenwinkeln warf er einen Blick. Auf seiner zerfetzten Kleidung war Blut angetrocknet.

Abermals preßte er sein Ohr an den Boden. Wieder war es totenstill. Er hörte nichts. Nein, das geht nicht. Zu sich selbst sprechend: »Später werde ich nachsehen.«

Die Haut seiner Beine spannte sich. Sie war trocken. Es kam ihm vor, als ob die Haut aufspringen würde. Wenn er nach seinen Beinen schauen würde... Der Wind hatte sich seit einiger Zeit gelegt. Die Saat könnte sich bewegen. Vielleicht würden sie es sehen. Aber was war nur mit seiner Haut geschehen? Seine Beine... War etwas nicht in Ordnung? Und wenn er nicht mehr aufstehen kann? Als er seine Beine bewegte, raschelte das Getreide. Ängstlich schrumpfte er zusammen. Wenn sie ihn fänden! Was würden sie tun? Er versuchte zu überlegen. Sein ganzer Körper war fiebrig. Er zitterte.

Eine Spinne hatte von Korn zu Korn ihr Netz gespannt. Sie hatte sich an eine Ecke gesetzt. Regungslos saß sie einfach nur da. In dem Netz hatten sich winzige Fliegen verfangen.

Wir, hinter einer Staubwolke... Hinter der Staubwolke eine Menschenmenge, Massen von Menschen... Welch ein Menschenandrang! Verwirrung, Krach.

»Was soll ich jetzt tun? Ich habe doch nichts getan.«

»Er ist schuldig. Er war es, der unser Wasser gesperrt hat.«

Der Stein in der Hand... War denn der Stein so groß gewesen? Der Mann, der sich im Blut krümmte, nachdem ihn der Stein getroffen hatte.

»Warum mußte er auch das Wasser sperren? Wie habe ich das nur angestellt?«

Seit gestern, seit dem Vormittag, war er gerannt, seit gestern Vormittag. Eine Nacht war inzwischen vergangen. Dieses Getreidefeld...

»Seit gestern abend kein Schlaf mehr«, sagte er.

Sein Herz schlug, als ob es zerspringen würde. Und wenn er gestorben sein sollte? Was soll's. Er ist schuldig. Für einen Tropfen Wasser. Unser Acker... Ein bißchen Wasser.

»Hätte ich doch bloß nicht jenen Stein geworfen«, sagte er. »Aber er ist nicht gestorben. Warum sollte er auch? Kann denn ein Mensch durch einen Stein getötet werden? Wenn ja, dann kann man auch nichts daran ändern.«

Er preßte sich noch fester an die Erde. Die Sonne neigte sich, es wurde dunkel.

Dann versuchte er sich selbst zu überzeugen: »Auch wenn Blut fließt, ein Mann kann nicht durch einen Stein getötet werden.« Er beruhigte sich.

Er hatte es gar nicht bemerkt. Da, wo er lag, befand sich ein Ameisennest. Die schwarzen Ameisen schleppten Nahrung in ihr Nest, beschnupperten sich. Er vertiefte sich in die Beobachtung der Ameisen. Zwischendurch warf er einen Blick auf das Spinnengewebe. Die Spinne in der Ecke rührte sich nicht. Plötzlich zerstörte er das Netz der Spinne. Die Spinne verschwand über das Getreide.

Er bemerkte, daß er die Ameisen, das Getreide nicht mehr deutlich unterscheiden konnte.

»Die Sonne ist untergegangen«, sagte er. »Das ständige Liegen bringt mich um.«

Ängstlich streckte er sich, sehr vorsichtig, und reckte den Kopf aus dem Getreide. Dann setzte er sich auf. Seine Beine, die Stellen seines Körpers, die auf den Boden gepreßt gewesen waren, waren eingeschlafen. Den Kopf zwischen seinen Händen saß er da und dachte nach. Mit der Hand berührte er die gespannte Haut seiner Beine. »Gestern, als ich durch das Reisfeld gerannt bin, hat sich der Schlamm festgeklebt und ist ausgetrocknet.« Er war erleichtert.

Behutsam stand er auf. Ein kleiner Zipfel der Sonne war noch draußen geblieben. Dieser verschwand aber sogleich hinter dem Hügel.

Er wandte sich nach Osten. Jener kolossale, gelbe Stern war aufgegangen. Dann vermehrten sich die Sterne. Ein leichter Windzug streifte ihm übers Gesicht.

Er verspürte einen gewaltigen Hunger.

Seine Frau und die beiden Töchter hatten ihn bereits ganz in der Ferne in sich gekrümmt vom anderen Ende des Baches kommen sehen. Voller Freude rannten sie auf ihn zu. Als sie ihn erreicht hatten, umklammerten die beiden Mädchen je eines seiner Beine. Erst hob er die eine hoch und setzte sie auf seinen Arm, dann nahm er die andere auf den anderen Arm.

Seine Frau schaute ihn mit Besorgnis an, ihre Augen fragten: »Wo hast du so viele Tage lang gesteckt?«

»Ich hab's gefunden, Frau«, sagte Ahmed, »ich hab's gefunden. Es war schwierig, aber ich hab's gefunden. Ich habe es gefunden. Von nun an können wir uns als gerettet betrachten. In ein paar Jahren sind wir dann endgültig gerettet. Warte ein bis zwei Jahre.«

Er war müde, aber seine Augen strahlten.

»Gott bestimmt das Schicksal des blinden Wolfes. Seit genau fünfzehn Jahren versuche ich einen Acker aus dem Wald zu gewinnen, versetze Bäume und Steine. Jener Wald braucht nicht einmal verpflanzt zu werden, jedes Jahr kann die Flut deinen Acker, deine Erde überschwemmen, überschwemmen und auch wegschwemmen.«

Die Frau hatte begriffen, warum ihr Mann drei Tage lang verschwunden war.

»Soll sie sie wegschwemmen!«

Sie waren zu Hause angekommen. Ahmed ließ sich auf eine grobgewebte Ziegenhaardecke fallen.

»Ein Plätzchen habe ich gefunden, Frau! Drei Tage lang, Tag und Nacht, habe ich einen Boden gesucht, den die Flut nicht wegschwemmen kann. Dort liegt massenweise Erde. Der Regen hat all die gute Erde, die er nur finden konnte, dorthin geschwemmt. An der Biegung des Kesis-Baches. Fast an der Zunge des Çağsak-Felsens. Frau, was für ein Wald! Einen einzigen Baum kann man, weiß Gott, nicht in einem Jahr fällen. Und jeder einzelne Baum; ihre Gipfel strecken sie weit in den Himmel. Die Höhe und der Umfang eines jeden Baumes sind nicht zu erkennen, stattlich sind sie. Könnte ich sie doch nur fällen. Ach, wenn ich den Platz erst einmal gelichtet habe. Was für eine kostbare Erde das ist, Frau, das Hundertfache wird sie geben, das Zweihundertfache, bei Gott, glaube daran, das

Zweihundertfache wird sie geben können. Dort findest du solche Bäume, deren Stamm nicht einmal fünf Männer Hand in Hand umfassen können. Mir bleibt nichts anderes übrig, als dorthin zu gehen und die Stelle zu lichten. Vor sehr langer Zeit war ich dort gewesen, hatte aber den Ort wieder vergessen. Jahrelang trug ich es in meinem Gedächtnis. Alle meine Kräfte werde ich dafür hergeben, Frau. Ab jetzt bin ich die Armut endgültig leid, Frau. Ich bin es leid. Ob drei Jahre, ob fünf Jahre, oder mögen es auch zehn Jahre sein, ich werde meine ganzen Kräfte dafür hergeben. Wenn ich die Wurzeln erst einmal ausgerissen habe und gesät habe...«

Morgens in der Früh stand er auf. Er ging gleich zum Schmied und bestellte eine schwere Axt. Eine Hacke und eine Schaufel ließ er auch noch anfertigen. Auch ein langes Seil besaß er, funkelnagelneu. Er nahm es mit. In Begleitung seiner Frau ging er in den Wald. Als die Frau die mächtigen Bäume erblickte, verlor sie die Fassung: »Oh, Ahmed, und hiermit willst du fertig werden? Einen einzigen dieser Bäume wirst du weder in einem, noch in zwei, noch in sechs Monaten fällen können. Komm, gib diese Leidenschaft auf. Komm und laß uns den abgebrannten Wald in der Nähe unseres ehemaligen Ackers roden.«

Ahmed antwortete nicht.

Die Frau sagte zu ihm: »Mit deinem Hirngespinst wirst du noch deine Kinder und deine Familie ins Verderben stürzen. Gab es denn in diesem riesigen Dorf keinen klügeren Menschen als dich? Diese wunderbare Erde, hat die denn keiner gesehen?«

Ahmed näherte sich dem erstbesten Baum.

»Und ich werde diese Bäume fällen. Und an dieser Stelle Weizen säen. Das Fünfzigfache wird er hergeben, das Hundertfache!«

Er ließ seine Axt hinunterschmettern. Der Lärm der Axt hallte im Wald wider.

»Und wenn es der Waldwärter bemerkt?«

Ahmed schlug zum zweitenmal mit der Axt zu: »Soll er doch nur. Den Honig zweier Bienenkörbe werde ich ihm schenken. Der Honig müßte reichen, um ihm den Mund zu stopfen.«

Die Dörfer lagen in der Mitte des Taurusgebirges. Sie wurden die Dörfer des Armut Kuyusu genannt. So viele Dörfer gab es in dieser Gegend. Jedes Dorf, jedes Haus, lag mindestens eine halbe Stunde vom nächsten entfernt. Es gab kaum zwei nebeneinandergebaute Häuser.

In der Gegend gab es weder Äcker noch landwirtschaftliche Geräte. Und seitdem diese Dörfer existieren, wurden die Wälder mit tausend Schwierigkeiten gelichtet und zu Äckern umgewandelt. In einem Jahr, in zwei Jahren, in drei Jahren. Niedergebrannt, gefällt, entwurzelt. Ein ganzes Leben dafür hergebend. Diese Felder werden ein Jahr lang, höchstens zwei Jahre lang bestellt. Im dritten Jahr müssen sie aufgegeben werden. Die Erde wird von der Flut weggeschwemmt, kahle Felsen bleiben zurück.

Auch Şahan Ahmed lichtet seit Jahren die Wälder. Die Wälder, die er bereits verwüstet hatte, umfaßten mehrere Morgen Land. Aber auch sein Land wurde, wie das der anderen Dörfler, weggeschwemmt.

Ahmed hatte es sich in den Kopf gesetzt. Ein Stück Land wollte er finden. Ein Land, das nie wieder von der Flut weggeschwemmt werden sollte.

Und zum drittenmal schlug er mit der Axt zu. Lachend: »Möge es zum Guten ausschlagen, Frau!«

Seine Frau bekräftigte: »Möge es Glück und Segen bringen.«

Ahmed schmetterte zum viertenmal genußvoll die Axt auf den Stamm des mächtigen Baumes.

An diesem Tag schaffte er es bis zum Abend, zur Hälfte des Baumes durchzukommen.

»Heute bin ich noch untrainiert«, beschwerte er sich. »Würde ich es denn sonst nicht schaffen, an einem Tag einen Baum, möge er noch so groß sein, zu fällen?«

Am zweiten Tag hatte er den Baum gefällt. Innerhalb von vier Tagen hatte er die Wurzeln herausgegraben. In vier Tagen hatte er die Wurzeln und die Äste zum Kesis-Bach geschleppt und ins Wasser geworfen, denn der Waldwärter sollte es nicht sehen.

So arbeitete er sechs Monate lang, ohne daß jemand ihn bemerkte. Letztendlich erfuhr es doch der Wärter. Ahmed ließ sich nicht verwirren. Den gesamten Honig zweier Bienenstöcke brachte er ihm und stopfte ihm damit den Mund.

In genau vier Jahren hatte er sechs Morgen Land bearbeitet. In der Nacht lichtete er den Wald. Wenn er die Gelegenheit dazu fand, arbeitete er auch tagsüber. Aber Ahmed sah schon längst nicht mehr wie ein Mensch aus. Wer ihn erblickte, erschrak. Seine Hände waren zugerichtet wie Autoreifen. Sein

Gesicht, seine Hände, seine Füße, sein ganzer Körper war zerkratzt und verwundet. In seinem Gesicht glänzten nur noch seine gesunden Augen.

Er bestellte den Acker, er säte, er betrachtete ihn: »Frau, Frau, schau dir diese Erde an. Fruchtbar, ergiebig, glänzend. Solch einen Boden wird man in der Çukurova nicht noch einmal finden. Pechschwarz ruht diese Erde.«

In jenem Jahr brachte er eine Ernte ein, wie man sie noch nie zuvor gesehen hatte. Die Saat quoll über. Eine Saat, daß selbst ein Tiger sie nicht hätte verwüsten können; eine unbeschreibliche Saat.

Nachdem Ahmed geerntet hatte, kaufte er zuerst zwei Kühe. Seiner Frau und seinen Töchtern besorgte er Kleider und außerdem noch Schuhe. In jenem Jahr brauchten sie auch nicht nach der Çukurova hinunter, um Geld zu verdienen. Sie brauchten sich nicht in den Reis- und Baumwollfeldern von den Mücken plagen zu lassen.

Der Ruhm von Ahmeds Acker sprach sich weit herum, in sämtlichen Dörfern von Armut Kuyusu bis hin zur Stadt. Und in der Stadt hörte auch der Gutsherr Arif davon.

Der Gutsherr Arif war alles in einer Person für jene Bergdörfler in der Gegend von Armut Kuyusu. Wenn die Dörfler in Schwierigkeiten steckten, baten sie ihn um Rat, wenn sie etwas zu verkaufen hatten, überließen sie es ihm. Arif Ağa, der Gutsherr, teilte mit ihnen alles, außer ihren Frauen.

Es wurde dort eine Teilhaberschaft gehandhabt, die auf einem Halbe-Halbe-System beruhte. Zum Beispiel gab Arif Ağa einer Familie eine Stute, diese blieb dort, bis sie starb. Die Fohlen, die sie während ihres Lebens warf, gehörten zur Hälfte der Familie, zur anderen Hälfte dem Gutsherrn Arif. Es gab also keine Familie, die nicht mit Arif Ağa teilen mußte. Die Hühner, die Eier, sogar die Honigbienen fielen unter diese Teilhaberschaft.

»Ağa«, sagten sie zu ihm, »von nun an ist dein Wert gesunken. Der Ağa der Berge, der reichste Mann ist nun Şahan Ahmed. Er sagt, solange ich diesen Acker besitze, sind sowohl der Ağa wie auch ich Paschas.«

Arif Ağa fragte nur: »Ach ja?«

Auf der Stelle ging er zum Bürgermeister und reichte eine Bittschrift ein.

»Südlich des Feldes vom Kahlen Ali und nördlich des Kesis-Baches, in den westlich mit dem faulenden Baum und östlich mit dem Felsen Asarkaya begrenzten siebeneinhalb Morgen Land Besitz, die mein Vater hinterlassen hat, hat Mustafas Sohn, Ahmed Şahan, aus dem Dorf Armut Kuyusu, mein Feld besetzt. Mit dem Anspruch auf Besitzentziehung...«

Ein paar Tage später erschien der Kommissar in Armut Kuyusu.

Nachdem er die Besserwisser, zu denen die Dörfler ihn geführt hatten, angehört hatte, wurde der Beschluß gefaßt, das Feld sei an Arif Ağa zurückzugeben. Gemäß Paragraph 2311.

Wiederum aufgrund dieses selben Gesetzes war Ahmed Şahan berechtigt, Gegenklage zu erheben und mit seinem Recht vor Gericht zu gehen. Und Ahmed Şahan erhob Anklage gegen den Gutsherrn Arif. Es war das erste Mal, daß ein Dörfler Arif Ağa vor Gericht stellte. Diejenigen, die von Ahmeds Mut erfuhren, bewunderten ihn.

Die Kleinstädter, die Dörfler, jeder lachte über Ahmed. Die Fliege kämpfe gegen den Elefanten.

»Komm, gib's auf, Şahan Ahmed«, sagten sie, »schau dir dein Gegenüber an, wer bist du schon? Wärst du ein Feuer, würdest du nur einen lächerlichen kleinen Fleck abbrennen können. Los, gib diese Sache auf. Der Acker wird dir sowieso weggenommen werden. Du wirst ihn verlieren. Mach dich wenigstens nicht lächerlich.«

Şahan Ahmed hörte nicht auf ihr Reden.

Auf der Heimkehr von einem Gerichtsverfahren versperrten die Männer von Arif Ağa Ahmed den Weg und schlugen ihn, bis sie ihm sämtliche Knochen gebrochen hatten.

Ahmed war drei Monate bettlägrig und machte sich trotzdem nichts daraus.

Seine Anklage nahm er nicht zurück.

Ahmeds Acker hatte der Gutsherr zur Hälfte dem Kahlen Durmuş gegeben. Ahmed konnte jene Hälfte nicht mehr betreten. Es kam ihm wie der Tod vor, seinen Acker konnte er nicht mehr sehen.

Um die Gerichtskosten zu decken, verkaufte er erst die Kühe. Dann überließ er seine älteste Tochter für fünfzig Lira dem Obersekretär als Haushaltsgehilfin. Und wenn das Verfahren über den Grundbesitz das Feld nun doch nicht aus Arif Ağas Händen rettete?

Am schwierigsten aber war es, seine Frau davon zu überzeugen, die Kinder und die Kühe herzugeben. Sie weigerte sich. »Nimm mein Leben, Ahmed!« sagte sie.

Daraufhin stellte sich Ahmed jedesmal vor sie: »Frau, wir werden unser Feld zurückbekommen. Wir werden wieder säen. Eine Saat werden wir haben, nicht einmal ein Tiger wird sie ausreißen können. Das Hundertfache, das Hundertfünfzigfache wird sie ergeben. Unsere ergiebig glänzende, fruchtbare Erde. Wir werden wieder Kühe kaufen. Unsere Töchter werden wir zurückholen. Und in die Çukurova, in diese Mückenplage, werden wir auch nicht mehr arbeiten gehen müssen.

Jedesmal ließ sich die Frau überreden.

Der Prozeß dauerte Jahre. Fünf, sechs Jahre. Ahmed ging in die Çukurova, rackerte sich ab, schuftete, den Verdienst gab er für die Gerichtskosten, die Hotelzimmer in der Stadt aus. Er fluchte. Er wurde zum allgemeinen Stadtgespräch.

Eines Tages verlor er letztendlich den Prozeß. Er hätte Berufung einlegen müssen. Er konnte es nicht, der Armut wegen.

Vollkommen erschöpft kehrte er ins Dorf zurück. Seine Frau las ihm vom Gesicht ab, daß sie das Geld endgültig verloren hatten.

Die Dörfler, diejenigen, die ihn nicht hatten leiden können und besserwisserisch zu seinen Ungunsten gesprochen hatten, erfuhren es und kamen zu ihm. Şahan Ahmed war niedergeschlagen. Sie sahen seinen verstörten Zustand. Sie schämten sich dessen, was sie angestellt hatten. Mit welch einem Fleiß hatte doch Şahan Ahmed den Boden bearbeitet.

»Verzeih uns, Şahan Ahmed. Wir haben Ehrlosigkeit begangen. Wie Schufte haben wir uns benommen. Von uns allen bist nur du ein echter Mann. Und wir wurden zu deinen Feinden, wurden zu Hindernissen bei deinen Angelegenheiten. Sei nachsichtig mit uns«, sagten sie.

Erst nach ein paar Tagen konnte Ahmed seiner Frau wieder ins Gesicht schauen.

»Das Feld haben wir verloren«, sagte er.

»Ja, verloren. Wir haben es verloren, im Haus haben wir auch nichts mehr zu essen. Wenn du den Honig abscheiden würdest.«

Ahmeds Augen leuchteten auf.

»Der Honig gehört nicht uns, sondern dem Wärter. Dem Waldwärter. Wo ist meine Axt? Wo sind die Hacke, die Schaufel? Seit fünf Jahren habe ich ein Auge auf ein Plätzchen geworfen. Noch schöner als unser ehemaliges Stück Land, geschützter. Das Hundertfache, das Zweihundertfache kann es ergeben. Daraus kann ein Acker werden! Strahlend. Fruchtbar.

Kühe werden wir kaufen. Unsere Kinder werden wir zurückholen. Alles werden wir kaufen können. Noch einmal wird niemand uns unseren Acker aus den Händen nehmen können. Du hast doch gehört, was die Dörfler gesagt haben?«

Noch vor der Dämmerung erreichte er den Platz, den er beschrieben hatte. Mit der Axt schlug er zu. Nochmals, abermals und immer wieder schmetterte er sie gegen den Stamm eines mächtigen Baumes. Im Wald hallte es wider.

Die Melonen

In der glühenden Mittagshitze kamen sie aus dem Wasser. Am Ufer, gleich einem Ball, schwarz und grün, war ein Brombeerstrauch. Hastig verkrochen sie sich unter den Strauch. Es war dunkel und naß, die Frische einer Höhle. Wenn sie gewollt hätten, hätten sie tagelang dort bleiben können. Lust hatten sie schon, doch der Mut fehlte ihnen. Es kam vor, daß sie von morgens bis abends auf der feuchten Erde lagen und nachdachten. Ohne sich zu rühren, dachten sie träge nach. Unter dem Busch waren sie gewöhnlich höchstens zu sechst, mindestens zu dritt. Jeder von ihnen hatte unter den Brombeeren die Spuren seines Körpers hinterlassen, jeder nahm seinen Platz ein und legte sich lang.

Nachdem sie sich ausgestreckt hatten, sagte der blonde Ali: »Heda, bewegt euch nicht. Die Zweige dürfen sich nicht bewegen.«

Sie hielten ihren Atem an. Zu ihren Fußspitzen glitt der Fluß, still, wie tot. Leise begann er zu grollen. Der Fluß glitt von hier bis zum abwärtsliegenden Dorf, bis zu ihrem eigenen Dorf schlenderte er durch die Ebene, glitzerte wie auf die Erde gegossenes flüssiges Zinn. Der blonde Ali, der deshalb Sari Ali hieß, war fröhlich: »Wenn Murat doch einschlafen würde«, sagte er, »wenn er doch nur schnell einschlafen würde.«

Alle Jungen sagten gemeinsam, aus allen Ecken, kaum hörbar: »Und wie er schlafen wird.«

Einer von ihnen, es war der elfjährige Durmuş, meinte: »Und wie er schlafen wird. Nichts wird er mehr hören.«

Sari Alis großer Zeh bohrte ununterbrochen im Schlamm. Er war so dünn, daß man seine Rippen zählen konnte. Sein Bauch war ganz mager. Er hatte keinen Vater, und er war der größte Lump unter den Kindern des Dorfes.

Wütend sagte er: »Er wird nicht schlafen, er wird nicht schlafen!«

Der am äußersten Ende liegende Junge preßte seine Augen an das Loch, das er sich zwischen den Zweigen geöffnet hatte. Jeder konnte sagen, was er wollte, er nahm es nicht einmal wahr. Durch das Loch sah man das gesamte Melonenfeld. Die aufgesprungene Erde, an manchen Stellen des Feldes ein frisches, saftiges Grün, das Grün wurde an anderen Stellen dunkel, pechschwarz, staubig. Die vergilbten und verwelkten Blätter, die Ausläufer, die Zuckermelonen, die Wassermelonen. Zucker- und Wassermelonen lagen aneinandergelehnt, die Zuckermelonen lang, blütengelb, aufgeplatzt. Die Luft war von dem Duft der Zuckermelonen erfüllt. In der Hitze war es ein warm aufsteigender Duft.

Da war noch Murat. Eine rote Schärpe um seine Taille gebunden. Hochgewachsen, mit breiten Schultern. Sein zorniges Gesicht, sein langer Schnurrbart herunterhängend, ein strohblonder Schnurrbart. Murat besaß auf dieser Erde nichts weiter als sein Melonenfeld. Keinen Weinberg, keinen Acker, kein Pferd, keinen Esel. Nichts von alledem besaß er. Aber ein Melonenfeld wie jenes von Murat gab es in dieser Gegend nicht noch einmal. Es erstreckte sich an dem sandigen Ufer des Flusses.

Murat ging zornig unter der Laube auf und ab, stets tat er es. An den Seiten und vor die Laube waren Zuckermelonenschalen hingeworfen worden, und auch schlechtgewordene Zucker- und Wassermelonen lagen herum. Der Duft der Wassermelonen ähnelt dem Duft des Weines. Schwärme von Wespen, Hummeln, grün und blau schlugen ihre Flügelchen im Sonnenlicht. Der Junge, der am äußersten Ende lag, seine Name war Durmuş, sah er sie? Oder schwirrten sie ihm im Kopf, ohne daß er sie erblickte? Es war nicht deutlich. Auf den Körpern der Hummeln waren rote, scheckige, der Farbe des Traubensirups ähnliche feine Streifen. Auf ihren Flügeln grüne Äderchen. Es ist nicht gut, sich den Hummeln zu nähern, mit einem Stöckchen in ihren Nestern zu wühlen. Die Flügel der Hummeln waren blau. Die Waben der Wespen sind milchweiß. Massen von Wespen. Bienen in der Hitze.

Durmuş war aufgeregt: »Jetzt, jetzt wird er einschlafen.«

Gleich daraufhin bereute er es nicht, leise gesprochen zu haben: »Es ist mir aus dem Mund gerutscht.« Er hatte es kaum gesagt, da warf auch schon Sari Ali, die Zähne zusammenbeißend, ein:

»Du Schuft du, du wirst uns noch alle umbringen. Und wenn er es hört.«

Durmuş sagte keinen Ton.

Dann wiederholte er seinen Befehl:

»Schau gut hin! Sobald er eingeschlafen ist, gib...«

Durmuş konnte noch so weit entfernt sein, er wußte genau, ob Murat schlief oder döste, ob er nachdachte oder nach wie langer Zeit er einschlafen würde. Dies war seine Aufgabe. Durmuş hatte es so weit gebracht, daß selbst, wenn er behaupten würde, Murats Gedanken lesen zu können, niemand ihm widersprechen, sondern jeder ihm glauben würde. Manchmal kam es auch vor, daß Durmuş nicht zum Melonen-Klauen mitging. Gerade dann lief die ganze Sache schief. Jedesmal, wenn Durmuş nicht mitgekommen war, hatten sie nicht feststellen können, ob Murat schlief oder nur döste, und waren alle von Murat erwischt und verprügelt worden.

Sari Ali stupste Durmuş an: »He, was'n los?«

Durmuş war ziemlich betrübt: »Er sitzt und denkt nach.«

Gerade das befürchtete Durmuş. Er wußte es ganz genau. Auch wenn Murat sich an einen der Pfosten lehnte und vor sich hindöste, würde er, und wäre er noch so müde, nicht einschlafen.

»Wird er denn gar nicht einschlafen?« fragte Sari.

Durmuş erwiderte: »Woher soll ich es wissen!«

Er war ärgerlich. Sari Ali widersprach ihm nicht.

Danach gab keiner mehr einen Ton von sich. Nur noch das Rauschen des Wassers, das Summen einer Wespe, das Schlagen der Flügel einer Fliege.

Nach einer ziemlich langen Zeit sagte Durmuş, zitternd: »Er ist eingeschlafen!«

Sari Ali war im Halbschlaf. Langsam schlug er die Augen auf. Auf einmal wurde ihm die Sache klar.

Durmuş kostete das Gefühl voll aus. »Er schläft!« wiederholte er.

Die drei nackten Jungen verließen die Frische des Brombeerstrauches und rannten in Murats Feld. Die glühende Hitze des Ackerbodens verbrannte ihnen die Füße. Sie sammelten die Zucker- und Wassermelonen hastig ein und füllten sie in die Säcke, die sie mitgebracht hatten. Nachdem sie die Säcke gefüllt hatten, schmissen sie sie ins Wasser. Dann hielten sie sich an ihnen fest und ließen sich von der Strömung abwärtstreiben.

Sie hatten sich schon weit vom Melonenfeld entfernt, als hinter ihnen eine laute Stimme ertönte und nach der Stimme ein Schuß und ausgedehntes Gelächter.

Jedesmals war es das gleiche. Die Kinder kamen, versteckten sich unter dem Brombeerbusch, und Durmuş hielt Wache. Das Einschlafen, die Jungen überfielen das Melonenfeld, die Strömung des Flusses, eine Frische streifte die Rücken der Kinder, die laute Stimme, der Schuß, das lange, schallende Gelächter. Das Gelächter schien sich über die ganze Çukurova auszubreiten. Dieses Gelächter verbarg Fröhlichkeit und Besonnenheit.

Es war jeden Sommer so. Die Jahre vergingen. Die Jungen wurden Männer, legten sich Haus, Familie, Kind und Kinder zu, gaben es auf, aus Murats Feld Melonen zu klauen, und überließen dies den Kindern, die nach ihnen kamen. Deren Platz nahmen wiederum andere Kinder ein. Die Kinder der Erwachsenen wurden selber erwachsen. Nun übernahmen sie Murats Melonenfeld. Murat wurde älter. Sein blonder Schnurrbart hatte sich schneeweiß verfärbt, sein hochgewachsener Körper hatte sich durch einen Buckel verkürzt, sein Kreuz sich gekrümmt. Das Melonenfeld war stets das gleiche; die Kinder klauten Jahr für Jahr, an jedem Tag klauten sie die Melonen. Hinter ihnen ertönte eine Stimme, wurde ein Schuß gefeuert. Eines hatte sich jedoch verändert, die Stimme war schwächer geworden. Hell und leise erklang sie. Nach dem Schuß sank eine Finsternis nieder. Das ängstigte zwar die Kinder und deren Väter, aber was sollten sie tun? Die Kinder konnten es einfach nicht aufgeben.

Eines Tages, es war um die Mittagszeit, wieder glühte die pralle Sonne. Etwa fünf splitternackte Knaben rannten schreiend und brüllend in ihre Häuser. Kurz darauf sammelten sich am Ufer des Flusses weinende Frauen und Kinder. Junge Männer zogen aus dem Wasser die wachsbleiche Leiche eines Knaben, der nur aus Haut und Knochen bestand, sein Bauch war aufgerissen.

Auf der rechten Seite des Toten war der Leib in der Größe einer Handfläche purpurrot aufgeklafft, das Fleisch war zerfetzt, auseinandergerissen.

Einige Dörfler, die sich auskannten: »Wehe, du gottloser Mensch, wehe«, sagten sie, »ein Dumdumgeschoß hat er in das Gewehr geladen.«

Gegen Abend führten sie Murat mit Handschellen durch das Dorf. Sein Kopf nach vorn hängend, sein Gesicht bleich, sein Kreuz noch stärker gekrümmt, seine Füße verhakten sich ineinander. Als Murat durch das Dorf ging, beschmissen die Dörfler ihn mit Steinen und Kuhfladen. Murat hob nicht einmal den Kopf, um sich umzusehen. Zwischen den beiden Gendarmen, mit Dreck und Schlamm bedeckt, verschwand er.

Alle drei lehnten sie mit dem Rücken gegen den kaputten Zaun, an dem zum Trocknen Kuhfladen angeklatscht waren. Ihre Knie hatten sie bis in Brusthöhe hochgezogen. Der, der von der anderen Seite hinzukam, setzte sich ihnen gegenüber auf den nassen Boden in der gleichen Weise wie sie. Sie waren ins Gespräch vertieft, da schnitt er ihnen das Wort ab:

»Gülenoğlu«, sagte er, »Krummnase Cabbar Gülenoğlu. Also der Kerl, der aus den Bergdörfern Weiber herbringt und verkauft. Eben der. Der hat wieder für jeden ein Weib mitgebracht, einfach sagenhaft. Eine davon soll ein richtiges Klasseweib sein. Die jungen Burschen vom Mıstık-Klan haben sie ihm weggeschnappt. Man sagt, sie lassen sie auftanzen. Ein Klasseweib, sagt jeder, der sie sieht. Noch bevor er zur Çukurova herunterkam, hat er im Dorf Bahçe zwei für je zweihundert Scheine verkauft. Es ist unbegreiflich, wie der Mann das anstellt. Er ist der Bruder des Satans, dieser Hundesohn. Wie treibt er so viele Weiber auf? Wie bringt er sie zusammen? Bei Gott, unbegreiflich bleibt einem der Mann. Des Satans leibhaftiger Bruder. Der leibhaftige Bruder, geboren von derselben Mutter und vom selben Vater.«

Der ihm Gegenüberhockende machte eine Handbewegung: »Den«, sagte er, »hat man nicht umsonst Krummnase Cabbar Gülenoğlu genannt.« Er fuhr fort: »Soweit ich zurückdenken kann, schleppt er aus den Bergdörfern Weiber an in die Çukurova. Davon lebt er schließlich. Gott hat nun mal jedem sein täglich Brot von irgendwoher zuteil werden lassen...«

Der in der Mitte Hockende meinte: »Ein Weib soll er noch übrig haben, ein ansehnliches Weib. Der, der hundert Scheine bringt, kann sie mit- und davonnehmen, soll er gesagt haben.«

Der daneben, der den Kopf eingezogen hatte, meinte: »Ach, so was wie ein Weib mußt du dein eigen nennen können. Jeder würde eins nehmen. Hauptsache, du hast so was wie ein Weib als dein Eigentum zur Verfügung. Ein gutes Weib ist besser als ein Paar Ochsen. Also in der Çukurova ist es besser. Bald ist der Sommer da. Dann laß sie schleppen und laß sie hacken. Was sind denn da schon hundert Lira? Ein Weib macht sich in einem Sommer bezahlt. Hauptsache, du kannst so was wie ein Weib zu deiner Habe rechnen. Jeder würde sie sich schnappen.

Also, was sind denn schon hundert Lira? Obendrein versieht sie ihren Dienst sowohl auf dem Feld wie auch im Haus, wie auch im Bett... Ach, Hauptsache, du hast so was wie ein Weib als deine Habe in der Hand. Was sind denn da schon hundert Lira!«

Vor sich hinmurmelnd kam Fas Osman hinzu, der Arbeitspartner des Weibes Hürüce, und setzte sich grußlos hin. Er war ein hochaufgeschossener Mann, ohne besondere Angewohnheiten, breitschultrig, mit Hängelippen und einem ordentlichen Bauch; sein Blick war seltsam, so als schiele er.

Der gerade am Reden war, wandte sich ihm zu: »Osman«, sagte er, »was sind denn schon hundert Lira, Menschenskind? Beschaff sie dir von deiner ›Schwester‹ Hürüce, hör mit deinem Junggesellendasein auf. Daß du wie ein Köter im Strohschuppen schläfst, reicht allmählich. Krummnase Cabbar hat wieder Weiber hergebracht.«

Osman zuckte die Achseln: »Ich, was weiß ich denn schon, Bruder? Was wird wohl meine Schwester sagen? Ah ja, davon sprachen die Leute. Krummnase Cabbar hat Weiber hergebracht, sagten sie.«

»Eine Gelegenheit«, sagte der andere, »das ist die Gelegenheit. Die kommt so leicht nicht wieder. Also, was sind schon hundert Lira? Seit deine Mutter dich geworfen hat, rackerst du dich für Hürüce ab, soll sie mal hundert Lira rausrücken. Ein Weib macht sich in einem Sommer bezahlt. Sowohl im Haus wie auch auf dem Feld, wie auch im Bett.«

Osman stand plötzlich auf. »Wartet mal«, sagte er, »ich will mal hingehen zu meiner Schwester. Was wird sie wohl dazu sagen? Ich, wie soll ich's denn wissen?«

Alle sagten wie aus einem Mund: »Geh nur!«, und sie lachten hinter ihm her.

Es war zwei oder drei Tage danach, als am Eingang von Hürüces Strohschuppen, in dem Osman zu schlafen pflegte, eine kleinwüchsige Frau mit breiten Hüften stand, von deren Zöpfen eine ganze Reihe Glasperlen herabbaumelte und die mit weitaufgerissenen Augen voller Staunen umherschaute.

Danach vergingen ein oder auch zwei Monate. Jeder, der dort vorbeiging, sah jene Frau, wie sie so vor dem Eingang stand und jeden, der da langging, mit ihren inzwischen riesengroß gewordenen Augen anschaute.

Eines Tages kam ein winzigkleiner, dunkelhäutiger Junge,

mit einem Gesicht so groß wie ein Handteller, zu seiner Mutter angerannt. Die Mutter saß auf ihrer Türschwelle und knackte Kötüce Döne, deren Kopf sie auf den Knien hatte, die Läuse.

»Mutter«, sagte er, »Mutter, wenn ich lüge, sollen meine Augen erblinden. Wenn ich lüge, sollen meine beiden Äuglein auslaufen. Ich hab's mit meinen Augen gesehen. Da ist doch der Onkel Osman, der Knecht von Tante Hürü, also dem seine Frau!«

Kötüce Döne hob sofort den Kopf: »Was hast du gesagt?« fragte sie. »Was hast du gesagt? Sag's gleich noch mal. Was ist mit Osmans Frau passiert?«

»Da ist doch der Sohn vom Ağa, eben der. Bei Gott, meine beiden Augen sollen erblinden. Ich hab's mit meinen eigenen Augen gesehen. Gott soll mir das Leben nehmen, wenn ich lüge. Er ist in ihr Haus gegangen. Ich hab's heimlich beobachtet, die sind in ein- und dasselbe Bett gegangen. Er hat seine Stiefel ausgezogen. Er hat doch so glänzende, grellgelbe Stiefel, also die. Beide Augen sollen mir herausfallen, wenn...«

Kötüce Döne sagte: »Das war klar, das war ohnehin klar, daß das so passieren würde.«

Die Mutter des Kindes entgegnete: »Der Kerl ist doch überhaupt kein Mannskerl. Zum Teufel mit der Manneskraft von Fas Osman. Er ist das Weib der geschwätzigen Hürü. Zum Teufel mit seiner Manneskraft.«

Döne sagte darauf: »Ich hab' das schon an dem Tag gesagt, als die herkam. Dieses Weib wird kokettieren, hab' ich gesagt. Die war nicht zum Reden zu bewegen. Stille Wasser sind tief, hab' ich gesagt...«

Blitzschnell stand sie auf und verschwand zwischen den Häusern. Jeden, der ihr über den Weg lief, sprach sie an:

»Habt ihr's gehört? Seht mal, wie das eingetreten ist, was ich vorausgesagt habe. Stille Wasser sind tief... Der Sohn des Ağa... die Fadık...«

Kurz darauf drängte sich alles, was an Frauen vorhanden war, vor Ağas Haus zusammen. Sie ließen den Kleinen vielleicht hundertmal bis in alle Einzelheiten erzählen, wie er es denn nun gesehen habe und wie sie es getrieben hätten.

Sie standen da und fragten immer wieder: »Nun sag doch mal, wie hast du es denn gesehen?«

Jedesmal wiederholte es der Kleine aufgeregt, immer auf die gleiche Art und mit den gleichen Worten:

»Wenn ich lüge, sollen mir beide Augen ausfallen. Bei Gott, wirklich. Der Sohn des Aḡa ging rein. Sie breiteten das Bett aus. Ich guckte durch ein Lattenloch. Dann machten sie irgendwas. Ja, und die Frau vom Osman, die weinte. ›Ich kann's nicht tun‹, sagte sie. Unentwegt weinte sie. Der Sohn vom Aḡa hat seine glänzenden Stiefel ausgezogen. Dann bin ich von dort abgehauen.«

Immer mehr Frauen, überhaupt jede, die von der Sache hörte, reihten sich einzeln oder zu zweit in das Gedränge ein. Kurz darauf gab es niemanden mehr im Dorf, der von der Sache nichts gehört hatte. Jeder sagte es jedem weiter, und erst recht erzählte es Kötüce Döne jedem, der ihr vor die Nase kam, ob Weib oder Mann, einfach jedem, der ihr über den Weg lief. Dabei traf sie auch mit Osman zusammen. Sie zog ihn in die Ecke einer kleinen, mit Schilfrohr abgedeckten Hütte:

»Hast du's gehört?« fragte sie. »Erblinden sollst du, hast du gehört, was passiert ist? Hast du gehört, was dir zugestoßen ist? Du bist keinen Heller mehr wert, der Sohn vom Aḡa hat auch die Deinige angerührt. Hast du gehört, was passiert ist? Rette deine Ehre, wenn du's kannst!«

Osman tat, als ob ihn das Ganze nichts anginge. Er zuckte nur die Achseln, wie es seine Art war:

»Ich, was weiß ich denn schon!« sagte er. »Da will ich mal meine Schwester Hürü fragen... Was sollte der Sohn des Aḡas mit meiner Frau wohl anstellen?«

Kötüce Döne wurde wütend: »Zum Teufel mit dir!« rief sie. »Zum Teufel mit dir, deine Frau ist zur Hure geworden! Dein Haus hat sich zum Puff verwandelt. Keiner weiß, wer ein- und ausgeht. Was der Sohn des Aḡas wohl anstellen wollte!? So?? Zum Teufel mit dir! Zum Teufel mit dir!«

Eilig lief sie davon.

»Ich spuck' auf dich. Ich spuck' auf deine Männlichkeit.«

Sie spuckte riesengroße Speichelfladen auf den Boden. Und dann schrie sie aus vollem Halse: »Dein Haus ist zum Puff geworden, Dreckschwein. Keiner weiß, wer dort ein- und ausgeht.«

Dem fassungslosen Osman ging das Geschrei auf die Nerven. Mit seinem gewaltigen Körper wandte er sich um:

»Was schreist du denn so, Menschenskind? Die Leute werden noch glauben, an der Sache ist was dran... Ich will mal Schwester Hürü fragen. Die weiß ganz und gar alles. Was weiß ich denn schon...«

Die Finger seiner Pranken waren immer gespreizt. Seine Arme baumelten herab, als wären sie ihm nachträglich angefügt worden.

Osman war noch völlig verwirrt, als eine Nachbarin von ihm, Zeynep, sich vor ihm aufpflanzte. Zeynep sah Osman eine Weile scharf in die Augen: »Stirb, Osman«, sagte sie, »stirb, Osman! Grab dich in die schwarze Erde ein, Osman! Ich möchte den Tag sehen, an dem es dich nicht mehr gibt, Osman! Was da alles vorgefallen ist, hast du's gehört, Osman? Deine Frau, Osman. Auch sie, Osman! Der Sohn des Ağas, Osman! Keiner weiß, wer ein- und ausgeht, Osman! In dein Haus, Osman! Das Dorf ist in Aufruhr, Osman! In Aufruhr, Osman! Die Ehre ist dahin, Osman! Die Ehre, Osman! Weh dir, Osman! Hättest du doch nie geheiratet, Osman! Das war ohnehin klar, daß das so passieren würde. So lange es den Sohn des Ağas gibt... Weh dir, Osman!«

Osman stand da und schaute ganz verdattert drein. Seine langen Arme schlenkerten. Seine Hände öffneten sich wie eine Getreidegabel.

»Was weiß ich denn schon«, sagte er, »Schwester Hürü weiß da Bescheid. Was weiß ich denn schon, Gevatterin! Ich geh' und frag' sie.«

Ungestüm drehte sich die Frau um. Ihr weiter Rock blähte sich im Wind auf. »Krepier, Osman!« rief sie. »Krepier, Osman, stirb Osman! Der Tag, an dem du nicht mehr bist, Osman... Deine Schwester Hürü soll dir ins Maul scheißen, Osman! Osman, Osman!«

Neben ihnen spielten einige Kinder im Alter von acht bis zehn Jahren Stöckchenschlagen. Zeynep ging unter Verwünschungen davon. Da stimmte eines der Kinder plötzlich ein Lied an: »Krepier, Osman, Osman! Krepier, Osman, Osman! Hör's, Osman, Osman! Stirb, Osman, Osman!«

Es tanzte umher und sang dies dabei immer wieder.

Osman drehte sich zu dem Kind um: »Ich, was weiß ich denn schon. Schwester Hürü weiß da Bescheid.«

Er ging.

Osman ging, bevor er den Strohschuppen, also seine Behausung, aufsuchte, in Hürüs Haus. Hürü saß am Spinnrad. Osmans Frau Fadık saß am Herd. Ihr Gesicht hatte einen nachdenklichen Ausdruck. Dabei kaute sie geruhsam Harz.

»Mutter«, sagte Osman, »hast du gehört, was mir zugestoßen ist? Kötüce Döne hat's gesagt. Das, was mir zugestoßen ist?«

Hürüce hielt das Spinnrad heftig mit dem Fuß an: »Was hast du gesagt? Sag's noch einmal. Die Kötüce Döne? Sag's noch einmal.«

»Was weiß ich denn schon! Was weiß ich denn schon, die Kötüce Döne hat das so gesagt. Hast du gehört, was mir zugestoßen ist?«

»Schau mal«, antwortete Hürü, »du mußt nicht alles glauben, was sie sagen. Lügnerinnen sind sie, diese Hurenweiber. Und die Kötüce Döne, die nicht mal ihre eigenen Schlechtigkeiten sieht... Dein Weib ist schön. Wo findet man schon ein solches?«

»Was weiß ich denn schon!« sagte Osman. »Was weiß ich denn schon! Kötüce Döne hat zu mir ›stirb doch‹ gesagt. Auch Schwester Gevatterin Zeynep hat das gesagt. Und auch die Kinder...«

Hürü wurde wütend: »Halt den Mund!« sagte sie. »Über eine hübsche Frau wird allemal hergezogen. Alle sehen den Splitter im fremden Auge, aber nicht den Balken im eigenen. Die sollen mich nur nicht zum Reden bringen. Die sollen sich ruhig verhalten, da, wo sie sind...«

Osman lächelte ganz zufrieden: »Was weiß ich denn schon.«

Wenn ihr vor den mit Schilf bedeckten Lehmhütten eine lange Reihe Frauen seht, von denen die eine auf den Knien der anderen liegt, so wisset, der Frühling ist gekommen. Auf jeden Fall ist der Frühling da. Anders kann es nicht sein. Die Frauen strecken sich in der Frühlingssonne aus und knacken der Reihe nach einander die Läuse. Bis die Nägel ihrer Daumen voller roten Blutes sind.

Eine wohltuende Sonne senkt sich herab. Kein Blatt, kein Strauch, keine Feder bewegt sich dann, überhaupt nichts.

Genau so ein lauwarm-angenehmer Frühlingstag war es. Von außerhalb des Dorfes kamen die Schreie der Esel, das Wiehern der Pferde. Zehn bis fünfzehn Paar Frauen hatten sich auf dem staubigen Boden ausgestreckt, knackten einander die Läuse und schwätzten. Die Frauen waren in der Sonne leicht ins Schwitzen gekommen. Überall roch es nach saurem Schweiß. Rings um sie herum kratzten und scharrten ein paar Glucken mit ihren flaumigen Küken im Staub.

Es schien eine Sonne, die einen entspannend matt machte und das Blut in Bewegung geraten ließ. Kötüce Döne, die auf den Knien einer ziemlich langgewachsenen Frau lag, zog ihre staubigen, riesigen, dunkelfarbenen Füße bis zum Bauch an. Dann machte sie eine Bewegung, als wollte sie sich aufrichten. Schon eine ganze Weile hatte sie sich nicht ins Gespräch eingemischt. Da sagte sie zu der Frau, die gerade redete: »Schwester, Schwester, es ist überhaupt nicht so, wie du es erzählst, weder mit Gewalt noch mit sonst was. Als sie seine grellgelben Stiefel sah, hat sie sich ihm einfach hingegeben. Sie hat nicht widerstehen können. Was schaust du auf Hürüce! Es ist ja deren Aufgabe, so zu reden.«

Das weißhaarige, zahnlose Weib Zala mit ihrem zerrissenen Kleid, die sich gerade mit den Läusen eines Mädchens abgab, sagte, nachdem sie ihren blutigen Fingernagel am Rockschoß abgewischt hatte:

»Tja, meine Tochter, wo das Glück einmal hinfällt... Fas Osman war noch ein Dreikäsehoch, als er zu ihr kam. Damals wie heute arbeitet er. Er arbeitet von der Hand in den Mund. Er arbeitet soviel wie alle Männer eines Dorfes zusammen. Ununterbrochen wetzt er herum. Und jetzt ist noch ein Weib dazugekommen. Das Weib und der Kerl sorgen schon dafür, daß sie nicht arbeiten muß, die Hürü. Tja, wo das Glück einmal hinfällt...«

Eine andere Frau meinte: »Nicht jedem wird so ein unerwartetes Glück zuteil. Sowohl der Kerl ist Diener als auch das Weib.« Das Weib Zala wiederholte: »Von der Hand in den Mund...«

Kötüce Döne bemerkte: »Erst hatte sie ein Weib, die Hürü, jetzt sind's derer zwei geworden. Osman war seit eh und je ein Weib für die Hürü, na, und das Weib ist sowieso ein richtiges Weib.«

Alle stimmten ein: »Ein Weib ist sowieso ein Weib.«

Kötüce fuhr fort: »Die Hürü sagt nämlich, der Sohn des Ağas hat mit Gewalt, so sagt sie. Also gut, soll das Gewalt gewesen sein. Und die anderen? Und die, die bis frühmorgens an ihrer Tür Schlange stehen? Was ist mit denen? Zu keinem würde sie nein sagen. Ob jung oder alt, wer immer da kommt... Jede Nacht ist vor ihrer Tür eine Ansammlung wie am Jüngsten Tag, bis zum Morgen. Unsagbar viele!«

Eine Frau sagte: »Eine wohltätige Einrichtung ist sie also, die Teufelsbraut. Fadık kam und Omarcas gelbhaarige Hündin wurde erlöst von den jungen Kerlen. Omarcas gelbhaarige Hündin hat sie freigekriegt, ihre Möse.«

Alle stimmten ein: »Freigekriegt!«

Von drüben mischte sich Omarcas kleinwüchsige Frau beleidigt ein:

»He, ihr Weiber, was soll los sein mit unserem Hund? Wer hat mit unserer gelbhaarigen Hündin was gemacht? Elif! Elif! Du bist ohnehin immer so. Immer stiftest du Unruhe und Verwirrung. Spielt nicht mit der Tugend und Ehre anderer Leute.«

Kötüce warf ein: »Ist es eine Lüge? An welchem Tag schon hast du sie an eurer Tür stehen und bellen sehen, die gelbhaarige Hündin? Kommt sie nicht jeden Morgen mit einem Strick um den Hals an die Tür? Nun sag schon, kam sie nicht?«

Omarcas Frau sagte: »Tut das nicht. Verleumdet unseren Hund nicht so! Omarca darf das nicht hören! Omarca würde den Hund erschießen. Bei Gott, erschießen.«

Kötüce antwortete: »Ach, als ob Omarca es nicht gehört hätte, daß deine gelbhaarige Hündin das Weib für die jungen Burschen ist. Als ob er's nicht wüßte! Gibt es denn jemanden, der nicht davon gehört hat, daß Yumru Veli die jungen Burschen am Ufer über der Hündin ertappt hat? Was wäschst du ihm den Hintern rein, deinem Hund?«

Omarcas Frau sagte: »Tut das nicht. Verleumdet unseren Hund nicht so! Wenn Omarca das hört, erschießt er den Hund. Er macht peng-peng und schießt ihn auf der Stelle tot.«

Kötüce entgegnete: »Was können wir da machen, Schwester? Wenn er ihn erschießt, dann erschießt er ihn eben. Fadık kam, und die gelbhaarige Hündin wurde erlöst. Auch der Esel des Kurden Velo wurde erlöst.«

Die Frau des Kurden Velo fuhr erregt auf: »Wir«, sagte sie, »Schwester, wir haben unseren Esel eingeschlossen, aber er hat wieder die Tür eingetreten. Velo ist zornig geworden, er hat gesagt, was soll denn das? Er hat gesagt, die sind viehisch. Er hat gesagt, mit einem Tier? Er hat gesagt, das ist Sünde! Velo ist sehr zornig geworden. Er hat gesagt, mit meiner Hand werde ich wohl Blut vergießen müssen. Getobt hat er, der Velo. Zum Herrn Ortsvorsteher ist er gegangen. Velo wird ihn verkaufen, den Esel.«

Darauf Kötüce: »Wenn ich eines weiß, so das, daß sie dieses Weib im Dorf nicht werden bleiben lassen. Wenn ich eines weiß, dann das. Sie werden es wie mit Eşe machen, auch mit der...«

Zala sagte: »Ach Gott, was war sie doch für eine Frau, die

Eşe, bevor ihr Mann im Gefängnis gelandet ist. Mit ihr hätte es nicht so weit zu kommen brauchen. Aber sie hatte ja keine Menschenseele. Verflucht sei die Ursache. Jetzt ist sie tot und weg.«

Kötüce entgegnete: »Tot und weg. Wie kann ein Mensch die Burschen von fünf Dörfern aushalten! Von Dorf zu Dorf, wie kann ein Mensch das aushalten!«

Zala antwortete: »Die Ursache, verflucht seist du, Ursache! Verflucht seist du! Jetzt ist sie tot und weg.«

Kötüce Döne erhob sich von den Knien der Frau, die gerade ihre Läuse knackte, und legte die andere auf ihre Knie. Jetzt knackte Döne deren Läuse. Beide Frauen sahen wie ein Haufen Lumpen aus. Auf ihre Gesichter und ihre Augen stürmten Fliegen ein.

Kötüce sagte: »Schwester, Schwester, deine nehmen bei allem Knacken kein Ende. Meine Hand ist voll rotem Blut. Die Regierung soll so ein DD-Dings rausgebracht haben gegen die Läuse, hätte man doch einen Löffel voll davon!... Und die Hürüce wäscht sie vor allen noch rein, die Hure. Von abends bis morgens wird sich an ihrer Tür getummelt. Die jungen Kerle jagt sie selbst davon mit dem Stock... Und immer noch sagt sie, sie ist unbescholten.«

»So paßt es ihr in den Kram. Sie ist ihre Dienerin. Ihr unerwartetes Glück... Ein Weib, das das Glück gepachtet hat. Was macht es ihr aus?«

»Was macht es ihr aus?« sagten sie.

Kötüce meinte: »Es ist ja nicht ihre eigene, die sie hinhalten soll. Das Weib ist eine wohltätige Einrichtung. Gesättigt hat sie in diesem Jahr die jungen Burschen des Dorfes... Abgesehen davon, daß sie sie noch weiter sättigen wird. Und wenn sie in Bedrängnis kommt, wird Hürüce ihr aushelfen.«

Zala sagte: »Mädchen, Mädchen! Und gefallen wird's der Hürüce...«

Hürüce tauchte plötzlich hinter der Lehmhütte auf. Sie war eine stattliche, große Frau. Ihr Kinn war spitz, das Gesicht voller Runzeln, der Mund zahnlos. Ihre Wangen waren eingefallen. Ihre Haare waren stets mit Henna gefärbt, so daß sich nicht erkennen ließ, daß sie längst weiß geworden waren.

Ihre Hände stemmte sie in Höhe ihrer Leibbinde aus blauem Stoff in die Hüften. Sie lehnte sich vornüber. Aus vollem Halse schrie sie: »Ihr Huren! Ihr Huren von Adana! Eines bedauernswerten Kerls Weib habt ihr euch in die Mache genommen und seid damit losgezogen. Sagt einmal, seid ihr denn besser als die? Was wollt ihr von einem armen stummen Ding aus den Bergen?«

Dann tat sie zwei Schritte auf Kötüce zu. Kötüce schrumpfte in sich zusammen.

»Hör mal«, sagte sie, »du beschissene, schlampige Hure, was willst du von dem armen Ding? Jedem, der dir vor die Nase lief... Da ist doch noch der nackte Musa, der sich dein Mann nennt. Ich werde ihn am Nasenring festhalten. Kennst du mich überhaupt?«

Kötüce wurde kreidebleich und begann zu stottern: »Mutter«, sagte sie, »ich? Ich hab' gar nichts gesagt. Anderer unbescholtene...«

Die Frauen verzogen sich, einzeln oder zu zweit.

Die Frau des Kurden Velo sagte zu der, die auf ihren Knien lag, als ob sie von all dem Vorgegangenen nichts mitbekommen hätte:

»Velo sagt, wenn es in unserer Heimat so ein Weib gäbe, hätte man sie ins Feuer geschmissen und verbrannt. Velo sagt, es gibt keine Scham in der Çukurova und auch kein Ehrgefühl. Das sagt Velo.«

Das Morgengrauen war noch nicht zu sehen. Kinder und Frauen trieben ihre Rinder mit Lärm, Gepolter und »Oha«-Rufen auf die Weide. Vor den Türen waren Frauen in roten Schürzen beim Buttern, indem sie, im Dämmerlicht sich auf- und niederbückend, das Butterfaß hin- und herschwenkten.

Die feuchte Luft duftete nach Frühling.

Osman stand schon eine ganze Weile, ohne sich zu regen, mit den Ochsen, die schon das Joch auf sich hatten, vor der Tür.

Hürü kam heraus: »Mein Osman«, sagte sie, »mein Held, komm nicht zurück, bevor du fertig bist. Bestell dem Mädchen Ayşe Grüße von mir, sie soll auf dich gut achtgeben.«

Osman zeigte keinerlei Regung. Nicht um eine Winzigkeit wich er von dem Platz, wo er gerade stand. Auch den Mund machte er nicht auf.

Hürü kam zurück: »Kleiner«, sagte sie, »mach die Saat gut. In diesem Jahr geht es Schwester Hüsne finanziell nicht gut.«

Hüsne war Hürüces Tochter, die sie dem Steuereinnehmer Ali Efendi zur Frau gegeben hatte. Hürü hatte niemand außer diesem Mädchen. Und das, was sie zwölf Monate im Jahr erarbeitete, die Hürüce, war ganz und gar für Hüsne.

Hürüce schluckte: »Na ja, nun hast du dich also auch verheiratet.«

Osman regte sich immer noch nicht. Im Dämmerlicht stand er neben den mit Joch versehenen Ochsen wie ein riesiger, schwarzer Schatten da. Nur seine langen Arme baumelten ab und zu hin und her. Und den Ochsen schlugen ihre Schwänze um die Beine.

Hürü trat an Osman dicht heran: »Mein Osman«, sagte sie, »mein Kleiner, was ist los mit dir? Was hast du?«

Osman war wie versteinert.

»Was stehst du da so herum? Ist dir etwas zugestoßen?«

Osman sagte ganz leise: »Mutter, die Kötüce Döne hat gesagt, dein Haus... Auch Schwester Zeynep hat das gesagt. Ich, was weiß ich denn schon!«

Hürüce wurde erregt:

»Menschenskerl! Kerl, der du keiner bist, was willst du jetzt damit sagen? Ich habe für sie hundert Lira hingeblättert. Du hast einen Knall und auch jene Huren von Adana. Um die zu kriegen, habe ich hundert köstliche Banknoten dem Krummnasigen hingeblättert. Was ist denn aus deinem Geldbeutel draufgegangen? Beim Silber ist Falsches zugesetzt, bei Fadık nicht. Das schreib dir hinter die Ohren! Wenn du damit noch mal anfängst! Wehe dann.«

Es war, als schreckte Osman auf. Dann sagte er: »Ich, was weiß ich denn schon.«

Er trieb die Ochsen an und vor sich her.

Es war später Vormittag. Eine glühende Sonne erstickte alles ringsum im Licht und ließ das Korn aufleuchten, das der sanft wehende Wind zur Seite geneigt hatte. Und die Erde roch durchdringend streng.

Osmans klapperdürre Ochsen, die nur noch aus Haut und Knochen bestanden, hatten sich niedergelegt. Nachdem sie zwei Ackerstreifen gepflügt hatten, waren sie kraftlos umgefallen.

Osman versuchte, ganz außer Atem, einen am Schwanz hochzuziehen. Puterrot wurde er. Der Ochse stand nicht auf. Er streckte sich unter ihn, konnte ihn aber nicht auf die Beine bringen. Da ging er und setzte sich auf einen Erdhügel. Er nahm seinen Kopf in die Hände. Nachdem er eine Weile so nachgedacht hatte, stand er wieder auf. Lange, lange Zeit bemühte er sich, die Ochsen auf die Beine zu bringen. Dann erschlaffte er. Seine Hände zitterten, sie hielten nichts mehr fest. Die kraftlosen Ochsen standen nicht auf, was immer er auch anstellte.

Wütend sagte er: »Mist! Auch Schwester Hüsnes Lage ist schlecht in diesem Jahr. Und ich hab' auch noch geheiratet. Mist noch mal!«

Er stand wieder auf. Mit aller Kraft stürzte er sich auf die Ochsen. Was immer er auch anstellte, die Ochsen konnte er nicht auf die Beine bringen. Ihm schwanden die Sinne. Da ging er und biß mit seinen Zähnen in die Nase des schwarzen Ochsen. Eine Weile rüttelte und schüttelte er ihn. Dann stand er, halb benommen, auf. Und auf den Boden schleuderte er wie ein Geschoß einen blutroten Speichelfaden. Er schämte sich für das, was er getan hatte: »Wenn mich einer so sieht und loszöge, um im Dorf zu klatschen, würde ich dessen Mutter und Weib ficken!«

Er fluchte so richtig los.

Nachdem er geflucht hatte, wußte er nicht mehr, was er nun eigentlich tun sollte, und blieb wie angewurzelt stehen.

»Auch Schwester Hüsnes Lage... Und ich hab' auch noch geheiratet. Gottverdammte Ochsen. Ich, was weiß ich denn schon!«

Zwei Felder weiter hinten tauchte, woher auch immer, Yumru Veli auf.

Er kam zu ihm heran: »Was ist, Osman? Haben die Ochsen sich hingelegt?«

Osman gab überhaupt keine Antwort.

Der andere sagte: »Osman, die Ochsen sind hin, Osman! Die Rippen stehen hervor, schau doch mal. Die können keine Arbeit mehr verrichten.«

Osman sagte zu sich selbst, als würde er vor sich hinschimpfen: »In diesem Jahr ist auch Schwester Hüsnes Lage... Und ich hab' auch noch geheiratet. Ich, was weiß ich denn schon!«

Voller Wut sagte Yumru Veli: »Hättest du doch nie geheiratet, und wenn du schon geheiratet hast, wärst du doch krepiert!«

Osman: »Ich, was weiß ich denn schon! Schwester Hürü hat hundert Lira ausgegeben für sie.«

Yumru Veli faßte Osman am Arm und zog ihn in die Hokke.

»Hör mal«, sagte er, »zu dir haben mich die Dorfbewohner geschickt. Die Ehre des Dorfes ist deinetwegen keinen roten Heller mehr wert. Höre gut zu. Die Dorfbewohner haben zu mir gesagt, geh und sag diesem Schweinehund, er soll jenes Weib verstoßen. Seit der Sohn des Āgas von ihr gekostet hat, sammelt es sich vor dem Haus an wie am Jüngsten Tag. Ein Menschenauflauf. Keiner weiß, wer ein- und ausgeht. Was dich angeht, egal, aber die Ehre des Dorfes! Die Ehre eines ganzen Dorfes! Die Dorfbewohner haben zu mir gesagt, geh, sag dem Osman, wenn er das Weib nicht verstößt, dann werden wir auch ihn mit vertreiben aus dem Dorf. Es wäre schade um Osman, sagten die Dorfbewohner, also, so sprachen die Dorfbewohner. Weiter gibt's da nichts hinzuzufügen. Die Ehre des Dorfes steht auf dem Spiel. Ehre wächst nun mal nicht auf dem Gemüsefeld. Sprich die Scheidung aus, damit sie geht. Die Ehre eines ganzen großen Dorfes!...«

Osman hatte seinen Kopf gesenkt; wie eine Statue saß er bewegungslos da. Sein Blick hatte sich auf eine Ameise geheftet. Er überlegte, was zu dieser Zeit diese Ameise ganz allein wohl auf dem Feld suche? Wo ist wohl ihr Bau?

Als Veli ihn anstieß, zeigte er Verwirrung. Ohne seinen Kopf zu heben, sagte er: »Was weiß ich denn schon! Bruder, was weiß ich denn schon, die Dorfbewohner werden's wissen. Hürü...«

»Menschenskind«, antwortete Veli, »krepieren sollst du; wenn die Polizei davon erst mal hört... Sie hat keinen Ausweis. Sie hat keine Personalpapiere. Die Polizei soll davon bloß nichts hören. Die Gendarmen sollen davon bloß nichts hören. Wenn sie davon Wind kriegen, holen sie das Weib ab und nehmen's mit, sie werden sie auftanzen lassen monatelang und sich an ihr gütlich tun, die Gendarmen. Die Gendarmen sollen bloß mal nichts davon hören.«

Osmans gewaltiger Körper zitterte, als hätte ihn ein elektrischer Schlag getroffen.

»Ich habe auch keinen Ausweis!« sagte er.

Daraufhin zerbröckelte Veli den Erdklumpen, den er in der Hand hatte, und streute ihn da und dort hin. Gereizt näherte er sich Osman. Ihre Schultern berührten einander. Osman zitterte dann und wann unmerklich.

»Du kapierst solche Regierungssachen nicht, Leute wie wir kapieren das nicht. Wenn Leute wie du oder ich es kapierten, deren Angelegenheiten, wo blieb dann deren Daseinsberechtigung? Die Dorfbewohner sagen, sperr deine Ohren weit auf und höre. Wenn die Polizei davon hört, holen sie es ab und nehmen's mit, das Weib, sie werden's auftanzen lassen und sich an ihr gütlich tun. Wir werden sonst nicht unseren Kopf hochheben und in der Çukurova umhergehen können, sagen die Dorfbewohner. Die Dorfbewohner sagen, Ehre wächst nun mal nicht auf dem Gemüsefeld. Die Ehre eines Dorfes... Wir werden unseren Kopf nicht hochheben können, sagen die Dorfbewohner. Wir werden zur Schande der ganzen Çukurova, sagen sie. Er muß es selbst wissen, sagen die Dorfbewohner. Er soll nicht mit der Ehre eines ganzen großen Dorfes spielen. Verstoßen soll er sie, die Hure, bevor er sich in Schwierigkeiten bringt. Die Dorfbewohner sagen, ist ein Weib etwa mehr wert als sein Leben?«

Osman antwortete: »Ja, und, was mach ich, wenn kein Weib da ist? Ich werde sterben, wenn kein Weib da ist. Dahinvegetieren werde ich wieder in den Strohschuppen irgendwelcher Leute, wie ein Köter. Wer wird meine Wäsche waschen? Wer wird mir jeden Tag die Weizengrütze kochen? Ich werde wieder ständig Graupensuppe essen müssen und sterben. Ich kann's nicht ohne ein Weib.«

»Schau mal, Osman, die Dorfbewohner sagen, er soll sie verstoßen, die Hure, wir werden ihm ein tugendhaftes Weib finden, sagen sie. Was ist der Wert eines Weibes? Wenn's hoch kommt, fünfzig Lira. Wir werden unter uns sammeln. Wir werden für dich eine bessere als die finden. Wir werden eine tugendhafte finden. Und eine schöne werden wir finden. Ich werde in die Bergdörfer gehen und dir höchstpersönlich eine aussuchen. Was ist der Wert eines Weibes? Spiel nicht mit der Ehre des Dorfes. Das kann nicht gutgehen! Ist das Weib mehr wert als dein Leben? Verstoße sie!«

»Ich, was weiß ich denn schon! Schwester Hürü weiß da Bescheid.«

»Deine Schwester Hürü soll doch krepieren, Hauptsache, du verstößt sie.«

Dann besänftigte sich Veli; dann wurde er wieder heftig. Er sprach im guten, er sprach im bösen. Ehre, sagte er. Polizei, sagte er. Gemüsefeld, Gendarmerie, Hure, sagte er. Für dich eine bessere, sagte er. Die Dorfbewohner haben's beschlossen, sagte er. Ist es mehr wert als das Leben, ein Weib? sagte er. Der Sohn des Ağas, davonjagen, grellgelbe Stiefel, sagte er. Er machte seinem Herzen Luft. Osman erstarrte. Seinen Mund hätte kein Messer öffnen können. Veli sprach unentwegt, und Osman hörte unentwegt zu. Veli sprach, und es machte keinen Unterschied, ob er nun mit der Erde, mit einem Baum oder mit Osman redete. Er sprach und sprach, und als er keine Antwort erhielt, spuckte er Osman ins Gesicht und ging.

Bis zum späten Nachmittag kam Osman nicht auf den Gedanken, sich von dem Platz zu erheben, wo er sich hingesetzt hatte. Auch die Ochsen standen nicht auf. Einfältig schauten sie da umher, wo sie sich hingelegt hatten, und käuten wieder.

Es fiel ihm ein, das Joch von den Ochsen herunterzunehmen. Als er das Joch abgenommen hatte, mühte er sich lange, bis er die Ochsen auf die Beine brachte. Er schickte sie los auf die Felder. Dann kehrte er ins Dorf zurück. Er ging bis zur Tür des Ağas und setzte sich nieder. Seinen Kopf neigte er vornüber und wartete. Wie er so dasaß, sah er aus wie ein Erdklumpen. So lautlos. Da blieb er einfach sitzen. Weder er sagte zu irgend jemandem etwas, noch irgend jemand zu ihm. Nachdem eine Weile verstrichen war, kam der Sohn des Ağas auf einem Pferd, dessen Zaumzeug voller Schaum war, in den Hof geritten. Osman rannte auf ihn zu. Der Sohn des Ağas war ganz verblüfft.

Osman sagte: »Du Sohn meines Ağas, du Sohn meines Ağas! Du bist der Sohn eines gewaltigen Ağas, was willst du von meinem Weib?«

Die Gesichtsfarbe des Sohnes des Ağas wurde wie die seiner Stiefel. Schnell steckte er seine Hand in die Hosentasche und zog einen Fünf-Lira-Schein heraus; er streckte ihn Osman hin und sagte:

»Nimm's!« Dann ging er.

»Du Sohn meines Ağas, du bist der Sohn eines gewaltigen Ağas. Warum jagt ihr sie weg, mein Weib? Was tut sie euch? Du bist der Sohn eines gewaltigen ...«

Osman fühlte sich so, als wären alle seine Glieder zerschlagen, und er ging, die fünf Lira in der Hand, zu Hürü.

Als Hürü Osman sah, sagte sie: »Du Rotzschwein. Krepieren sollst du. Was hast du dir denn dabei gedacht, den Pflug hinzulegen und herzukommen? Stirb! Stirb! Stirb! Verdammter. Aufsässiges Ungeheuer!«

Osman antwortete: »Ich, was weiß ich denn schon! Wart's doch ab, Mutter!«

Hürü schrie: »Krepier, krepier! Stirb! Dreckskÿter!«

»Mutter«, rief Osman, »Mutter! Wart's doch ab!«

Hürü wurde ein ganz klein wenig nachgiebig.

»Mutter«, begann Osman, »hast du gehört, was mir zugestoßen ist? Die Dorfbewohner haben's beschlossen. Yumru Veli ist zu mir gekommen. Die Dorfbewohner werden mich davonjagen. Polizei, hätten sie gesagt, und Ausweis hätten sie gesagt... Die Dorfbewohner hätten gesagt, Osmans Weib hat keinen Ausweis. Die Gendarmen... Jawohl, die Gendarmen! Auftanzen lassen werden sie sie! Veli hat zu mir gesagt, verstoße sie, ist ein Weib mehr wert als dein Leben? Ich, was weiß ich denn schon... Und da hab' ich gesagt, Mutter Hürü weiß da Bescheid. Sie hat die hundert Lira bezahlt, hab' ich gesagt. Und Veli sagte, dein Haus ist zum Puff geworden. Er sagte weiter, dich werden sie auch mit davonjagen. Verstoß sie, damit sie geht. Und da hab' ich gesagt...«

Hürü schäumte vor Wut. Sie lief auf und ab. Dann drehte sie sich in Richtung Dorfmitte und schrie, so laut sie konnte:

»Ihr Satansbraten! Es ist euch also ein Dorn im Auge, dieses armen Mannes Weib. Wenn ihr sie als angebliche Hure davonjagen wollt, dann trommelt eure Schwiegertöchter, eure Weiber, eure Töchter zusammen und jagt sie davon. Was wollt ihr von dem Weib eines armen Mannes? Schärft euren Söhnen ein, sie sollen ihre Hände von dem Weib dieses armen Mannes lassen. Die Weiber von euch allen sind Huren, ihr Satansbraten!«

Wütend wandte sie sich zu Osman um, packte ihn am Arm und stieß ihn weg:

»Auf, los«, sagte sie, »aufs Feld! Niemand kann deinem Weib etwas antun! Solange ich lebe.«

Die Dorfbewohner hatten sich auf dem Dorfplatz versammelt, wie immer. Ohne einen Laut von sich zu geben, hörten sie sich Hürüs Gefluche an.

Dann sagten sie in einem Gemurmel: »Schaut her, was diese Dirne tut!«

Und Kurt Mahmut Ağa sagte: »Wart's ab, Hürü. Wenn ich dich dafür ungeschoren lasse, will ich nicht länger Mahmut heißen.«

Es war eine Finsternis, eine solche Finsternis, daß man die Hand nicht vor Augen sehen konnte. Eine Finsternis, dunkel und feucht, als ob sie sich einem ins Gesicht und an die Hände kleben wollte.

Es war schon lange nach Mitternacht. Hürü saß schon seit

einer ganzen Weile an einer Ecke der Lehmhütte niedergekauert und wartete mit einem Stock in der Hand. Etwas weiter weg bewegten sich einige Gestalten und flüsterten miteinander, aber Hürü scherte sich nicht darum. Dann verschwanden die sich bewegenden Gestalten, und auch das Geflüster hörte auf. Doch plötzlich wurden die sich bewegenden Gestalten mehr.

Dann hörte man an der Tür eine Stimme. Sie sagte leise: »Mädchen, Fadık, mach auf! Ich bin's...«

Wenig später wurde leise die Tür aufgemacht. Die Gestalten glitten hinein. Hürüce überkam ein Zittern. Mit voller Kraft drückte sie den Knüttel in ihrer Hand. Sie saß wie auf glühenden Kohlen. Sie rannte zur Tür. Mit Wucht warf sie sich dagegen. Die Tür war nicht verschlossen und prallte krachend gegen die Wand. Drinnen war es dunkel. Plötzlich stürzten die drinnen zur Tür. Sie prallten gegen Hürü, die verwirrt an der Tür stand, und flohen. Hürü stieß einen Fluch aus, der es in sich hatte. Mit Tasten und Fühlen fand sie Fadık in einer Ecke. Sie hatte sich niedergekauert und in der Ecke verkrochen. Hürü packte sie an den Haaren und sagte:

»Hure, Hure, und ich hab' dich immer vor allen reingewaschen.«

Eine Hand hatte sie am Haar der Frau, die andere am Knüttel. Sie zog an den Haaren und schlug gleichzeitig mit dem Knüttel auf sie ein. So plagte sie sich eine Weile ab. Fadık gab keinen Ton von sich. Sie sagte nicht ein einziges Mal »au«.

Schließlich ermüdete Hürü und ließ von Fadık ab. In ihrer Hand hatte sie ein Büschel von Fadıks Haaren. Mit Abscheu schüttelte sie es ab.

»Steh auf«, sagte sie, »und zünd die Funzel an.«

Fadık stocherte in der Asche des Herdes herum. Sie fand ein glimmendes Stückchen. Durch ständiges Blasen zündete sie die Funzel mühsam an.

Eine Seite der Lehmhütte lag voller Stroh. Das eisige gelbe Licht breitete sich über den Strohhaufen aus. Alles wurde wie in Honigfarbe getaucht. Und auf der anderen Seite waren eine Matte und eine alte Matratze ausgebreitet. Im Raum waren sonst überhaupt keine anderen Sachen zu sehen.

Hürü faßte Fadık, die ihren Kopf nicht hochhob, an der Hand und stellte sie vor sich. Nachdem sie sie eine Weile mit strengem Blick angesehen hatte, sagt sie: »Wie denn, Mädchen, du wolltest es doch nicht noch einmal tun.«

Fadık gab keinen Laut von sich. Hürü wurde wütender.

»Menschenskind«, sagte sie, »du Hure, die Dorfbewohner haben sich versammelt und einen Beschluß gefaßt. Sie wollen dich davonjagen aus diesem Dorf. Du Hurenweib, hast du's gehört? Die Dorfbewohner haben einen Beschluß gefaßt.«

Fadık gab wiederum keinen Laut von sich.

»Nun rede schon, Menschenskind, rede schon! Du wolltest es doch nicht noch einmal tun.«

Fadık regte sich ein ganz klein wenig:

»Bei Gott, Mutter, ich hab' zu denen doch nicht ›kommt her‹ gesagt! Die sind gekommen. Ich hab' doch nicht ›kommt her‹ gesagt.«

Hürü antwortete: »Du Hure, du Hure! Auch mit dir werden sie es wie mit Eşe machen, wenn du dich so verhältst. Wie mit Eşe werden sie es machen. Die sind wie wilde Wölfe. Wenn du denen in die Klauen fällst, reißen sie dich in Stücke. In Stücke. Wie wilde Wölfe sind die. Hattest du nicht gesagt, du wolltest es nicht mehr tun?«

»Bei Gott, ich habe doch nicht ›kommt her‹ gesagt...«

»Ob du's sagst oder nicht, die kommen eben. Und ihre verfluchten Väter suchen an mir die Schuld. Meine hundert Lira sind denen ein Dorn im Auge. Damit ich mein Geld vergeblich ausgegeben habe. Sie werden dich davonjagen. Auch mit dir werden sie es wie mit Eşe machen. Wölfen und Raubvögeln ähneln die. Hast du von Eşe gehört, dem Weib von Alice? Keine Menschenseele hatte sie. Auch Alice hatte keine Menschenseele. Alice landete im Gefängnis. Ein Schaf vom Ağa hat er gestohlen. Mit dem Geld davon hat er seinem Sohn ein Hemd gekauft und ein Paar Schuhe. Einen entzückenden Sohn hatte er, drei Jahre alt. Alice war verrückt nach seinem Sohn. Aber Alice landete im Gefängnis. Und als Alice im Gefängnis landete, wurde der Gelbgestiefelte dem Weib zum Verhängnis. Einige Zeit später hat er getan, was er nicht lassen konnte. Und dann übergab er sie diesen gierigen Wölfen. Es hätte nicht soweit zu kommen brauchen mit Eşe. Keine Menschenseele hatte die Arme. Ihr Kind blieb bei fremden Leuten. Großartig hatte sie sich darum gekümmert, die Eşe. Von Dorf zu Dorf, von Berg zu Berg hat man sie herumgereicht, die Eşe. Zwanzig, dreißig junge Burschen ihr auf den Fersen. Der Knabe starb bei Fremden. Die, die es gesehen haben, berichteten davon, sie selbst ist immer bleicher und blasser, ja, aschgrau geworden. Wie schwindsüchtig ist sie geworden, und dennoch haben sie nicht von ihr abgelassen, die Bluthunde. Eines Tages sahen wir, daß die Hunde des Dorfes in Blut getaucht ankamen. Und über der Ebene zog ein Adler Kreise. Da gingen sie hin, wo der Adler Kreise zog, und was sahen sie?! Eşe! Ihren Kadaver hatten die Hunde gefressen. Splitterfasernackt hatten die sie ausgezogen und sich an ihr gütlich getan. Und so haben sie sie umgebracht. Gestorben ist das Weib. Sie haben sie nicht getötet, sie ist einfach gestorben. Sie hat's nicht aushalten können und ist gestorben. Von der Regierung sind welche gekommen aus der Stadt, die haben das so gesagt. Und als Alice davon hörte, ist er aus Gram im Gefängnis zugrunde gegangen und gestorben. Jawohl, das sind gierige Wölfe. Auch mit dir werden sie es so machen. Komm denen bloß nicht in die Finger. Du mußt es wissen. Schau, laß die Eşe eine Warnung sein! So wirst du auch enden. Oh weh, Eşe! Was war es doch für ein gutes Weib, die Eşe. Dich werden sie davonjagen. Wenn meine hundert Lira draufgehen, dann sollen sie's, meine Tochter. Dem Osman kann ich wieder ein Weib finden. Du mußt es wissen. Wenn die wieder herkommen, ruf mich. Eşe war mutterseelenallein. Du mußt es wissen.«

Wohl hundertmal ließ sie Fadık abschwören.

»Tust du's nie wieder?« fragte sie.

Und Fadık sagte: »Nein! Nie wieder, nie wieder!«

Als Hürü erschöpft aufstand, wiederholte sie:

»Wenn die noch einmal kommen, ruf mich, ja?« und ging weg.

Sobald sie draußen war, drängten sich die hinter der Lehmhütte wartenden jungen Burschen hinein.

»Hürü hat gelogen, Mädchen«, sagten sie, »Eşe hat sich selbst umgebracht.«

Vor dem Haus des Ağas Kurt Mahmut befindet sich eine Rasenfläche. Auf der einen Seite des Rasens ist, wie ein kleiner Hügel, ein Misthaufen.

Es war am Morgen. Der Mist dampfte. Ein Hahn flog auf den Misthaufen. Er scharrte und kratzte, streckte seinen Hals, krähte und fiederte sich dabei.

Die Sonne war gerade aufgegangen, ringsum war es lauwarm. Und es wehte kein Lüftchen.

Die meisten der Dorfbewohner hatten sich hingehockt, und viele saßen im Schneidersitz mit dem Rücken an den Zaun gelehnt. Fast alle hatten Schuhzeug aus ungegerbtem Leder an den Füßen. Einer oder zwei trugen auch die flachen Adana-Schuhe.

Die Männer redeten nicht, aus den Augenwinkeln schauten sie ständig auf den sehr wütenden Aḡa Kurt Mahmut. Kurt Mahmut war ein hochgewachsener Mann, dessen dunkler Schatten sogar beim Sitzen so groß wie ein Mensch aussah. Seit Jahren trug er einen abgewetzten, ins Land geschmuggelten karierten Mantel. Der einzige Mann mit Mantel im Dorf war er.

Kurz darauf kam Yumru Veli, nach dem man ein Kind geschickt hatte, damit er komme. Er setzte sich im Schneidersitz hin und kroch in sich zusammen.

Kurt Mahmut Aḡa fingerte gereizt an seiner Brille herum. Seine Brillenfassung war aus Blech. Sie war stückchenweise zusammengelötet. Und sein Brillenbügel war eine Baumwollschnur.

Er donnerte los: »Mensch, Yumru, ich hatte dich für einen Mann gehalten. Ich dachte, du schaffst es. Du hast dich als Hohlkopf erwiesen.«

Yumru Veli kroch noch ein wenig mehr in sich zusammen. Ganz klein saß er da.

»Dann hob er sachte und schamhaft den Kopf und sagte: »Aḡa, was du gesagt hast, hab' ich alles dem Osman weitergesagt. Ich hab' ihn eingeschüchtert. Die Regierung, hab' ich gesagt, Polizei, hab' ich gesagt, Mahmut Aḡa, hab' ich gesagt; er sprüht Feuer, hab' ich gesagt. Beschlossen ist es, hab' ich gesagt. Umbringen werden dich die Dorfbewohner, hab' ich gesagt. Davonjagen werden dich die Dorfbewohner, hab' ich gesagt. Ich verstoße sie, hat er geantwortet. Ich verstoße sie, sagte er, und damit hatte es sich. Wenn es nach mir geht, muß man sich an Hürü halten.«

Die Männer regten sich. Der Aḡa stand auf und setzte sich wieder hin. Er sagte: »Man muß sich an Hürü halten. Zeigen werd' ich's der Hürü!«

Die Männer antworteten: »Wenn es ihr einer zeigt, ist das Mahmut Aḡa.«

Kurt Mahmut Aḡa sagte: »Was müssen wir nicht alles ertragen wegen dieser Hure Hürü?! Was müssen wir nicht alles ertragen!?«

Yumru Veli warf ein: »Mein Aḡa, der, auf den sie baut, ist der Steuereinnehmer Ali. Ihr Schwiegersohn Ali. Eine Nachricht hab' ich dem Ali geschickt, soll sie gesagt haben. Völlig ausnehmen lassen werde ich das Dorf, soll sie gesagt haben. Die sollen mich nicht verärgern, soll sie gesagt haben.«

Mahmut Ağa jedoch erwiderte: »Soll sie doch eine Botschaft hinschicken. Soll sie hinschicken, soviel sie kann. Nicht einen Pfennig schulde ich der Regierung.«

Einige Stimmen erhoben sich: »Wir haben aber Schulden, Ağa... Der wird uns unsere Steppdecken wegnehmen und unsere Matten unterm Hintern wegziehen.«

Der mit der handgewebten, groben Baumwollpluderhose, der sich überhaupt noch nicht ins Gespräch gemischt hatte, sagte: »Dank Hürü bleiben wir vor ihm bewahrt. Denn der Ali würde doch unser bißchen Hab und Gut uns ab- und mitnehmen. Der kennt doch keine Gnade.«

»Dann sagt mal, was wir jetzt tun sollen«, antwortete Kurt Mahmut Ağa zornig. »Kind und Kegel sind Tag und Nacht dem Weib auf den Fersen. Keiner geht mehr auf Feld und Wiesen. Wie ein Stier sind sie hinter ihr her. Wenn das so weitergeht, werden sie Hunger leiden in diesem Jahr, die Dorfbewohner.«

Von irgendwoher mümmelte ein sehr bejahrter Mann: »Ich bin erledigt. Ich bin schon erledigt. Mich hat sie zur Strecke gebracht, dieses Weib. Am Morgen habe ich dem Sohn gesagt, steh auf und geh pflügen. Wir werden Hunger leiden, habe ich gesagt, wenn wir nicht pflügen. Der Ağa, habe ich gesagt, wird uns nicht im Dorf lassen. Er hat Maschinen gekauft. Die ganze Gegend hat er mit Maschinen übersät. Sowieso gibt er uns aus Barmherzigkeit ein Feld, hab' ich gesagt. Ich habe geredet und geredet. Da hat er ganz verschlafen mir eine runtergehauen ins Gesicht. Dann ist er aus dem Haus auf- und davongelaufen. Und er ist nicht mehr zurückgekommen. Ich bin um mein Kind gekommen wegen dieser Hure. Hunger werde ich leiden in diesem Jahr. Der Ağa wird nicht noch einmal Boden vergeben. Ich kann nicht mehr pflügen. Ich bin erledigt. Dieses Weib hat mich erledigt. Erblinden sollst du, Krummnase Cabbar! Warum nur hast du die in das Dorf angeschleppt? Ich bin erledigt. Ich werde gehen und ihr zu Füßen fallen, der Hürü.«

Mahmut Ağa stand plötzlich auf.

»Hürü«, sagte er, »zeigen werd' ich's dir, Hürü!« und ging.

Die Dorfbewohner antworteten: »Wenn es ihr einer zeigt, ist das Mahmut Ağa.«

Mahmut Ağa hörte, was die Dorfbewohner sagten, und schwoll an vor Stolz.

Es ging ihm ständig durch den Kopf:

»Wenn es ihr einer zeigt, ist das Mahmut Ağa, wenn es ihr einer zeigt, dann er...«

Die Hühner kratzten und scharrten, der Misthaufen dampfte, und das Dorf wurde von einer leuchtenden Frühlingssonne erfüllt.

Kurt Mahmut Ağa schrie durch die Tür hinein:

»Weib Hatice! Weib Hatice!«

Das Weib Hatice kam heraus. »Bitte, mein Ağa Mahmut«, sagte sie, »willkommen, mein Ağa Mahmut! Du schautest ja gar nie vorbei.«

Dann ging sie, so eilig sie konnte, zurück nach drinnen.

»Du vermaledeiter Halil, steh auf. Es ist schon Vormittag geworden.«

Auch Mahmut Ağa war inzwischen hereingekommen.

Als Halil den Mahmut Ağa neben sich sah, sprang er ganz beschämt sofort aus dem Bett. Er zog seine schwarzen Pluderhosen über. Nachdem er sein als Schmuggelware ins Land gekommenes dunkelblaues Jackett mit dem Finger ein-, zweimal abgeschnipst hatte, zog er es an.

Daraufhin begann das Weib Hatice: »Ich falle dir zu Füßen, mein Ağa Mahmut«, sagte sie, »ich gebe mein Leben für dich, mein Ağa Mahmut! Ich küsse deine Fußsohlen, mein Ağa Mahmut! Du fragst überhaupt nicht nach meinem Befinden. Wie ist dein Befinden, fragst du nicht. Der Ağa wird uns keinen Boden mehr geben. Wenn ich an seiner Stelle wäre, würde ich auch keinen mehr geben. Ich will deine Fußsohlen küssen, mein Ağa Mahmut, du fragst überhaupt nicht nach meinem Befinden. Ach, mein Ağa Mahmut, frag nicht, mein Ağa Mahmut! Halil, Halil! Vergrab dich in der schwarzen Erde, Halil!«

Mahmut Ağa gab zurück: »Was stehst du da und verwünschst den Knaben? Hör auf damit! Was ist denn?«

»Frag nicht, mein Ağa! Frag bloß nicht nach meinem Befinden, mein Ağa Mahmut! Heute ist er gegen Frühmorgen nach Hause gekommen. Jeden Tag ist das so. Seit Osmans Weib ins Dorf gekommen ist, ist das so. Gegen Frühmorgen kommt er nach Hause. Und tagsüber schläft er dann eben. Wer wird das Feld umpflügen? Erledigt und vernichtet hat sie uns, die Hure der Hürüce. Hunger werden wir leiden in diesem Jahr. Tu's nicht, mein Sohn, hab' ich gesagt, mach's nicht, mein Sohn, hab' ich gesagt. Er hört nicht auf mich. Er geht nicht pflügen.

Unser tägliches Brot hat sie auf dem Gewissen, das Weib. Halil, Halil! Erblinde, Halil! Hürü, Hürü! Erblinde, Hürü! Mein Ağa, dessen Hände und Füße ich küsse, du fragst überhaupt nicht nach meinem Befinden, mein Ağa Mahmut!«

Mahmut Ağa sagte: »Geh du doch mal kurz raus, Hatice!«

Und zu Halil: »Komm doch mal zu mir, Halil. Mein Sohn Halil, diese Sache muß aufhören.«

Er fingerte an der Schnur seiner stückchenweise zusammengelöteten Brille herum. Sein verrunzelter Hals, so lang wie der eines Truthahnes, war rot wie Glut geworden.

»Diese Angelegenheit mußt du erledigen. Schnapp dir diese Hure und bringe sie aus dem Dorf weg. Schnapp sie dir, bring sie weg und übergib sie den jungen Burschen der anderen Dörfer. Das wirst du machen! Du wirst das machen, sag' ich dir! Was anderes ist nicht drin. Entweder bleibt dieses Weib im Dorf oder ich! Hast du gehört, was ich gesagt habe?«

Halil antwortete: »Oho, wenn das dein Kummer ist, o mein Ağa! Ich hole sie am Abend und übergeb' sie dem Celil im Dorf Ortalık. Bah, was ist denn schon Großes dabei?«

Der Ağa rief freudig nach draußen:

»Hatic! Komm her. Gerettet hab' ich dich. Gerettet hab' ich das Dorf. Hürüce soll mich kennenlernen. Sie soll wissen, wer ich bin. Ich bin wieder Kurt Mahmut, der sie hat auftanzen lassen. Sie soll's wissen! Mich schert auch der Steuereinnehmer Ali nicht und überhaupt niemand. Mich hat man Kurt Mahmut genannt.«

Als er voller Freude davonging, sagte er: »Du Held, mein Halil!«

Lange vor Morgengrauen wogte ein schrilles Geschrei über dem Dorf.

»Das werdet ihr mir heimzahlen, das!« schrie Hürüce. »Selbst wenn ich stürbe, das müßtet ihr mir heimzahlen. Ihr Satansbraten, ihr Saukerle, sind sie euch ein Dorn im Auge gewesen, meine hundert Lira. Einem armen Mann konntet ihr wohl das Weib nicht gönnen. Bei Gott, das werdet ihr mir heimzahlen, wahrhaftiger Gott, das werdet ihr. Wenn ich dem Kurt Mahmut das nicht heimzahle, dann soll er mich... Das soll er mir heimzahlen! Ich werde dem Steuereinnehmer Ali eine Nachricht schicken. Mein ganzes Hab und Gut werde ich auf den Kopf hauen für Fadık. Bestechen werde ich den Kreisvorsteher, bestechen werde ich den Landrat, telegrafieren werde ich nach Ankara, an İsmet Paşa. Telegrafieren werde ich an das Oberhaupt der Demokraten. Das werdet ihr mir heimzahlen! Vor Gericht werde ich euch allesamt zerren, vor die Polizei werde ich euch zerren. Auf den Kopf hauen werde ich mein ganzes Hab und Gut, auf den Kopf hauen für Fadık.«

Hürüce hielt dann und wann inne, um neue Kraft zu schöpfen, dann fing sie wieder von vorne an.

Fadık war entflohen. Hürüce stellte Nachforschungen an. Fadık war nicht im Dorf, und die Rotznase Sakırga, der Sohn des lieben Hüseyin, auch nicht.

Hürüce sagte: »Das glaub' ich nicht. Das glaub' ich einfach nicht. Wahrlich, das glaub' ich nicht. Der Sakırga und ein Weib entführen! Und wenn die Welt unterginge, würde ich das nicht glauben. Lügner sind diese Schweinehunde!«

»Jawohl«, sagten die Leute, »der Sakırga hat in den Bergen weiße Schneckengehäuse gesammelt, sie aufgereiht auf einen Faden und der Fadık angebracht und geschenkt. Und Fadık hat das Andenken des Sakırga genommen und aufgehängt in ihrem Haus. Glaub's oder glaub's auch nicht, Hürü!« sagten sie.

Hürü wiederholte: »Ich glaub's nicht. Und selbst wenn ich's mit eigenen Augen sähe, würde ich es nicht glauben.«

Es war drei Tage nach diesem Vorfall. Es regnete Bindfäden. So einer von den anhaltenden Regen der Çukurova war es. Als Osman die Hiobsbotschaft vernommen hatte, war er, ohne sich um Regen oder Nässe zu kümmern, vom Acker gerannt gekommen und hatte sich vor Hürüces Tür aufgepflanzt. Er war klatschnaß, wie aus dem Wasser gezogen. Seine Kleidung klebte an ihm und glänzte finster, seine Lederstiefel an den Füßen waren vor lauter Matsch nicht zu sehen. Und der Schirn seiner Mütze war ihm bis über die Augen heruntergerutscht.

Hürü sagte: »Komm rein, Osman.«

Osman antwortete: »Ich, was weiß ich denn schon!«

»Laß sie laufen!« sagte Hürü. »Sollen sie sie mitnehmen, diese Hure. Das zahle ich denen heim. Ich habe dem Steuereinnehmer Ali eine Nachricht geschickt. Kommen soll er. Wenn er nicht kommt, soll er zu mir nicht noch einmal ›Mutter‹ sagen, hab' ich gesagt. Kommen soll er und sie ihnen unterm Hintern wegziehen, hab' ich gesagt, die paar Kröten dieser ehrlosen, undankbaren Dorfbewohner, das hab' ich gesagt.

Komm rein, mein Osman! Ich werde dir ein besseres Weib besorgen... Hauptsache, mir geht das Geld nicht aus. Komm rein!«

Sie redete und redete und redete. Osman machte seinen Mund nicht auf. Er rührte sich auch nicht vom Fleck. Der Regen peitschte wie ein Pferdeschwanz. Osman hatte den Ochsenstachel unters Kinn gestützt. So stand er wie ein dicker Baum da, dem die Äste gestutzt waren. Von seinem Körper rann das Wasser wie von einer Traufe.

Hürü rief zwei Männer. Die Männer packten Osman. Aber was sie auch taten, sie konnten ihn nicht von der Stelle bewegen. Er stand da wie angewurzelt. Vom frühen Morgen bis zum späten Nachmittag wartete er da unter dem Regen, den Kopf zwischen den Schultern eingezogen. Am späten Nachmittag bewegte er sich dann und begann zu laufen. Er lief von einem Ende des Dorfes zum anderen und zurück. Ohne mit irgend jemandem zu sprechen, ging er hin und her.

Osman ist übergeschnappt, sagten die Leute.

Inständig flehte Hürü zwei, drei Dorfbewohner an. Die Dorfbewohner luden sich Osman auf ihren Rücken, brachten ihn nach Hause, zogen ihn aus und legten ihn hin.

Hürü saß mutterseelenallein da und murmelte ständig vor sich hin: »Selbst wenn's tausend Lira kosten wird, ich find' dir 'ne Frau. Es gibt keinen Grund überzuschnappen! Es gibt keinen Grund nur wegen einem Weib!«

Am Morgen, als Osman wach wurde, ging es ihm zwar etwas besser, aber was Hürü auch sagte, er hörte es nicht. Er begann wieder, von einem Ende des Dorfes zum anderen hin- und herzulaufen.

Die Frauen, die Kinder, die Männer, eigentlich jeder, der ihn sah, alle sagten: »Ach, Osman, ach! Du Armer!«

Und Osman stöhnte bei dem »ach, Osman, ach« so ganz aus dem Innersten, als würden seine Lungen herausgerissen, tief auf.

Verzweifelt lief er im Dorf umher.

Wer Halil kennt, weiß, was das für einer ist. Was ist der doch für ein Hundesohn! Wenn Kurt Mahmut ein wenig die Angelegenheit überdacht hätte, hätte es ihm dämmern müssen, daß Halil die Frau nicht den jungen Burschen des anderen Dorfes ausliefern würde.

Oberhalb des Dorfes lagen die leeren Schafstallungen der

Hammelzüchter. Halil brachte Fadık in eine dieser Stallungen. Er ließ Sakırga als Aufpasser zurück und sagte:

»Turtelt miteinander. Turtelt, soviel ihr könnt, miteinander!«

Dann packte er Sakırga am Handgelenk und drückte so zu, daß es schmerzte.

»Menschenskind, Sakırga«, sagte er, »wenn du dieses Weib irgendwohin entfliehen läßt, dann hat dein letztes Stündlein geschlagen.«

Sakırga war zwanzig Jahre alt, aber wenn man es sich so recht besah, sah er eigentlich aus wie ein zehnjähriges Kind. Er war so schmächtig, daß man meinte, er müsse umfallen, wenn man ihn anbliese. Seine Hände und Füße waren spindeldürr wie ein Strohhalm. Er lief auch immer ganz schief, so auf eine Seite geneigt. Von jeher hatte er eine Angewohnheit – wenn er sich erst einmal irgendwo oder an irgend etwas festgebissen hatte, konnte man ihn so leicht nicht mehr davon losbekommen. Dieses Festbeißens wegen hatten sie ihn Sakırga, also Vampir, genannt, die Dorfbewohner. Wie er wirklich hieß? Ahmet oder Mehmet, niemand wußte es. Vielleicht hatte es sogar seine Mutter vergessen. Es hieß nur, Sakırga hier, Sakırga da.

Halil brachte jede Nacht das Brot für Sakırga und Fadık und ging gegen Morgen wieder weg. Aber das dauerte nicht lange so. Drei Tage später erfuhren die jungen Burschen des Dorfes den Aufenthaltsort von Fadık. Jede Nacht kamen sie zu der Schafstallung in einer langen Karawane, stellten sich vor der Stallung an und gingen nacheinander einzeln zu Fadık hinein, ohne sich um ihr Weinen, Stöhnen oder Schreien zu kümmern, und kehrten dann gegen Morgen, Lieder singend und Pistolenschüsse abfeuernd, in ihr Dorf zurück, als gingen sie zu einer Hochzeit.

Auf dem Stein vor der Stallung, deren rückwärtige Mauern in den Erdboden eingegraben waren, stand eine leuchtend rote Blutlache. Halil und der Sohn von Kurt Mahmut Ağa hatten sich gestern nacht geprügelt, und der Sohn Mahmut Ağas hatte Halil eine tiefe Kopfwunde zugefügt. Halil hatte gesagt:

»Das Weib gehört mir. Zuerst geh' ich hinein.«

Der Sohn des Mahmut Ağa aber hatte geantwortet:

»Nein, ich geh' hinein.«

Deswegen war die Schlägerei entstanden. Die jungen Burschen hatten sich in zwei Gruppen geteilt und waren aufeinander losgegangen. Bis zum Morgen hatten sie, hin und wieder sich Erholung gönnend, miteinander gerauft und waren am Morgen ins Dorf zurückgekehrt.

Wieder wurde es Abend. Fadık überfiel ein Zittern. Wieder würden sie kommen. Wieder würden sie kommen und sie peinigen. Sie konnte nicht mehr. Vor Furcht und Kraftlosigkeit zitterte sie wie Espenlaub. Seit zwei Tagen hatte sie keinen Bissen zu sich genommen. Sie erbrach alles, was sie zu sich nahm. Sie hatte sich auf den Schafsmist der Länge nach hingelegt und konnte sich nicht regen. Ihr ganzer Körper war voller schwarzer Stellen und voll ungezählter Wunden.

Sakırga hatte sich in eine Ecke gehockt und dämmerte vor sich hin.

Fadık flehte ihn an: »Bruder, um alles in der Welt, bei meinem Tod, Bruder! Wenn die auch heute kommen, sterbe ich, Bruder!«

Sakırga öffnete seine Augen halb: »Was geht's mich an. Hab' ich dich etwa hergebracht?«

Fadık sagte:

»Bruder, ich werde sterben, und du wirst mein Mörder sein. Um Gottes Himmels willen!«

Sakırga antwortete: »Was geht's mich an!«

»Laß mich laufen, Bruder!« sagte Fadık. »Kriechend und krabbelnd werde ich von hier weggehen. Ich werd' mich irgendwo verstecken. Laß mich laufen, Bruder! Ich will zu meiner Mutter gehen.«

»Was geht's mich an!« antwortete Sakırga. »Ich hab' dich ja nicht hergebracht. Obendrein wird Halil mich dann umbringen. Die werden mich nicht mehr ins Dorf lassen.«

»Ich werde sterben, und du wirst mein Mörder sein. Ich will deine Fußsohlen küssen, mein Ağa! Ich will deinen Kot essen, mein Ağa! Laß mich laufen. Laß mich laufen, ich will zu meiner Mutter gehen. Wenn die kommen, sterbe ich. Du wirst mein Mörder sein.«

»Die werden mich nicht mehr ins Dorf lassen. Davonjagen werden die mich aus dem Dorf. Sogar töten werden die mich.«

Fadık sagte: »Ich will zu meiner Mutter gehen. Meiner grausamen Mutter!«

Bis die Dunkelheit sich senkte, flehte sie so weiter. Sakırga ließ sie nicht gehen. Schließlich war er ja der Sakırga...

Von unten näherten sich Stimmen, die Lieder sangen. Fadık zitterte an allen Gliedern.

»Bruder«, sagte sie, »rette mich! Wenn du mich rettest, werd' ich dein sein. Laß mich laufen. Ich will zu meiner Mutter gehen.«

»Sie werden mich töten«, antwortete er, »deinetwegen will ich nicht sterben. Halil wird mir ein Paar Schuhe kaufen. Deinetwegen will ich nicht um die Schuhe gebracht werden.«

Als Fadık sich all ihrer Hoffnungen beraubt sah, fing sie schluchzend an zu weinen.

Unentwegt rief sie: »O mein Gott, o mein Gott. Wo soll ich hingehen?«

Die jungen Burschen kamen wieder wie in jeder Nacht und stellten sich vor der Stallung an.

Der erste ging hinein. Da kam von drinnen ein solcher Aufschrei, wie man ihn sich nicht vorstellen kann. Das Herz hätte jedem, der ihn hörte, zerreißen müssen, aber keiner von denen kümmerte sich darum. Jeder, der hineinging, erledigte sein Geschäft und kam wieder heraus. Dann ging der nächste, der an der Reihe war, hinein. So gingen alle hinein und kamen wieder heraus.

Jedesmal, wenn einer hereinkam, schrie Fadık auf: »O mein Gott, o mein Gott!« Dann verstummte alles.

Irgendwann war es so weit, daß von Fadık gar kein Laut mehr zu hören war.

Gegen Morgen hatte jeder sein Geschäft erledigt. Sie löschten das Feuer aus, das vor der Tür der Stallung brannte. Singend machten sie sich auf den Weg.

Das Weib Hatice ging gebeugt und weinend zum Ortsvorsteher. »Um alles in der Welt, mein Aḡa«, sagte sie, »mein Sohn stirbt. Er liegt in den letzten Zügen, mein Halil. Der Sohn des gottlosen Kurt Mahmut hat meinen Sohn so zugerichtet, Hürüces Hure wegen. Was wird aus mir, wenn mein Sohn stirbt? Ich werde dann Hungers sterben. Er ist einer ganzen Familie einzige Hoffnung. Seit er zurückgekommen ist, liegt er im Bett. Der Sohn des gottlosen Kurt Mahmut! Ich werde zur Obrigkeit gehen und sagen, einer Familie einzige Hoffnung. Ich werde sagen, die einzige Stütze einer blinden Frau, mein Ortsvorsteher!« Der Ortsvorsteher wich aus und redete drumherum. Er schickte Hatice nicht zur Obrigkeit.

Schließlich sagte er: »Halt du dich da raus, Weib Hatic, ich werde die Sache erledigen.«

Der Ortsvorsteher rief Kurt Mahmut Aḡa zu sich. Auch die anderen wurden gerufen. Alle Dorfbewohner versammelten sich.

Sie setzten sich und dachten lange nach. Lange Zeit diskutierten sie miteinander. Wenn sie das Weib zur Polizei schickten – nein, unmöglich, das ging nicht. Die Gendarmen!... Die Ehre des Dorfes... Wenn sie sie den anderen Dörfern auslieferten – nein, unmöglich, das ging nicht. Die Hürüce würde alles unternehmen, sie aufzufinden und wieder herzubringen.

Sie überlegten hin und her, zu guter Letzt einigten sie sich: Das Weib wird dem Osman übergeben, aber unter einer Bedingung. Sobald Osman das Weib in Empfang genommen hat, wird er im Dorf nicht mehr verweilen, sondern in sehr ferne Dörfer ziehen und verschwinden. Das macht der Osman sicherlich. Liebend gern wird er das machen. Da wird er aber froh sein. Obendrein wird's für die Hürü ein schwerer Schlag sein. Zusammen mit dem Weib wird sie auch um Osman gebracht. Mal sehen, ob sie in einem ganzen großen Dorf die Puppen tanzen lassen kann, die Hürü!

Den Osman schnappten sich ein paar Personen mitten im Dorf und schleppten ihn herbei. Osman kam und pflanzte sich vor den Dorfbewohnern auf. »Setz dich!« sagten sie, aber er setzte sich nicht. Er stand einfach so da. Den Ochsenstachel hatte er in der Hand. Osmans abgerissene Kleidung war restlos verknautscht und gelber noch als gewässertes Stroh. Richtig giftgelb. Und in seinem Bart steckten Strohstoppeln. Gelbliches Wasser tropfte ihm aus dem Bart. Sein sprödes Haupt- und Barthaar war zerzaust. Seine Augen waren feuerrot. Sie sahen blutunterlaufen aus.

Kurt Mahmut Aḡa fingerte an der Schnur seiner Brille: »Osman«, sagte er, »was ist mit dir passiert, Menschenskind? Du bist ja ein Leichnam. Was ist das für ein Zustand nur eines Weibes wegen? In welche Lage bist du gekommen nur eines Weibes wegen! Wir haben tiefes Mitgefühl mit dir. Sterben wirst du, wenn das so weitergeht.«

»Ich, was weiß ich denn schon!« antwortete er. »Ich werde sterben, mein Aḡa.«

»Schau«, sagte Kurt Mahmut Aḡa, »Osman, wir haben tiefes Mitgefühl mit dir. Wir haben einen Entschluß gefaßt. Das Weib werden wir jenen Hundesöhnen wegnehmen und dir geben. Ohne der Hürü was zu sagen, wirst du sie nehmen und mit ihr weggehen aus dem Dorf. Ihr werdet von hier verschwinden. Hürü wird nicht erfahren, wo du bist. Also, so richtig weit weg wirst du gehen.«

Dann richtete Yumru Veli das Wort an ihn: »Osman«, sagte er, »erkannt haben die Herren, daß du sterben wirst wegen diesem Weib, wegen dem Kummer um dieses Weib... Diese Wohltat würde dir selbst dein Vater nicht antun. Ohne der Hürü was zu sagen, wirst du sie nehmen und verschwinden.«

Kurt Mahmut Ağa pflichtete ihm bei:

»Wenn du der Hürü was sagst, werde ich dich nirgendwohin lassen. Und die jungen Burschen werden dir das Weib wieder wegnehmen. Meinst du, du wirst wieder zu einem Weib kommen?«

Und Yumru Veli fügte hinzu: »Wer wird dann deine Wäsche waschen? Wer wird dir dein Weizengrützemahl bereiten? Sag der Hürü überhaupt nichts. Nimm das Weib und bring's in die Gegend von Antep. Du wirst schon Arbeit als Knecht finden. Ihr werdet wunderbar auskommen.«

»Aber«, antwortete Osman, »Mutter Hürü hat hundert Lira für sie gezahlt.«

Kurt Mahmut Ağa erwiderte: »Wir werden unter uns sammeln und es der Hürü geben, ihre hundert Lira. Mach du dir darum keine Sorgen. Nimm das Weib und bring's weg.«

Osman sagte: »Ich, was weiß ich denn schon! Mutter Hürü hat mir viel Gutes getan. Wegen einem Weib...«

Er schluckte. In seine Augenwinkel stiegen Tränen wie riesengroße Tropfen.

»Ausgeschlossen, daß du der Hürü was sagst«, antworteten sie, »als ob es kein Dorf gäbe außer diesem! Als ob es kein Gebiet gäbe außer der Çukurova! Als ob es keine Schwester gäbe außer Hürü! Nimm sie und bring sie weg. Noch mal wirst du nicht zu so einem Weib kommen. Morgen früh wird dir der Veli sagen, wo das Weib sich befindet. Nimm sie und bring sie weg.«

Osman ließ den Kopf hängen. Er überlegte und überlegte, dann hob er sein Haupt:

»Ich werde meiner Schwester Hürü nichts sagen. Als ob es kein Dorf gäbe außer diesem!«

Osman befand sich in einem Überschwang der Freude und des Kummers. Er kam schon vor Morgengrauen bei der Stallung an, die ihm Yumru Veli beschrieben hatte.

Er hielt vor der Stallung aufgeregt, hoffnungsvoll, aber auch ängstlich an. Nachdem er zu sich selbst einige Male »Was weiß ich denn schon! Ich, was weiß ich denn schon!« gesagt hatte, rief er nach drinnen: »Fadık! Mädchen Fadık!«

Von drinnen kam kein Laut.

Er rief und rief, aber es kam kein Ton. Dann sagte er wieder einige Male: »Ich, was weiß ich denn schon!«

Furchtsam und am ganzen Leib zitternd trat er ein, und was sah er da? Fadık lag auf dem Mist mit dem Mund nach oben, in zerfetzter Kleidung, alles konnte man bei ihr sehen, sie war ganz nackt. Ihre Augen waren weit aufgerissen, sie starrte stumpfsinnig auf die Holzverstrebungen der Stallung. Osman erstarrte. Er blickte sie fassunglos an. Tränen stiegen ihm in die Augen. Mit seinem gewaltigen Körper beugte er sich über Fadık: »Mädchen, Fadık, was ist mit dir passiert?«

Fadık wimmerte auf.

Fadıks Wimmern berührte Osman zutiefst. In ihm kam ein stechender Schmerz auf.

Dann zog Osman seine Jacke aus und Fadık an. Auch seine Pluderhose zog er aus und ihr an. Dann sah er den Sakırga, der sich in eine Ecke verdrückt hatte. Sakırga bekam es mit der Angst und verkroch sich noch ein bißchen mehr in die Ecke. Osman lief zornig auf Sakırga zu.

»Onkel Osman«, sagte Sakırga, »wenn ich nicht wäre, wäre Schwester Fadık gestorben. Ich hab' sie nicht hergebracht, der Halil hat sie hergebracht. Ein Paar Schuhe wird er mir kaufen, der Halil!«

Osman machte eine Kehrtwendung, schulterte eilig die Frau auf und stürzte nach draußen.

Der Tag brach an. Auf den Gipfeln der Berge lag die Morgenröte. Ein kühles Lüftchen berührte ihre Gesichter. Ein, zwei weiße Wolken schwebten am Himmel. Tau war gefallen. Die Erde war naß.

Er wandte sich um. Sakırga lief in Richtung Dorf davon.

»Bruder!« rief er. »Ich, was weiß ich denn schon... Wenn du im Dorf ankommst, dann sage der Hürü, der Osman hat gesagt, sie soll mir verzeihen. Ich habe viel von ihrem Salz und ihrem Brot gegessen. Sag ihr, der Osman ist auf- und davongegangen. Sie soll ihm verzeihen.«

Er lief, mit der Frau auf dem Rücken. Bis die Sonne auf zwei Minarettlängen hoch aufgestiegen war, lief er weiter. Als er ermüdete, ließ er die Frau von seinem Rücken herab und setzte sie hin. Und er setzte sich ihr gegenüber nieder. Eine ganze Weile sahen sie sich an, ohne miteinander zu reden. Fadık wimmerte. »Sag schon«, sagte er, »wo sollen wir jetzt hingehen? Ich, was weiß ich denn schon!«

Die Luft roch nach Frühling, und von der Erde zogen Dunstschwaden auf.

Gabriel García Márquez im dtv

»Gabriel García Márquez zu lesen, bedeutet Liebe auf den ersten Satz.«
Carlos Widmann in der ›Süddeutschen Zeitung‹

Laubsturm
Roman
dtv 1432

Der Herbst des Patriarchen
Roman
dtv 1537

Der Oberst hat niemand, der ihm schreibt
Roman
dtv 1601

Die böse Stunde
Roman
dtv 1717

Augen eines blauen Hundes
Erzählungen
dtv 10154

Hundert Jahre Einsamkeit
Roman · dtv 10249
Die Geschichte vom Aufstieg und Niedergang der Familie Buendía und des Dorfes Macondo.

Die Geiselnahme
dtv 10295

Chronik eines angekündigten Todes
Roman · dtv 10564

Das Leichenbegängnis der Großen Mama
Erzählungen
dtv 10880

Die unglaubliche und traurige Geschichte von der einfältigen Eréndira und ihrer herzlosen Großmutter
Erzählungen · dtv 10881

Das Abenteuer des Miguel Littín
Illegal in Chile
dtv 12110

Die Liebe in den Zeiten der Cholera
Roman
dtv 12240

Die Erzählungen
dtv 12166

Von der Liebe und anderen Dämonen
Roman
dtv 12272

Isaac B. Singer im dtv

»Ohne Leidenschaft gibt es keine Literatur.«
Isaac B. Singer

Feinde, die Geschichte einer Liebe
Roman · dtv 1216
Ein Mann lebt in einer fatalen Konstellation zwischen drei Frauen.
1990 erfolgreich verfilmt.

Das Landgut
Roman · dtv 1642
Kalman Jacobi, ein frommer Jude, pachtet 1863 ein Landgut in Polen und gerät mit seiner Familie in den Sog der neuen Zeit.

Schoscha
Roman · dtv 1788
Eine Liebesgeschichte aus dem Warschau der dreißiger Jahre.

Das Erbe
Roman · dtv 10132
Kalman Jacobis Familie im Wirbel der politischen und sozialen Veränderungen der Jahrhundertwende.

Eine Kindheit in Warschau
dtv 10187
Singer erinnert sich an seine Kindheit im Warschauer Judenviertel.

Verloren in Amerika
dtv 10395
Singer als einsamer Emigrant in New York.

Die Familie Moschkat
Roman · dtv 10650
Eine Familiensaga aus der Welt des osteuropäischen Judentums.

Old Love
Geschichten von der Liebe
dtv 10851

Der Kabbalist vom East Broadway
dtv 11549
Geschichten, die Singer in seiner geliebten Cafeteria am East Broadway erzählt bekam.

Der Tod des Methusalem
und andere Geschichten vom Glück und Unglück der Menschen
dtv 12312

Der König der Felder
Roman · dtv 24102
Mythenartig und humorvoll erzählt Singer von der Entstehung des polnischen Volkes.

Rafik Schami im dtv

»Meine geheime Quelle ist die Zunge der anderen. Wer erzählen will, muß erst einmal lernen zuzuhören.«
Rafik Schami

Das letzte Wort der Wanderratte
Märchen, Fabeln und phantastische Geschichten
dtv 10735

Die Sehnsucht fährt schwarz
Geschichten aus der Fremde · dtv 10842
Erzählungen vom ganz realen Leben der Arbeitsemigranten in Deutschland.

Der erste Ritt durchs Nadelöhr
Noch mehr Märchen, Fabeln & phantastische Geschichten · dtv 10896

Das Schaf im Wolfspelz
Märchen & Fabeln
dtv 11026

Der Fliegenmelker und andere Erzählungen
dtv 11081
Geschichten aus dem Damaskus der fünfziger Jahre. Im Mittelpunkt steht der unternehmungslustige Bäckerjunge aus dem armen Christenviertel, der Rafik Schami einmal gewesen ist.

Märchen aus Malula
dtv 11219
Rafik Schami versteht es, in diesen Geschichten den Zauber, aber auch den Alltag und vor allem den Witz und die Weisheit des Orients einzufangen.

Erzähler der Nacht
dtv 11915
Salim, der beste Geschichtenerzähler von Damaskus, ist verstummt. Sieben einmalige Geschenke können ihn erlösen. Da schenken ihm seine Freunde ihre Lebensgeschichten...

Eine Hand voller Sterne
Roman · dtv 11973
Alltag in Damaskus. Über mehrere Jahre hinweg führt ein Bäckerjunge ein Tagebuch...

Der ehrliche Lügner
Roman · dtv 12203
Der weißhaarige Geschichtenerzähler Sadik erinnert sich an seine Jugend, als er mit seiner Kunst im Circus India auftrat. Und an die Seiltänzerin Mala, seine große Liebe...

Aleksandar Tišma im dtv

»Radikal und intelligent und künstlerisch groß.«
Ursula März, Frankfurter Rundschau

Der Gebrauch des Menschen
Roman · dtv 11958

Bis zum Zweiten Weltkrieg kommen die Menschen in Novi Sad relativ friedlich miteinander aus, Serben, Ungarn, die deutschsprachigen »Schwaben« und Juden. Erst durch die »neue Zeit« wird die aufstrebende Provinzstadt aus ihren Träumen gerissen, durch Krieg, Terror und Unmenschlichkeit. Am Ende gibt es keine Sieger, sondern nur Erniedrigte und Beleidigte.

Die Schule der Gottlosigkeit
Erzählungen · dtv 12138

In Extremsituationen zeigt sich die Natur des Menschen unverhüllt; deshalb sind die Geschichten aus dem Krieg so aufschlußreich für das menschliche Verhalten. In den vier vorliegenden Geschichten geht es nicht nur um den Krieg, auch wenn er überall zwischen den Zeilen durchscheint. Es geht um Menschen am Rande des Abgrunds.

Das Buch Blam
Roman · dtv 12340

Dieses Psychogramm eines Überlebenden spielt in Novi Sad nach dem Zweiten Weltkrieg. Blam durchwandert die bekannten Wege und Straßen seiner Heimatstadt als aufmerksamer, melancholischer Betrachter und kehrt in Gedanken zurück in eine untergegangene Welt, zu den Menschen aus der ehemaligen Judengasse, zu seinen Eltern, seiner Schwester, seinen Verwandten. Dann kam die Nazi-Okkupation in der Vojvodina 1941 bis 1944. Es entsteht das Bild einer geschichtlichen Epoche, deren Spuren nicht tilgbar sind.

Gioconda Belli im dtv

»Die große Poetin Nicaraguas, eine der wichtigsten Stimmen in der Literatur Lateinamerikas.«
Abendzeitung

Bewohnte Frau
Roman · dtv 11345

Die junge attraktive Architektin Lavinia steht am Beginn ihrer Karriere. Sie führt in der Hauptstadt ihrer lateinamerikanischen Heimat das unbeschwerte Leben einer unabhängigen Frau aus der Oberschicht. Dann aber verliebt sie sich in Felipe, der mit der Untergrundbewegung des Landes zusammenarbeitet. Während sie anfangs nur zögerlich Beihilfe leistet, findet sie bald zu einer eigenständigen Rolle im Kampf gegen Terror und Unterdrückung.

In der Farbe des Morgens
Gedichte · dtv 11565

Alle Prophetien erzählen,
daß der Mensch seinen eigenen Untergang erfinden wird.
Doch die Jahrhunderte und das sich stets erneuernde Leben
haben auch das Geschlecht der Liebenden und Träumer gezeugt:
Männer und Frauen, die nicht von der Zerstörung der Welt träumten,
sondern vom Aufbau einer Welt der Schmetterlinge und Nachtigallen...

Gedichte – kämpferische, erotisch, poetische – von Gioconda Belli, der großen Schriftstellerin Nicaraguas.

Tochter des Vulkans
Roman · dtv 11678

Der reiche Kaffeepflanzer Ramón nimmt das Zigeunermädchen Sofia an Kindes Statt an. Sofia heiratet früh, aber ihre Ehe mit dem machistischen René ist ein Desaster. Doch sie weiß sich zu wehren. Ihr Wunschkind wird sie eines Tages bekommen, aber bestimmt nicht von diesem Mann...

Graham Greene im dtv

»Bei Graham Greene ist Schuld die menschliche Unzulänglichkeit vor dem Schicksal, und Sühne ist nicht die absolute Verdammnis.«
Eberhard Thieme

Ein Mann mit vielen Namen
Roman
dtv 11429

Orient-Expreß
Roman
dtv 11530

Ein Sohn Englands
Roman
dtv 11576

Zwiespalt der Seele
Roman
dtv 11595

Das Schlachtfeld des Lebens
Roman
dtv 11629

Das Attentat
Roman · dtv 11717

Die Kraft und die Herrlichkeit
Roman · dtv 11760

Der dritte Mann
Roman
dtv 11894

Das Herz aller Dinge
Roman
dtv 11917

Jagd im Nebel
Roman
dtv 11977

Unser Mann in Havanna
Roman
dtv 12034

Der stille Amerikaner
Roman
dtv 12063

Der Mann, der den Eiffelturm stahl und andere Erzählungen
dtv 12129

Der Honorarkonsul
Roman
dtv 12187

Die Stunde der Komödianten
Roman
dtv 12199

Umberto Eco im dtv

»Daß Umberto Eco ein Phänomen ersten Ranges ist, braucht man nicht mehr eigens zu betonen.«
Willi Winkler

Der Name der Rose
Roman
dtv 10551
Daß er in den Mauern der prächtigen Benediktinerabtei das Echo eines verschollenen Lachens hören würde, damit hat der Franziskanermönch William von Baskerville nicht gerechnet. Zusammen mit Adson von Melk, seinem jugendlichen Adlatus, ist er in einer höchst delikaten Mission unterwegs...

Nachschrift zum ›Namen der Rose‹
dtv 10552

Über Gott und die Welt
Essays und Glossen
dtv 10825

Über Spiegel und andere Phänomene
dtv 11319

Das Foucaultsche Pendel
Roman · dtv 11581
Drei Verlagslektoren stoßen auf ein geheimnisvolles Tempelritter-Dokument aus dem 14. Jahrhundert. Die Spötter stürzen sich in das gigantische Labyrinth der Geheimlehren und entwerfen selbst einen Weltverschwörungsplan. Doch da ist jemand, der sie ernst nimmt...

Platon im Striptease-Lokal
Parodien und Travestien
dtv 11759

Wie man mit einem Lachs verreist und andere nützliche Ratschläge
dtv 12039

Im Wald der Fiktionen
Sechs Streifzüge durch die Literatur
dtv 12287

Die Insel des vorigen Tages
Roman
dtv 12335
Ein spannender historischer Roman, der das Zeitalter der großen Entdeckungsreisen in seiner ganzen Fülle erfaßt.

Michael Ondaatje im dtv

»Das kann Ondaatje wie nur wenige andere:
den Dingen ihre Melodie entlocken.«
Michael Althen in der
›Süddeutschen Zeitung‹

In der Haut eines Löwen
Roman · dtv 11742
Kanada in den zwanziger und dreißiger Jahren. Ein Land im Aufbruch, wo mutige Männer und Frauen gefragt sind, die zupacken können und ihre Seele in die Haut eines Löwen gehüllt haben. »Ebenso spannend wie kompliziert, wunderbar leicht und höchst erotisch.« (Wolfgang Höbel in der ›Süddeutschen Zeitung‹)

Es liegt in der Familie
dtv 11943
Die Roaring Twenties auf Ceylon. Erinnerungen an das exzentrische Leben, dem sich die Mitglieder der Großfamilie Ondaatje hingaben, eine trinkfreudige, lebenslustige Gesellschaft...

Der englische Patient
Roman · dtv 12131
1945, in den letzten Tagen des Krieges. Vier Menschen finden in einer toskanischen Villa Zuflucht. Im Zentrum steht der geheimnisvolle »englische Patient«, ein Flieger, der in Nordafrika abgeschossen wurde... »Ein exotischer, unerhört inspirierter Roman der Leidenschaft. Ich kenne kein Buch von ähnlicher Eleganz.« (Richard Ford)

Buddy Boldens Blues
Roman · dtv 12333
Er war der beste, lauteste und meistgeliebte Jazzmusiker seiner Zeit: der Kornettist Buddy Bolden, der Mann, von dem es heißt, er habe den Jazz erfunden.

dtv

John Steinbeck im dtv

»John Steinbeck ist der glänzendste Vertreter der leuchtenden Epoche amerikanischer Literatur zwischen zwei Weltkriegen.«
Ilja Ehrenburg

Früchte des Zorns
Roman
dtv 10474
Verarmte Landarbeiter finden in Oklahoma kein Auskommen mehr. Da hören sie vom gelobten Land Kalifornien... Mit diesem Buch hat Steinbeck seinen Ruhm begründet.

Der rote Pony und andere Erzählungen
dtv 10613

Die Straße der Ölsardinen
Roman · dtv 10625
Gelegenheitsarbeiter, Taugenichtse, Dirnen und Sonderlinge bevölkern die Cannery Row im kalifornischen Fischerstädtchen Monterey.

Die Perle
Roman
dtv 10690

Tortilla Flat
Roman · dtv 10764

Wonniger Donnerstag
Roman · dtv 10776

Eine Handvoll Gold
Roman · dtv 10786

Von Mäusen und Menschen
Roman
dtv 10797

Jenseits von Eden
Roman
dtv 10810
Eine große amerikanische Familiensaga – verfilmt mit James Dean.

Meine Reise mit Charley
Auf der Suche nach Amerika
dtv 10879

König Artus und die Heldentaten der Ritter seiner Tafelrunde
dtv 11490

An den Pforten der Hölle
Kriegstagebuch 1943
dtv 11712